Coleção Melhores Crônicas

Zuenir Ventura

Direção Edla van Steen

Coleção Melhores Crônicas

Zuenir Ventura

Seleção e **Prefácio** José Carlos de Azeredo

© Zuenir Ventura, 2003

1ª Edição, Global Editora, São Paulo 2004

1ª Reimpressão, 2008

Diretor Editorial
Jefferson L. Alves

Gerente de Produção
Flávio Samuel

Assistente Editorial
Ana Cristina Teixeira

Revisão
Rinaldo Milesi
Solange Martins

Projeto de Capa
Victor Burton

Editoração Eletrônica
Antonio Silvio Lopes

Dados Internacionais de Catalogação na Publicação (CIP)
(Câmara Brasileira do Livro, SP, Brasil)

Ventura, Zuenir
 Zuenir Ventura / seleção e prefácio José Carlos de Azeredo. – São Paulo : Global, 2004. – (Coleção melhores crônicas / direção Edla van Steen).

Bibliografia.
ISBN 85-260-0947-8

1. Crônicas brasileiras I. Azeredo, José Carlos de. II. Steen, Edla van. III. Título. IV. Série.

04-5898   CDD–869.93

Índices para catálogo sistemático:
1. Crônicas : Literatura brasileira 869.93

Direitos Reservados

Global Editora e Distribuidora Ltda.
Rua Pirapitingüi, 111 – Liberdade
CEP 01508-020 – São Paulo – SP
Tel.: (11) 3277-7999 – Fax: (11) 3277-8141
e-mail: global@globaleditora.com.br
www.globaleditora.com.br

Colabore com a produção científica e cultural.
Proibida a reprodução total ou parcial desta obra sem a autorização do editor.

Nº de Catálogo: **2503**

Melhores Crônicas

Zuenir Ventura

UM CRONISTA DE CORPO INTEIRO

No espaço da revista ou do jornal, o cronista ocupa um lugar definido e desfruta de ampla liberdade para escolher os assuntos e as formas de transformá-los em texto. Por isso, a crônica é um gênero talhado para o exercício da individualidade e da subjetividade, e a respectiva seção do jornal ou revista um ponto de encontro certo entre o cronista e seus leitores. O ar de conversa e os gestos de intimidade que tantas vezes permeiam esse gênero se mostram tanto no uso ostensivo de um "eu" que se apresenta, inclusive biograficamente, a uma espécie de confidente, como na naturalidade com que o cronista incorpora à escrita sintaxes típicas da fala, e na liberdade com que mistura assuntos e explora desvãos de uma memória política e/ou cultural presumidamente partilhada com o leitor.

O cronista não pode trair o compromisso do jornal com o tempo presente, mas também não lhe compete 'dar notícias'. Ele tem de ser um cidadão de seu tempo num sentido mais elástico, que lhe dê liberdade de transformar fatos em matéria de reflexão, de se valer das experiências pessoais e de toda sorte de conhecimentos para discorrer sobre o que lhe pareça oportuno, e de se propor, perante seu leitor, a uma gama variada de atos comunicativos: informar, opinar, sugerir, analisar, relatar, divertir, confidenciar, provocar.

A crônica é síntese de muitas espécies de discurso, e o cronista, a seu modo, *doublé* de repórter, historiador, contista, poeta, antropólogo, psicanalista, crítico de arte, crítico da cultura, filósofo, *gourmet,* sociólogo. Diferentemente do historiador, porém, detém-se muitas vezes no episódico; diferentemente do poeta e do romancista, não separa o eu que testemunha ou sente do eu que escreve. A crônica se firmou, desse modo – bem o sabemos todos –, como o gênero que harmoniza a objetividade informativa e a impessoalidade crítica do jornal com a individualidade enunciativa, a imprevisibilidade temática e o sentido estético da produção literária.

Percorrendo o país de ponta a ponta para conhecer o que fazem os que defendem e constroem anonimamente o Brasil e são efetivamente dignos de sua terra, o mineiro Zuenir Carlos Ventura, que há 73 anos nasceu em Além Paraíba mas viveu boa parte da infância e juventude em Friburgo, no Estado do Rio, tem produzido sobre a sociedade brasileira, sua cultura e seus dramas, um retrato em cujo duro realismo a esperança de dias melhores jamais deixa de latejar.

No final de 69 realizou para a Editora Abril uma série de 12 reportagens sobre *Os anos 60 – a década que mudou tudo.* Em 1988, lançou *1968 – o ano que não terminou,* livro inspirador da minissérie *Os anos rebeldes* e cujas 39 edições já venderam mais de 200 mil exemplares. De 1989 datam as reportagens reunidas sob o título *O Acre de Chico Mendes,* que lhe valeu o Prêmio Esso de Jornalismo. Em 1994, lançou *Cidade Partida,* um livro-reportagem sobre a violência no Rio, traduzido para o italiano. Em 1998, publicou *O Rio de J. Carlos* e *Inveja – mal secreto,* que já vendeu cerca de 100 mil exemplares. São do ano seguinte as *Crônicas de um fim de século,* e de 2000 *Cultura em trânsito – 70/80 – da repressão à abertura*, com Heloísa Buarque de Hollanda e Elio Gaspari. Seus últimos dois livros são *Chico Mendes – Crime e Castigo* e *Um Voluntário da Pátria*, sobre o golpe de 64. Também participou, como roteirista, de dois documentários: *Um dia qualquer* e *Paulinho da Viola: meu tempo é hoje*.

Seu estilo é refinado e leve tanto na captação do universo esvanecente da crônica, que lhe permite digressões e devaneios, como nos trabalhos tipicamente jornalísticos, em que sobressai, incisiva e corajosa, a voz do repórter várias vezes laureado (*Prêmio Esso de jornalismo e Wladimir Herzog*, de direitos humanos, em 1989; *Prêmio Jabuti de Reportagem*, em 1994).

Típica da atividade de cronista é a recorrência de certos temas. Zuenir cultiva os seus, preferências ideológicas ou culturais, ou mesmo inquietações que supõe partilháveis com o leitor. Alguns são assuntos inerentes ao papel que lhe cabe no jornal, como a identidade cultural brasileira, as muitas faces da violência, a cidade do Rio de Janeiro, a cultura e seus personagens, a música em todas as suas expressões – principalmente a que nasce da criação de grupos da periferia, sem espaço na mídia.

Em "O Brasil o que é?" ecoa as conhecidas teses da mistura das raças para identificar, na figura do mulato, "nosso jeitinho contra a polarização, síntese literal e metafórica do homem brasileiro". Arremata a constatação de que o país é "um laboratório de miscigenação, de multiculturalismo, de música, de cinema, de arquitetura e, claro, de futebol" com uma frase de Tom Jobim que subverte o título de uma obra sobre o Brasil escrita por um estrangeiro: "O Brasil não é um país para principiantes".

Alumbramentos de turista ecológico convivem em harmonia com a denúncia de uma "reversão de imperialismos" a propósito da proposta de uma multinacional interessada em internacionalizar o Festival Folclórico de Parintins, tradicionalmente patrocinado pela Coca-Cola (*Amazônia now*). E intuições psicanalíticas ajudam o cronista a especular sobre as razões que mantêm o humor generoso dos políticos em campanha: "É comum ver jogadores famosos e ídolos do show bizz se queixarem do assédio e da invasão de privacidade, mas é difícil encontrar essa reclamação na boca de um candidato. (...) Talvez seja reducionismo atribuir a um desvio de libido todo esse prazer que a prática política desperta em quem dela é dependente. Mas com todo respeito aos sentimentos nobres, deve haver também um impulso muito forte que Freud explica, outras motivações nem sempre visíveis a olho nu, nem sempre confessáveis, vagando nas zonas de sombra, nas regiões recônditas da alma, ou melhor, do ego, do id e do superego." (*Por que eles querem o poder?*)

Algumas crônicas oferecem perfis de artistas e homens públicos – Betinho, Mário Covas, Bispo do Rosário, Gilberto Gil, Jorge Amado, Rubem Fonseca, Paulinho da Viola entre outros. O "amante das Artes" ocupa um espaço significativo nesses textos, em que o cinema e a música são destaques. Acompanhando as gravações do documentário sobre Paulinho da Viola, cujo roteiro criou, passa por algumas provações inerentes à função de repórter, mas no final resume a certeza da recompensa: "É tudo muito cansativo: é comum se trabalhar 16 horas seguidas. Não sei como tem gente que faz do cinema profissão. Mas, pensando bem, eu devia estar pagando para ver o que tenho visto de graça."

Ainda uma vez é com a sensibilidade de gente comum, disponível para a emoção, que capta esses momentos. Em "Amélie, mulher de verdade", sobre o filme *Fabuloso destino de Amélie Poulain*, enaltece o direito à alienação para poder passar "duas horas como uma criança. E não só eu. Um dos divertimentos da personagem Amélie é ficar olhando pra trás no cinema para ver a reação das pessoas. Fiz isso discretamente, quando o filme estava acabando, e vi a cara de satisfação e felicidade dos espectadores."

O noticiário ainda estava contaminado pela destruição das torres do World Trade Center quando Zuenir escreveu "Perto de Marisa, longe da guerra", mais uma válvula para aliviar o sufoco de um contexto insano. O texto, primoroso, exalta o fenômeno musical incorporado por Marisa Monte: "Fugindo das deturpações, sem aquelas leituras que deformam o original, ela constrói um repertório cuja unidade é tecida pela diversidade, e esta, após passar pelo filtro de sua voz, adquire uma nova identidade. É um processo meio antropofágico, em que ela digere, reelabora, reinventa e devolve de forma nova o que assimilou – e tudo fica sendo Marisa Monte, mesmo quando não é composto por ela."

O Regimento Caetano de Faria, onde esteve detido em 68, é o cenário de "Memórias do cárcere", alusão à obra de mesmo título de Graciliano Ramos. Nesta crônica, Zuenir protesta contra a utilização recente desse espaço para manter, sob prisão temporária, dois bandidos sanguinários, chefes do tráfico. O mesmo Regimento onde tinham sido mantidos "sob custódia bravos opositores de duas ditaduras: a de Getúlio e a dos generais", e cujo comandante, volta e meia atormentado pelo impulso suicida de se atirar pela janela de seu gabinete, ouviu de um ilustre encarcerado, o psicanalista e poeta Hélio Pellegrino, o seguinte diagnóstico: "– No fundo, coronel, o sr. é também prisioneiro, de si próprio, e acha que a liberdade está lá fora."
É uma página da história política e cultural do país, que ao mesmo tempo serve ao cronista para avaliar o nível de interesse de seus leitores pelo assunto. A resposta viria logo depois, em "Memórias do sufoco cultural", crônica em que celebra a revitalização de um espaço símbolo da "resistência intelectual à ditadura": o Teatro Casa Grande. Boa notícia numa época "em que os cinemas de rua estão virando

supermercado e academia de ginástica". Poderia ter acrescentado "e templos religiosos".

Recorrentes também são certos procedimentos que imprimem o toque pessoal e revelam o cidadão comum, o transeunte de carne e osso com quem podemos topar no sinal ou na padaria. As crônicas de Zuenir nos revelam um narrador que ordinariamente se inscreve no texto na primeira pessoa do singular, se chama Zuenir e reúne uma série de traços físicos coincidentes com os do indivíduo Zuenir Ventura. É uma tática de aproximação, de recorte de um espaço de cumplicidade que autoriza confidências e nos deixa à vontade para assumir supostas fragilidades e limitações. A crônica "Pagando mico" é exemplar a esse respeito: "Essa semana vou virar celebridade, vou ter meus 15 minutos de fama". Convidado para gravar uma cena de novela, resiste porque, diante das câmeras, fica "muito burro, mais que o normal". E justifica: "Aparecer na televisão para mim é sempre um mico. Durmo mal na véspera, quando fico imaginando as besteiras que posso dizer, e no dia seguinte com as besteiras que disse." Os homens se igualam e se humanizam nessas fraquezas. Parece ser o que nos diz Zuenir, de certa maneira ecoando a voz de Rubem Braga, a quem evoca, quer nominalmente (*Ai de ti, Ipanema, O exemplo das amendoeiras*), quer tematicamente, no apreço pelos pequenos gestos de generosidade e solidariedade praticados à sombra do anonimato e tragados pela urgência do quotidiano (Crônica de um enguiço).

À galeria das crônicas que fazem referência à precariedade da condição humana pertencem, seguramente, as que versam sobre a velhice. Aos 73 anos, que só a certidão de nascimento lhe dá, Zuenir enfrenta com senso de humor a experiência de envelhecer, especialmente para a autogozação irônica, deliciosamente praticada em "Um idoso na fila do Detran" e "Se não me falha a...". Na primeira, "favorecido" pelo indesejado benefício de "ser idoso", hesita diante do cartaz que informa "Gestantes, deficientes físicos e pessoas idosas"; na segunda, cria uma grande expectativa em torno de um remédio tiro-e-queda para a memória, capaz de desfazer "toda aquela névoa que envolvia o seu hipocampo" e cujo nome se prontifica a fornecer: "Pois foi nesse momento que a névoa voltou, foi voltando, como se eu estivesse subindo a serra de Friburgo: veio vindo, veio vindo e encobriu tudo."

A impressão geral que se colhe da leitura destas crônicas é que a palavra do cronista se alimenta espontaneamente de outras duas vozes: a do repórter e a do cidadão comum. Os olhos e os ouvidos do repórter o antenam com os fatos, mas é de corpo inteiro que o cidadão comum assimila o mundo, mergulha no núcleo de certas experiências e, com o faro afiado do repórter e a hábil ferramenta do cronista, lhes descobre – se é o caso – o matiz lírico ou dramático, e extrai delas a lição que, mesmo sendo sofrida, jamais é pessimista. A escrita que resulta daí é um modelo de harmonia entre o uso culto padrão e a variedade coloquial brasileira. O tom ameno e amigo da palavra justa e da reflexão oportuna deixa para o leitor uma sensação de sintonia e cumplicidade, sem negar-lhe o direito à opinião própria. O convite, se o explicitasse na página, não seria "leia e veja se não tenho razão", mas "senta aqui a meu lado, vamos descobrir juntos a vida que pulsa sob a pele do quotidiano... e trocar impressões". As páginas que se seguem estão cheias delas. É tempo de o leitor conferi-las.

José Carlos de Azeredo

CRÔNICAS

A GRANDE ALDEIA QUE HABITAMOS

E AGORA O DIES IRAE

O perigo é se transformar o outro, qualquer outro, em inimigo.

Soube de pessoas, e estou entre elas, que somatizaram de tal maneira os acontecimentos do 11 de setembro de 2001 que se sentiram como se tivessem "levado uma surra", que sofreram uma espécie de atentado físico virtual perpetrado por aquelas imagens de horror vistas na televisão. O corpo ficou exausto e a alma doída.
O choque e a perplexidade levaram os amigos a se telefonarem como há muito tempo não faziam. Não eram conversas, mas exclamações: "que horror!", "o que é isso!", "como é que pode!". Não adiantavam muito, não esclareciam nada, mas davam um certo conforto, funcionavam como consolo para a própria impotência. Mesmo considerando que estamos calejados de catástrofes e perdas coletivas, inclusive no Brasil (basta lembrar as mortes de Tancredo, Senna, Ulysses), vai ser duro superar esse trauma, tão carregado de símbolos e significados.
Em todos com quem falei, o desencanto, a desesperança com o mundo, a sensação de malogro da razão, de falência de projeto para a humanidade, o gosto amargo de

vitória do irracional, todo um desespero diante dessa produção do mal como forma de energia incontrolável. As luzes, onde estão as luzes?

E agora, o que vai acontecer?

Filhos de amigos meus, crianças e adolescentes, igualmente chocados como a gente, repetiram para os pais essa pergunta que o próprio mundo está se fazendo, dividido entre a perplexidade e o medo. A verdade é que, para a Humanidade, não se sabe se o pior é a dor da ferida agora ou se vai ser a da cicatriz em seguida, com todas as seqüelas pós-trauma: estresse, rancor, ódio e fúria vingativa. O dies irae, o dia da cólera.

Em algumas cartas de leitores, em artigos de jornais árabes, em certas comemorações de rua, entre críticos da política externa americana nota-se um nem sempre disfarçado júbilo pelos atentados, um impiedoso "bem feito", como se a morte de civis inocentes fosse a melhor vingança contra a insensatez dos dirigentes. Como se fosse possível justificar atos como aqueles. Como se a melhor maneira de ir à forra das atrocidades cometidas pelo exército americano no Vietnã, no Laos ou no Camboja fosse provocar o equivalente com a população dos EUA, para ela ver "o que é bom". Como se isso fosse aplacar e não atiçar o ânimo beligerante de Bush para uma retaliação cruel e sangrenta contra o inimigo – culpado ou inocente.

O que deveria servir de argumento contra a corrida armamentista e indústria de guerra, contra os cordões sanitários, contra os escudos antimísseis – contra tudo isso que não consegue impedir a ação primitiva de um fanático num avião comercial – vai servir ao contrário para mobilizar e estimular o que há de mais destrutivo no homem: a fúria vingativa.

Há um poema do grego Konstantinos Kaváfis, "À espera dos bárbaros", que se tornou emblemático desses nossos tempos: "...é já noite, os bárbaros não vêm e gente recém-chegada das fronteiras diz que não há mais bárbaros./ Sem bárbaros, o que seria de nós?/ Ah! eles eram uma solução".

Há quem defenda a tese de que não foram os bárbaros que destruíram o império romano ocidental: o império teria morrido de doença interna, já que não soube se transformar sem desaparecer. Para Bush, os bárbaros, depois de invadirem as fronteiras, vão continuar sendo uma solução, como no poema de Kaváfis.

Num livro em que compara as angústias do ano 1000 com as do ano 2000, o medievalista francês Georges Duby relaciona e faz um paralelo entre cinco medos ancestrais: da miséria, do outro, das epidemias, da violência e do além. "Se o homem medieval teme, sobre todas as coisas, o pagão, o muçulmano e o judeu, infiéis a converter ou a destruir, desconfia também do outro, seu vizinho de aldeola". Esse é o perigo de agora: transformar o outro, qualquer outro, todos os outros, desde que sejam diferentes, no inimigo a destruir, em bárbaros.

Quando esse sentimento toma conta das pessoas, cegando-as, seja em relação às favelas cariocas, seja em relação ao outro lado do mundo, é o fim da conciliação e da paz. Falando da Idade Média como se estivesse falando de hoje, Duby mostra o que o ódio irracional pode fazer com as pessoas, mesmo com os modelos de santidade, como São Luís. Quando propunham ao santo discutir com os muçulmanos e com os judeus, ele respondia: "Com essa gente, há apenas um argumento: a espada. É preciso enfiá-la no seu ventre".

Os Estados Unidos já estão com o punhal entre os dentes à procura de um ventre.

15 de setembro de 2001.

NA IDADE
DAS TREVAS

De repente, todos os fantasmas estavam ali na tela da tv: a paranóia se fazendo realidade.

Aquelas cenas improváveis, quase impossíveis, o avião atravessando o prédio de um lado a outro, os rolos de fogo subindo, os edifícios se desmantelando como se fossem uma construção de areia do Sérgio Naya, implodindo, caindo para dentro, asfixiando-se em cinza e pó. E as pessoas se jogando, outras correndo, fugindo da gigantesca vaga de fumaça, algumas tropeçando, caindo e sendo soterradas pelos escombros.

Poucas vezes senti tanta impotência para escrever sobre um acontecimento e tanta impossibilidade de falar sobre outra coisa – de pensar em outra coisa, de deixar de ver aquelas imagens, de não conseguir desviar do horror todos os pensamentos. Acho que, como todo mundo, fiquei estatelado diante da tv, meio anestesiado, sem querer acreditar no que via e querendo crer que tudo não passava de efeito especial, de realidade virtual, desses filmes terminais do cinema-catástrofe.

Como flashes, me vinham as lembranças de uma tarde no World Trade Center, anos depois do atentado de 93: a visita a uma exposição dos inventos de Da Vinci, a subida até o terraço, a vista de quase 500 metros de altura, os bares abarrotados para o *happy hour*, a sensação de segurança, a impressão de que nada poderia afetar o Império, abalar as bases daqueles símbolos de poder e arrogância arquitetônica. Entendi por que as televisões americanas tiveram que avisar aos telespectadores que aquelas cenas eram reais, que os acontecimentos tinham de fato acontecido. A realidade estava finalmente copiando a ficção de mau gosto numa escala e numa fidelidade nunca vistas. Antigamente, fazia-se necessário avisar que "qualquer semelhança com pessoas ou acontecimentos reais é mera coincidência". Agora era o contrário: a virtualidade do real. Tudo verdade, mas parecendo mentira.

Minha geração, a que tinha dez anos quando houve o ataque à base de Pearl Harbor, no Havaí, passou alguns dos melhores anos de nossas vidas atormentada pelo pesadelo da Guerra Fria, perseguida pela ameaça da destruição nuclear, do apocalipse e do caos, da iminência enfim da Terceira Guerra Mundial. Nós, que sofremos boa parte do "breve século XX", da "Era dos extremos", que fomos contemporâneos de todos os horrores ideológicos, que assistimos a uma guerra mundial, ao holocausto, a várias formas de extermínio em massa, acreditávamos que a "marcha da insensatez" terminaria por aí, que não iríamos ter que deixar para filhos e netos mais esse testemunho no alvorecer do século XXI: "eu assisti ao maior atentado terrorista da história da Humanidade". Não merecíamos isso.

De repente, todos os fantasmas estavam ali na tela da tv: a paranóia se fazendo realidade. Comparou-se muito o 7 de dezembro de 1941 com o 11 de setembro de 2001, o ataque japonês com os atentados terroristas desta semana.

Mas a distância entre as duas tragédias é a mesma que separa os dois mundos, o de ontem e o de hoje. Bons tempos aqueles em que só estando numa base militar se poderia ser atacado por um avião inimigo. A diferença é que ninguém está mais a salvo, em lugar nenhum.

A guerra pós-moderna não tem campo de batalha, não tem alvo militar, não tem fronteiras. É transnacional, globalizada. Não se precisa nem mais de sofisticação tecnológica. Basta a disposição suicida numa época em que a vida é tão barata, não vale nada. A única certeza é a de que contra um fanático disposto a morrer não há defesa possível. As esperanças nascidas com a queda do muro de Berlim, a utopia da conciliação já haviam se chocado com a realidade das guerras étnicas e o fundamentalismo religioso. Agora, tudo ruía junto com as torres gêmeas, soterradas pelo terrorismo.

Já se disse que a guerra do século XXI será outra: se o século XIX ficou marcado pelos conflitos dos Estados-nações e o século XX pelo confronto das ideologias, o atual assistiria ao choque de civilizações, já que os antagonismos entre culturas, religiões e raças é que seriam os limites da fratura. Não mais "cortina de ferro", mas outra mais perigosa, mais concreta e letal: a "cortina de veludo" que separa o Ocidente de outras civilizações.

Acrescente-se à tragédia o fato de que em meio ao desespero, à dor e ao choque é muito difícil encontrar lugar para a sensatez e a razão. É possível que, como o iluminismo, elas venham a ser expulsas definitivamente do planeta, se é que já não foram. O pior é que o horror a que assistimos pode não ser o fim, mas apenas o começo de uma nova idade das trevas.

NEM TERROR
NEM FAROESTE

*Será que para ser contra os terroristas é preciso
ser a favor de Bush?*

Duas amigas, uma do Rio e outra de São Paulo, estavam preocupadas essa semana com um certo fascínio que os filhos adolescentes passaram a manifestar em relação a Bin Laden. Isso mesmo, pelo Coisa Ruim. Chocadas, elas os chamaram à razão e explicaram como esse personagem era nefasto e indigno de qualquer respeito e admiração.

Descobriram então que a atitude irracional dos meninos e de muitos de seus colegas era motivada por um radical antiamericanismo. Provavelmente fantasiados de "american way of life", adotando esse estilo de vida e se comportando como um colega americano – de tênis Reebock, bermuda, na porta do MacDonalds, bebendo Coca-cola – esses jovens devotam aos EUA uma mal-explicada antipatia.

Estou pasmo diante desse antiamericanismo juvenil tanto quanto diante de seu contrário, um americanismo senil que nos quer obrigar a uma conversão aos belicosos ideais bushianos, sob o argumento obscurantista de que "não é hora de sensatez!", "chega de tolerância com o inimigo!'". Será que para ser contra os terroristas é preciso ser a favor de Bush? Será que a única saída é escolher entre dois sectarismos? Que história é essa de "ou é meu amigo ou é meu inimigo"?

Quem viveu o clima odiento da Guerra Fria sabe como é perigosa e nociva essa polarização maniqueísta, esse alinhamento incondicional, esse envenenamento de corações e mentes, esse mundo sem matiz, sem cinza, de preto ou branco num país em que o patriotismo – em princípio tão generoso, de abnegação cívica e disposição ao sacrifício – pode, de uma hora para outra, se transformar em xenofobismo, em terror macarthista de caça às bruxas.

É evidente que se tem de ser contra o terrorismo – contra mesmo, sem hesitação, sem complacência ou contemplação, irrestritamente. Nunca é demais denunciar a sua nocividade absoluta. É o pior flagelo desses tempos pós-modernos, ao lado da aids e do narcotráfico. Não há nada de pedagógico, edificante ou profilático nele.

Mas dito isso de maneira insofismável, é preciso ser igualmente contra essa ética do faroeste que Bush quer impor às relações internacionais, apresentando-se como mocinho, como o porta-voz do Bem em luta contra o Mal. Como não suspeitar de uma liderança sem grandeza intelectual e sem equilíbrio emocional, que oscila entre os surtos de raiva e as tentativas de emenda e correção, que se trai pelos atos falhos, que atiça o preconceito religioso e depois vai correndo a uma mesquita para tentar tranqüilizar seus freqüentadores.

Sabe-se que um dos objetivos dos terroristas é implodir junto com eles a razão e a nossa crença na Humanidade. Eles obterão mais uma vitória se numa hora como essa a insanidade se sobrepujar à sensatez, numa "cruzada" que confunde árabes com muçulmanos e estes com terroristas e todos com "infiéis". Achar que a brutalidade se combate com a força bruta e não com a inteligência, é como reproduzir em escala planetária a burrice que historicamente a polícia carioca cometeu em relação aos nossos terroristas dos morros, os traficantes, atacando as favelas como se lá só existissem bandidos.

Ao contrário do que afirmou o rabino Henry Sobel em momento de pouca inspiração – "o mal absoluto só pode ser vencido pela força bruta" – não é a força bruta, desvairada, mas a força inteligente que é eficaz nesse tipo de combate. Não é inteligente acreditar que o mal, por ser absoluto, não pode ser inteligente. A ação terrorista nas torres gêmeas é o melhor exemplo.

Outro dia, cheia de dor e lucidez, a professora Maria da Conceição Tavares me telefonou para dizer que pelo menos a imprensa brasileira, de maneira geral, se comportara com equilíbrio e serenidade, condenando com veemência os atentados, mas sem bater os "tambores de guerra", como fez parte da imprensa americana.

De fato, aqui nenhum Dan Rather foi para a tevê chorar três vezes e declarar que "Bush terá o que quer de mim" ou coisa parecida. Acho que nenhum colega, com a respeitabilidade de Rather, faria isso em circunstância alguma. Pecamos muito, e às vezes até por cinismo, mas não por engajamento irrestrito, por devoção ou capitulação emocional ao poder – e olha que em matéria de equilíbrio emocional e preparo intelectual, não se pode nem de longe comparar FH a Bush. Posso estar enganado, mas não consigo imaginar um respeitável jornalista brasileiro, mesmo em estado de choque, cometer uma ameaça como a do colega americano: "temos uma espada bem afiada que será usada em breve".

22 de setembro de 2001.

SORRIA, VOCÊ ESTÁ NO RIO

No pacote de manifestos e indignação sobre a crise mundial, não podia faltar o humor.

Mal entrei no táxi e o bem-humorado motorista já me recebeu com a pergunta: "quem o sr. acha que vai ganhar a briga, o Bem Ladra ou o Pit-Bush?" Em seguida, repetiu como se fosse dele a piada do Agamenon, a melhor já surgida sobre o tema: "errar é humano, mas acertar é muçulmano". Depois, tentou me convencer que o tal olhar sereno do Bin Laden é de "quem fuma vários baseados por dia" e o de Bush é de "quem não pára de cheirar".
E para terminar: "o sr. sabia que os pilotos eram portugueses?". Respondi que não, apressando o desfecho: "pois é, tudo aconteceu porque alguém mandou que eles entrassem "em contato com a torre". Ordem é ordem. Tinha ainda a da série "odeio meu vizinho", mas essa eu já conhecia: um mapa da América Latina a ser enviado para a Força Aérea dos EUA, com o Afeganistão no lugar da Argentina.
Não havia dúvida, eu estava no Rio. Não podia faltar humor a um pacote que inclui um arsenal de manifestos, cartas-abertas, indignação, paranóias, histerias e xingamentos, divulgados sobretudo pela internet. Não se fala em outra

coisa. Não há um jantar, um encontro, uma roda de papo que não comece ou termine pela pergunta: "e aí, o que estão achando da situação?". Ninguém precisa perguntar "que situação?". No país dos 160 milhões de técnicos de futebol, há hoje outro tanto de especialistas em Oriente Médio.

Depois desse curso rápido por correspondência, que a partir do dia 11 transformou o Brasil numa grande mesaredonda sobre islamismo, ainda vem muito mais por aí para reacender as discussões: a guerra, bem entendido, e a próxima novela da Glória Perez, que, ao que tudo indica, tem intuições premonitórias.

Há um mês reinava uma santa ignorância em relação às diferenças étnicas, religiosas, raciais e ideológicas do Oriente Médio. Não digo que ainda não haja (estou falando por mim), mas não se conhecia nem o que hoje são lugares-comuns: que há países árabes que não são muçulmanos, e vice-versa, que Bin Laden, cobra criada da Cia, é saudita, ou seja, de um país que apóia os EUA na luta contra o Afeganistão e que este, por sua vez, está acostumado a se libertar dos jugos – dos persas no século XVIII ao dos soviéticos outro dia, passando pelo britânico no século XIX. Dá para publicar um almanaque com milhares de "você sabia?".

Como no anúncio de refrigerante da Regina Casé, diga depressa: Tadjquistão, Cazaquistão, Turcomenistão, Uzbequistão. Ainda não consigo, mas já sei que são ex-repúblicas soviéticas e que vão ter muita importância estratégica no conflito armado. Também recebi lição de um assessor de Bush, a quem é atribuída a seguinte pergunta: "O que nós podemos fazer ao Afeganistão que o Afeganistão já não tenha feito a si mesmo?".

Em relação ao terrorismo, aprendeu-se também um pouco, talvez mais o que fazer, que é erradicá-lo, do que o como fazer. Mas já não se confunde tanto a atividade com religião ou etnia, e para isso funcionou o exemplo bastante evocado dos grupos Ira e Eta que, por serem cristãos, nunca foram identificados com o cristianismo.

Uma boa sugestão de "como fazer" veio do colunista americano William Safire, para quem o método eficaz de combater a mais poderosa arma dos terroristas – a disposição para a morte – está dentro do próprio islamismo. Bastaria, segundo ele, que os sacerdotes muçulmanos pacíficos, que são a maioria, fizessem a cabeça de seus fiéis, desmentindo a crença de que os suicidas vão encontrar do lado de lá milhares de virgens a serem defloradas. Se conseguissem mostrar que o que os espera é o castigo eterno, isso ajudaria a desencorajar os candidatos à morte.

Outro ensinamento é o de um ex-agente da CIA, dirigido aos eventuais colegas que quiserem se infiltrar entre os terroristas nas montanhas do Afeganistão. O conselho é se preparar para uma rigorosa dieta, uma quase abstinência total por via oral e outras vias. Esses espiões terão que "aprender a comer porcaria" e (ele não disse nesses termos, mas o sentido é o mesmo) "desaprender de comer mulher". Alguém se habilita ao emprego?

De nossa parte, o que podemos oferecer ao mundo como ensinamento nessa hora é um pouco desse nosso riso tônico e medicinal, nós que convivemos intimamente com a morte, a morte no varejo, individual ou em chacinas, todo dia, em qualquer lugar. "Como aqui a morte é tanta", já dizia João Cabral sobre o Nordeste, "só é possível trabalhar/nessas profissões que fazem/da morte ofício ou bazar". Ou como canta hoje o rapper MV Bill, reinventando Guimarães Rosa no Rio de Janeiro: "Morrer é fácil, difícil é viver" (...) "Mente criativa pronta para o mal/Aqui tem gente que morre até por um real".

É uma atitude de risco, porque pode nos anestesiar, se é que já não fez isso. Mas, por outro lado, pode ser de resistência, sem nada de cínica: rir apesar da dor, pra não se entregar à morte.

24 de setembro de 2001.

O QUE PODE
SOBRAR PARA NÓS

*A esperança é que a guerra não chegue
aqui nem em forma de medo.*

Indignado, o leitor termina o seu violento e-mail pedindo que se troque a palavra bandido por terrorista na frase "Bandido bom é bandido morto", do Sivuca, a cujo "time" ele tem orgulho de pertencer. Admito que o policial carioca foi pelo menos um precursor mais criativo do que o Bush de "Morto ou vivo", que apenas copiou o que já existia no faroeste, mudando a ordem das palavras.

"Se aquela monstruosidade tivesse sido cometida contra o telhado de sua casa, matando toda sua família", pergunta ainda o leitor, "você teria produzido o mesmo texto?". Ele estava tão furioso com o que foi escrito aqui sobre a guerra que não percebeu ser a pergunta dispensável. Se aquilo tivesse acontecido comigo, é evidente que eu não produziria o mesmo texto – aliás, nem o mesmo nem outro qualquer.

Embora reações como essa não tivessem sido predominantes, elas trazem de volta assombrações que julgávamos sepultadas desde o fim da Guerra Fria: a polarização ideológica, o confronto de intolerâncias, o rancor, a desconfiança em relação à crítica, a suspeição e sobretudo um ódio meio desorientado, sem rumo certo, como uma bala perdida, pronto a atacar qualquer alvo.

"Sensatez é a desculpa dos covardes", me escreveu por sua vez uma senhora, que em tempos normais deve ser uma pacífica e sensata mãe de família. Sinal dos tempos. Quando a moderação vira xingamento, é porque a crise é também de nervos.

Espera-se que a guerra não venha a ter aqui, como desdobramento, represálias ou atentados, embora a hipótese não possa ser de todo descartada. Há quem acredite que de uma maneira ou de outra ela chegará, mais cedo ou mais tarde. Por ora, o que nos ameaça é esse clima macarthista importado de lá: radicalismo, discriminação, pessoas falando em nome do Bem e decidindo quem é o Mal.

Há, porém, um perigo maior, que os EUA já estão enfrentando e que queira Deus não chegue até nós: o medo. Não a paranóia, que é o medo injustificado; nem o pânico, que é sua forma exagerada, mas o medo puro, real, contagioso, aquele sentimento tão bem definido por Guimarães Rosa: "O medo é uma pressão que vem de todos os lados". No caso, pode vir da água que se bebe, do ar que se respira, do que se come, do escritório, do cinema, do metrô. Vem sobretudo do "outro", do inimigo, que agora mora ao lado. De repente, o império descobriu que os bárbaros saíram da periferia e foram para dentro de casa.

Para um país autocentrado que parecia não ter nada a aprender fora de si, foi uma lição dura demais. "Quem de dentro de si não sai/Não vai mais amar ninguém". Essa semana, a avó brasileira de um esperto menino de onze anos, nascido nos EUA de mãe americana e pai carioca, me contava como subitamente ele perdeu a inocência. Cheio de espanto e medo, não pára de perguntar em inglês: "por que eles nos odeiam, vó, por quê?".

A esperança é que, assim como contiveram a fúria inicial do Bush, controlando seus impulsos e evitando ações mais intempestivas, os aliados consigam barrar agora o seu ímpeto expansionista que quer levar a guerra a outras terras, assim que acabar com Bin Laden e seu grupo, o que deve estar próximo. Mas será que isso vai resolver?

A gente fica sem saber o que é pior – pegar o terrorista, mas ele virar herói ou mártir, unindo todo o islã num mesmo ódio e numa mesma jirad. Ou não pegá-lo e frustrar milhões de americanos sedentos de vingança. Sob esse aspecto, é extraordinário e perturbador que a esmagadora maioria da população dos EUA – mais de 90% – apóie a guerra, mesmo sabendo o que isso pode representar de intranqüilidade e riscos internos, de medo.

Uma das características mais assustadoras desse conflito é que além de derrubar todas as referências, ele pôs fim também à retórica, o elemento que manteve o equilíbrio durante a Guerra Fria. Como as duas superpotências sabiam que podiam se destruir, elas ficavam disputando no grito. A Guerra Fria foi uma guerra de palavras, psicológica. Agora, não: o que se diz, se faz, e a iniciativa pode ser sempre pior do que a ameaça. Quando um desvairado afirma "Eu vou acabar com vocês", o outro responde: "Vocês não vão ter mais paz". E tem-se certeza que nenhum dos dois está blefando. Eles acreditam no desvario, no próprio e no do outro – e nós também.

* * *

Um mistério não me sai da cabeça: quem foi o gênio que, na terra da propaganda, cismou de jogar alimentos em pacotes sobre terrenos minados, e ainda por cima com a inscrição: "Essa comida é um presente do povo dos EUA"? Será que ele não sabia que os soldados americanos costumam escrever nas bombas mensagens como "Feliz Natal,

Saddam"? Imagine a hesitação do pobre afegão que, depois de se livrar das minas, conseguiu chegar inteiro diante de um pacote daqueles: "abro ou não abro?" Deve ter preferido morrer de fome a abrir aquela possível bomba empacotada.

13 de outubro de 2001.

APÓS O PÓS-TUDO

*As metáforas ficaram sem sentido, a força
de expressão perdeu a força.*

Há menos de um mês parecia não haver no mundo um pó branco mais nocivo do que a cocaína. Havia. Há 40 dias, achava-se que as coisas não podiam piorar. Podiam. Não se trata daquele lugar-comum de que a gente era feliz e não sabia. Nada disso. Já não vivíamos no melhor dos mundos, mas se falava em regeneração, fim da História, renascimento. Não se podia imaginar que a barra fosse pesar tanto.

Os efeitos socioeconômicos do 11 de setembro talvez sejam mais fáceis de prever do que as mudanças culturais. A começar pela linguagem. As metáforas, imagens, paródias e parábolas ficaram sem sentido, deixaram de ser retóricas para se tornarem realidade. A força de expressão perdeu a força. A realidade virou mais hiperbólica do que qualquer hipérbole.

O vocabulário, a sintaxe e a semântica tradicionais se mostram inadequados para descrever o absurdo histórico e emocional que estamos vivendo, sem ter para onde olhar – de um lado, a morte chegando solertemente por carta; de outro, descendo impiedosamente a bordo de bombas "inteligentes", e nos dois casos só atingindo inocentes.

Algumas certezas e referências entraram em agonia e outras, em convulsões de morte. "Meu mundo caiu", cantava Maysa, e a gente curtia. Hoje, talvez não fosse uma canção, mas uma notícia da CNN.

De que maneira tudo isso atingirá a cultura pós-11 de setembro e, por outro lado, até que ponto isso foi antecipado pela produção cultural pós-moderna? O dadaísmo inventou um *nonsense* fonético e onomatopaico para tentar captar o horror dos tempos da 1ª Guerra Mundial, para exprimir uma sensibilidade em desacordo com sua época. O existencialismo teve náuseas diante do absurdo da 2ª Guerra. O que será que o pós-pós-modernismo, ou pós-tudo, fará daqui para a frente?

Daqui para trás sabemos o que foi feito. Ao romper com o princípio da simetria, do equilíbrio e da harmonia, transgredindo regras de congruência e lógica, desfazendo paralelismos, a estética pós-moderna antecipou de certa maneira esse mundo de desordem, fraturado, desintegrado, esse universo cujo destino uma lei da termodinâmica acredita que é degradar-se pela entropia.

Para só falar do cinema, nos últimos anos Hollywood especializou-se em tentar extrair beleza do mal, em estetizar a violência e glamurizar a catástrofe. A implosão das torres gêmeas do World Trade Center poderia ter sido a terrível apoteose da tragédia pós-moderna, em que os heróis foram bombeiros anônimos.

Num livro muito atual – *Ecologia do medo – Los Angeles e a fabricação de um desastre*, Mike Davis reserva um capítulo para a "destruição literária" da cidade, um paraíso que se transformou em "parque temático do Apocalipse". Ele chegou a contabilizar as catástrofes. De 1909 até 96, a destruição de Los Angeles foi o tema central de pelo menos 138 romances e filmes.

"A Cidade dos Anjos é única, não só na freqüência de sua destruição fictícia, mas no prazer que esses apocalipses proporcionam a leitores e espectadores de cinema", escreveu Davis, provocando um inevitável comentário: e as coisas foram acontecer em Nova York!

Tempos atrás, fazendo uma pesquisa, encontrei na edição do *Jornal do Brasil* de 31-12-1899 o seguinte trecho de editorial: "O século XIX vai acabar a tiro. As salvas que anunciam o advento do século XX não são de festa, são de extermínio e destruição".

Apesar da premonição, que iria valer também para o século XXI, não costumamos acertar o futuro. Para felicidade geral do mundo, os jornalistas, ao contrário dos artistas, somos especialistas em prever o passado (é bem verdade que sempre na boa companhia de cientistas sociais). Dificilmente enxergamos um palmo adiante do nariz.

Em compensação, se não sabemos prever o mal, também não sabemos antecipar o bem. Há um mês, parecia improvável que Bush e Blair viessem a apoiar a criação de um estado palestino. Apoiaram. Há uma semana, seria impossível que isso passasse pela cabeça de Ariel Sharon. Está passando (é bem verdade que depois do assassinato do ministro israelense, pode apenas ter passado, mas não custa sonhar com a paz). Há alguns dias, era impensável que alguém na Casa Branca aceitasse que os talibãs viessem a participar de um governo de coalizão no Afeganistão. Agora aceitam.

Afinal, apocalipse quer dizer também descobrimento, revelação. De mais a mais, quando se chega ao fundo do poço, só há uma saída: a saída.

20 de outubro de 2001.

BARBA, CABELO E BIGODE

Para os rapazes de Cabul, a liberdade tem a cara lisa e imberbe.

Não se supunha que aquele país tão sofrido, arrasado pela guerra e devastado pela miséria, parecendo uma chaga aberta, ainda fosse capaz de produzir imagens de celebração tão alegres e bonitas: pessoas rindo, correndo, pulando e cantando pelas ruas, comemorando a liberdade depois de cinco anos de obscurantismo e opressão. Tendo em vista o que sofreu nessas últimas semanas, alguém podia esperar que no Afeganistão se voltasse a cantar e dançar na rua?

As cenas lembravam algumas das melhores festas cívicas ocidentais desses últimos 30 anos: a Revolução dos Cravos em Portugal, com flores espetadas no cano dos fuzis dos jovens capitães; a volta dos exilados e os nossos showsmícios das Diretas Já; a festiva queda do muro de Berlim, desconstruído quase que à mão numa cerimônia coletiva cheia de símbolos e significados.

Das manifestações festivas pela tomada de Cabul, o flagrante que mais me impressionou simbolicamente foi o do corte de barbas, o ritual público do fim das barbas impostas. As outras imagens, como o riso e as danças, fazem parte de todos os códigos de celebrações libertárias. Da liberdade inesperada se espera uma explosão de sons. Ouvir pela primeira vez na rádio, depois de tanto tempo, uma voz feminina e com o rosto descoberto deve ter sido emocionante para os afegãos.

Mas o fato é que a barba obrigatória com certeza tinha para os jovens o mesmo peso que a burka para as mulheres (curioso que não surgisse diante das câmeras uma jovem fazendo um *strip tease* facial, senão por afirmação de seus direitos, pelo menos por vaidade. Elas resistiram mais em mostrar a cara. No esforço para se libertar da repressão, talvez tenha sido mais fácil para o homem escanhoar o rosto do que para a mulher desnudar o seu).

Acho que desde Jesus Cristo, passando por Tiradentes (não propriamente o da História, mas o da iconografia) e chegando aos barbudos modernos – os hippies e os revolucionários – a barba tem sido associada em nosso imaginário à rebeldia e ao protesto, sendo que no caso do movimento paz e amor a abundância de pêlos, e não a falta, é que significava a contestação. *Hair* não foi apenas uma música, mas a trilha sonora e o símbolo de uma geração que se queria livre.

Para os rapazes das ruas de Cabul, no entanto, que há cinco anos não podiam raspar o rosto, a liberdade não era cabeluda, ao contrário: tem essa cara inédita que se viu agora – lisa e imberbe. Pensando bem, isso foi também o que as tropas da Aliança do Norte fizeram com os talibãs: barba, cabelo e bigode, de uma só vez.

Para quem, do lado de cá do mundo, já estava saturado de terrorismo e guerra, destruição e medo, as imagens dessa semana foram também um alívio, mesmo sabendo-se que elas não significam o fim da tragédia, mas apenas de um ato. Outras cenas como a de um soldado invasor chutando o rosto de um talibã morto, além das notícias de massacres dos derrotados, podem significar que para o povo, no fim das contas, talvez dê tudo no mesmo, pois se trata da volta do ruim para expulsar o pior. É possível até que uma outra guerra, a do chão, do corpo-a-corpo e do banho de sangue, comece agora. Mas isso é problema para Bush resolver, ele que dirige o espetáculo a distância.

Nos primeiros dias pelo menos esqueceu-se um pouco daquele país de desolação e morte que há mais de um mês se impunha como paisagem e tema diários da imprensa, causando rejeição em muitos leitores, como, por exemplo, nas duas senhoras que conversavam num grupo de amigos.

"Eu não agüento mais ler sobre o Afeganistão, pulo logo as páginas", desabafava uma delas, com apoio de todos, deixando no ar uma dúvida: quando é que um assunto se torna invariável, repetitivo? Discutia-se o que é interesse jornalístico, como são pautadas as matérias, que critérios levam os editores a hierarquizar as notícias. A propósito, perguntou a outra, numa coluna semanal, como são escolhidos os temas a serem tratados: eles são buscados ou surgem inesperadamente, aleatoriamente?

Naquela hora da noite eu ainda não sabia sobre o que escrever no dia seguinte de manhã, pois estava sofrendo do chamado mal de coluna – aquela crise de falta de assunto que de vez em quando ataca os colunistas. Respondi então que o acaso, mais do que qualquer premeditação, é que costuma resolver a questão, ele, o nosso anjo salvador. Por exemplo: ali, naquele momento, em função daquela conversa, estava acabando de aparecer o tema para a coluna que, eu esperava, elas iam ler hoje – se não fosse evidentemente sobre o Afeganistão.

17 de novembro de 2001.

UM ANO INSANO

A era das vacas loucas: as dos pastos e as das cavernas.

Dizem que há anos que não terminam, assim como há anos que não deviam terminar e há os que são curtos, a gente nem vê passar, de tão rápidos. Há os imprevisíveis, como 1968, e há os que se anunciam e ameaçam, e nem sempre acontecem como se esperava. Com o 1984 de Georges Orwel foi assim. Há os anos que se parecem com alguns séculos: começam tarde e acabam cedo, ou o contrário. Para o historiador Eric Hobsbawm, por exemplo, o "Breve século XX" foi de 1914 ao fim da era soviética. Outros anos só existem por um único acontecimento: ele eclipsa ou anula os outros. O que teria sido de 1898, se não fosse a Proclamação da República? E de 1989, se não tivesse ocorrido a queda do muro de Berlim? E o da Independência? E o da Abolição da escravatura? São os anos-Romário – ficam lá se fingindo de morto e, de repente, fazem uma bela jogada e um gol. Em compensação, os anos que lembram Ronaldinho são aqueles de uma lesão atrás da outra.

Assim como há chuvas que caem em um só dia o que não caem em um mês, a exemplo destas últimas sobre o Rio, há anos de tamanha intensidade que parecem feitos de um dia ou uma semana. Não adianta as pessoas ficarem dizendo que a História não obedece a ordem cronológica para acontecer, que ela pode dar saltos ou pode estacionar, que os anos não são como os dias que têm manhã, tarde e noite, ainda que tenham uma certa equivalência nas quatro estações.

Quem não sabe? Mas não adianta: psicologicamente, pelo menos, esses marcos anuais regem a nossa vida. "Fazemos anos", não fazemos dias ou meses. E é engraçado o jeito com que falamos da gente, pensando que estamos falando dos anos: "Foi um ano muito triste"; "tomara que acabe logo!"; "foi chatíssimo!" ou "não tenho do que me queixar". Freqüentemente, ganham apelidos como as pessoas: "anos dourados", "anos rebeldes", "anos de chumbo", "anos de terror". A verdade é que ainda não inventaram melhor maneira de contar o tempo.

Porque uma vez escrevi um livro sobre um ano, os repórteres costumam me perguntar qual foi o mais feliz de minha vida, aquele que eu escolheria para uma espécie de "vale a pena ver de novo". Enrolo, não respondo diretamente, é difícil escolher, mas acabo generalizando, saindo pela tangente: o bom é poder estar alegre no carnaval. Os anos mais felizes são aqueles em que se conjugam a felicidade pessoal e a coletiva, a gente e os outros, o que se passa dentro e o que se passa fora. É desagradável você estar alegre no meio da tristeza, mas sejamos sinceros: o contrário é ainda pior.

Os franceses chamaram de "Anos loucos" ("*Les années folles*") o período que foi de 1919 a 1929, situando-se entre o fim da Primeira Guerra e o do crack da Bolsa de Nova York. Eles usaram o adjetivo "loucos" no seu melhor sentido: de saudáveis desvarios. Não podiam imaginar que num futuro bem distante haveria um certo 2001, ano das vacas loucas, em todos os sentidos: as dos pastos e as das cavernas.

Com o término da Primeira Guerra, que se acreditava

então que seria a única catástrofe do século, os contemporâneos viveram as vertiginosas transformações dos costumes, mentalidades e tecnologia (o telefone automático, os transatlânticos, os aviões ligando rapidamente o mundo, os trens de luxo), com espanto e entusiasmo.

Os que escaparam ao massacre da guerra tinham agora, livres das privações e do perigo, uma nova sede de viver que punha abaixo tabus e convenções. As mulheres passaram a dirigir automóveis, a fumar em público, a andar sozinhas, a só casar por amor, a mostrar o corpo nas praias e a contorcê-los freneticamente ao som do *charleston* do *fox trot* e principalmente do *jazz*. Pelo som, pelas imagens, gestos, paladar, gostos e preferências, o sonho americano começava a se espalhar pelo mundo num dos processos de colonização cultural mais eficazes que já se conheceram.

Bons tempos aqueles em que se saía de uma catástrofe com tanto otimismo e alegria. Eles eram felizes e sabiam, e mais: acreditavam que assim seriam para o resto de suas vidas. O futuro lhes parecia risonho. Viviam o que, em outro contexto, no *fin-de-siècle* de Viena, o do século XIX, foi chamado de "alegre apocalipse".

A diferença é que "os anos loucos" de outrora soam como uma inofensiva brincadeira diante desse insano ano de 2001. Em termos de violência e guerra, a nossa estupidez aumentou. Não há mais restrição moral, nenhum escrúpulo, nada de Convenção de Genebra, vale tudo, todas as perversões e crueldades: o terror, a destruição pela destruição, o extermínio em massa, de preferência de quem não tem nada com isso. A vantagem é que agora podemos até não ter também a dimensão real do que vem pela frente, mas pelo menos perdemos a ilusão e a inocência. Em alguns casos, como o meu, só não perdemos a esperança.

29 de dezembro de 2001.

ANUNCIARAM QUE O MUNDO IA SE ACABAR

Quando nuvens negras avançaram do mar em direção à praia, escurecendo de repente o dia, e quando mais tarde o temporal atirou pedras de gelo nas janelas de vidro ameaçando quebrá-las, achei que finalmente estava chegando a Ipanema o tão anunciado fim do mundo – não como figura de retórica, mas como realidade.

Houve uma época em que essa ameaça era tão rara que dava até música. "Anunciaram que o mundo ia se acabar", cantou com sucesso Carmen Miranda. Nos Estados Unidos, a "invasão" marciana produzida no rádio por Orson Wells provocou pânico. Acreditaram que era para valer, mas quem acabou invadindo Marte foram os terráqueos. Hoje, o fim do mundo é um lugar-comum. De tal maneira que quando chegar de fato a hora, os jornais vão ter que advertir: "Agora é oficial: chega amanhã o Juízo Final".

Há pouco o suplemento *Fortune* pintou com tintas apocalípticas um planeta moribundo. A Rússia estava no fim; o poderoso Japão, em grave crise; a América Latina, nem se fala, e o pior poderia acontecer com os Tigres asiáticos, cujo "colapso" era atribuído ao "castigo por seus pecados". "A Grande Crise Asiática já pode inscrever-se nos livros de recordes", dizia ainda o suplemento, acrescentando: "a Ásia sequer chegou ao fundo do poço". Imagina quando chegar.

Como tudo nesse mundo à beira da catástrofe, também o medo, o pânico e o espanto foram banalizados. Nem nos desastres financeiros se acredita mais. Quantos "setembros negros" já tivemos? E agostos? Estão desmoralizando os sinais do Apocalipse. Palavras como caos, depressão, ruína, devastação, queda, desmoronamento, debacle fazem parte da rotina diária da imprensa.

Talvez porque estejamos sendo contemporâneos de uma turbulência como jamais se viu, global, planetária, não sabemos como noticiá-la, até porque ocorre ao mesmo tempo e em vários lugares. Antigamente, isto é, ontem, as revoluções, as mudanças abruptas, eram mais ou menos localizadas no tempo e no espaço. Até as grandes guerras, como a I e a II, só foram "mundiais" em termos. Hoje, alguém abre o zíper do Clinton no Salão Oval e, se não fosse a impropriedade da afirmação, eu diria que na mesma hora a gente estremece.

Por falar nisso, eu não contei, tinha mais o que fazer, mas o *The Washington Post* fez o cálculo. No relatório de 445 páginas do promotor Kenneth Starr, o substantivo "sexo" aparece 164 vezes. O adjetivo "sexual", 406 vezes. Tem mais. "Seios" aparece 62 vezes; "charuto", 23; "sêmen", 19; e "vagina", apenas 5 vezes, demonstrando que não era isso realmente o que estava em jogo. Nem "amor": 18 vezes.

Como diria minha mãe, se isso não é o fim do mundo eu não sei o que é. O que falta mais? Todas as pragas já estão aí: drogas, terrorismo, aids, atentados ao meio ambiente, sexo explícito e, para completar, os ataques especulativos, vorazes e avassaladores como gafanhotos bíblicos.

Tomara que as previsões estejam erradas, como sempre estiveram. Nossa incapacidade de prever é conhecida. Nossa, que eu digo, dos jornalistas, sociólogos e economistas. Não previmos 1968, nem a derrocada do império soviético, nem o fim do comunismo ou a queda do Muro de Berlim e nem, mais recentemente, o fracasso do milagre japonês e o colapso asiático.

    Somos craques mesmo é na previsão do passado. Ainda bem, porque assim a gente pode acreditar que, entre mortos e feridos dessa catástrofe insistentemente anunciada, vão se salvar todos, até a esperança. Pelo menos por enquanto.

19 de setembro de 1998.

CORRENDO ATRÁS DA FAMA

Talvez chegue o dia em que, ao contrário, todos terão seus 15 minutos de anonimato.

"O Brasil nunca teve tantas quase-celebridades", concluiu a repórter Ana Paula Franzoia, ao realizar um levantamento sobre o fenômeno. São aqueles personagens cujos nomes provocam logo a pergunta: "famosos quem?". Segundo ela, eles lutam furiosamente para estar na mídia, "dispostos a comentar qualquer assunto, participar de qualquer brincadeira, ser jurado de qualquer programa, pagar qualquer mico".

E mais: a tendência é de aumentar a espécie, considerando a incessante produção em série que vem despejando no mercado novos exemplares: artistas, modelos, animadores de programas, cantores. Com o sucesso dos *reality shows* – Big Brothers, Casa dos Artistas – é possível que chegue o dia em que se concretizará a previsão de Andy Warhol e todos serão famosos por alguns momentos. Aí, então, acontecerá o inverso imaginado: uma multidão de celebridades passará a sonhar com a hora em que terão seus 15 minutos de anonimato. Porque, como se sabe, a primeira providência de quem fica célebre é reclamar da fama.

Para diminuir essa onda, dizem que o diretor do Big Brother procurou escolher candidatos sem pretensões ao estrelato. Assim, os participantes agora não estariam a fim de virar artistas, ou seja, de ficar famosos. Será? Conseguirão readaptar-se à rotina depois da fama? A moça que foi eliminada voltará ao trabalho anônimo de ler cartas e mãos? E a aeromoça voltará a enfrentar um vôo de 12 horas, bandeja na mão, sorriso no rosto, aturando passageiros reclamando da comida e com medo do avião cair?

Do primeiro programa, o vencedor Kleber faz parte (como ele diria) do *casting* da empresária Marlene Matos, Leka posou para *Playboy*, Caetano, o que foi logo eliminado, incorporou Big Brother ao nome e não dá conta dos convites para desfiles, festas de aniversários e bailes de debutantes. Os outros estão em algum jornal, revista, site, estação de rádio ou emissora de televisão, concedendo entrevistas. Não se sabe de nenhum que tenha se matriculado em um curso de arte dramática, mas todos são artistas. Estão ali divulgando o seu "trabalho" e anunciando um "projeto" para a televisão.

A repórter descobriu que quando uma quase-celebridade pergunta a uma quase-famosa "você já fez *Sexy*?" não é o que nós, quase-mortais, estamos pensando. Fazer *Sexy*, fazer *Playboy*, fazer Faustão ou qualquer programa é o caminho para a fama, ou quase. Mas só isso não basta. Haveria pelo menos outras seis condições: "Ser malhada, bonita, bronzeada e fazer a linha saúde; posar para ensaios sensuais; ter assessoria de imprensa; ser atual ou ex de celebridades; topar qualquer convite, mesmo que seja para programas aos quais ninguém assiste; ter um projeto de programa de TV debaixo do braço".

Não se trata de ficar patrulhando o sucesso ou implicando com ele, mas dá vontade de entendê-lo. Aliás, descobrir as razões da popularidade dos *reality shows* e de seus participantes é um mistério que tem desafiado os entendidos daqui e de fora. Já li várias explicações, teses inteligentes, hipóteses, mas nenhuma dá conta inteiramente do fenômeno. Uns o atribuem ao nosso irresistível voyeurismo, ou seja, à compulsão de olhar pelo buraco da fechadura o que está acontecendo com os outros, de preferência o que é proibido. Há os que recorrem à psicanálise, falando de projeção, transferência, identificação, essas coisas. O espectador se imagina no lugar daqueles personagens, se "transfere" para lá, sonha, se identifica com eles, vive o seu papel.

Num livro famoso nos anos 60, *Cultura de massa no século XX*, o sociólogo francês Edgar Morin debruçou-se sobre o que chamava de "olimpianos modernos" – astros de cinema, campeões, príncipes, todos os novos freqüentadores da imprensa. "Esse novo Olimpo é, de fato, o produto mais original do novo curso da cultura de massa".

Juntando real e imaginário, esse mecanismo, segundo Morin, investe os olimpianos de um "papel mitológico" e ao mesmo tempo "mergulha em suas vidas privadas para extrair delas a substância humana que permite a identificação". A diferença é que naquele tempo os astros e estrelas foram, primeiro, promovidos a divindade e depois humanizados. Agora, os anônimos é que estão sendo elevados à condição senão de divindades, pelo menos de celebridades, ou quase.

Afinal, para quem sonha em ser famoso, o cenário dos *reality shows* não podia ser mais tentador. Casa e comida de graça, conforto, espelhos à vontade, satisfação ininterrupta do narcisismo e um cotidiano do qual estão ausentes a História, o tempo, o trabalho, as ansiedades urbanas e as preocupações de sobrevivência – um verdadeiro reino da irrelevância, onde os famosos não precisam ter nem causa, nem conteúdo. É bem verdade que há o confinamento, o convívio forçado e, se você não for um deles, os chatos. Mas, com exceção da loteria, alguém conhece um método mais excitante de ser célebre, ou quase, e ainda por cima começar uma fortuna?

25 de maio de 2002.

A REVOLUÇÃO DO CELULAR E O FIM DA INTIMIDADE

*H*á tempos, quando estava começando a febre dos celulares, escutei o seguinte diálogo na sala de espera do aeroporto de Congonhas, em São Paulo. De um lado, do lado que eu via e ouvia, estava uma bela executiva de uns 35 anos, sob evidente suspeita de adultério. Do outro lado, era fácil pressupor o marido desconfiado:

Jovem senhora – "...telefona pro hotel, liga pro 10º andar, manda chamar a arrumadeira..."

– ?!

– Pois é, já que você duvida de mim, faz isso: manda ela ir ao quarto 1.002 e olhar a cama. Pergunta a ela. Ela vai te dizer como a cama está, se está desarrumada. Você vai ver que um dos lados está intacto: travesseiro, lençol, tudo.

A transcrição da conversa, que demorou mais tempo, talvez não dê idéia do que se tratava. Eu mesmo custei a entender.

Tratava-se de uma mulher tentando provar de forma muito original que não dormira em pecado – e o relato era feito às vezes aos gritos. Mas o que mais me estarreceu não foi nem o argumento usado, nem o poder de convencimento da bela dama, mas sua naturalidade, sua despreocupação com o fato de as sete ou oito pessoas em volta estarem ouvindo uma discussão tão íntima e desconfortável, quase uma confidência. Em nenhum momento ela teve o cuidado de olhar em volta, não estava nem aí.

O carinhoso "beijinho" de despedida deu aos ouvintes a certeza de que a jovem executiva levara o marido na conversa – e a mim também. Só depois, lá em cima, me dei conta do quanto era frágil o seu álibi, o quanto nós dois, eu e ele, éramos crédulos, a ponto de cair naquele ardil. Afinal de contas, toda a defesa da adúltera – e eu já a estava considerando como tal – tinha se baseado na sua habilidade de nos convencer de que só se pode fazer amor desarrumando toda a cama.

Tive vontade de voltar ao assunto durante o vôo, enquanto a dama lia placidamente o seu livro sobre reengenharia, sentada na poltrona da frente. Deixei pra lá. O marido é que tentasse desvendar o enigma daquela Capitu da era do celular; que se desfizesse das dúvidas e suspeitas que certamente voltariam a assaltá-lo ao ser atormentado pelas lembranças da conversa. Ele que exigisse provas mais consistentes.

Mas não é sobre isso que eu ia falar, embora essa seja a parte mais excitante da história. O que eu queria dizer é que naquela manhã em São Paulo se completava para mim a tal revolução que a tecnologia está fazendo com o cotidiano da gente.

No plano visual, tudo parecia já ter ocorrido. O videoteipe já tinha acabado com o *acontecimento único,* ao possibilitar a repetição ao infinito de um gol ou de um acidente. O controle remoto já tinha mudado a nossa percepção, ao estimular a impaciência do telespectador, acabando com o discurso de começo, meio e fim, e fazendo com que daqui a pouco o raciocínio na televisão não tenha mais do que 30 segundos.

Naquela manhã eu assistia ao exemplo indiscreto e gritante de uma revolução que se chama de "silenciosa". Via, ou melhor, ouvia, com os ouvidos que a terra há de comer, o que essa praga, o celular, é capaz de fazer: além de acabar com o pudor e a privacidade, além de devassar intimidades, mais do que sinal exibicionista de status, o diabólico aparelhinho tinha inaugurado para mim um novo tipo de *voyeurismo,* não o *voyeurismo* de ver, mas de ouvir. Durante o telefonema, tive vontade de mandar cessar os vôos, de pedir silêncio no hall para continuar ouvindo a excitante conversa. Entendi então por que os *sexy-fone* são um bom negócio.

Tudo isso me veio à cabeça ao descobrir que Ziraldo acaba de inventar o que chama de *fax-papo.* Todas as madrugadas, depois que pára de trabalhar, "tudo silencioso, linhas funcionando bem", ele resolve conversar com os amigos por fax – com Jaime Lerner, Jô Soares, Pedro Malan, e a lista não tem fim.

Ele acha que é melhor do que a Internet, inclusive porque não acaba com o papel, esse velho e insubstituível suporte da leitura. Além do mais, "o *faxeador* não pode ser considerado um chato. É só você não ler o fax dele", argumenta – por fax, claro. Umberto Eco já disse que o que vai salvar a escrita é o computador. Ziraldo acrescenta que é o fax.

O mais engraçado é como ele faz tudo isso. O mais internacional dos nossos cartunistas é mesmo a cara do Brasil. Entrou na era da tecnologia de maneira tão dissonante e assimétrica quanto o país, que, como se sabe, às vezes é Primeiro Mundo e às vezes quarto. Ziraldo se dedica à "comunicação do futuro" sem computador. Ele faz tudo isso – e mais os desenhos, livros, cartazes etc. – usando uma velha Olivetti Linea 98 – daquelas que dão calo nos dedos, fazem barulho e têm um *carrinho* que às 4h da madrugada deve pesar uma tonelada.

21 de outubro de 1995.

BRAZIL, BRASIS

O BRASIL, O QUE É?

Há uma pergunta clássica que não só os brasileiros vivem se fazendo, mas também os estrangeiros: que país é esse no qual convivem tantas contradições e que parece se divertir em ser irredutível às classificações e rebelde às previsões? Um francês, Roger Bastide, chamou-o de "país dos contrastes", mas é possível que seja mais do que isso, que seja o país da ambigüidade.

Vai ver que não foi por acaso que "inventamos" o mulato, nosso jeitinho contra a polarização, síntese literal e metafórica do homem brasileiro. Para o antropólogo Roberto Da Matta, o mulato é a ilustração da tese de que o Brasil, ao contrário dos EUA e da África do Sul, admite o intermediário, o meio-termo, o ambivalente e o ambíguo. Os jornalistas estrangeiros, principalmente os franceses, nos perguntam muito: "o Brasil é cordial ou violento? Se é cordial, como se explica tanta violência? Se é violento, por que as pessoas têm tanta alegria de viver, *joie de vivre,* como se pode observar andando pelas ruas?" A única certeza é que não se consegue entendê-lo com olhos maniqueístas ou mesmo cartesianos. O Brasil nunca é uma coisa ou outra, mas as duas. Não é isso *ou* aquilo, mas isso *e* aquilo.

Complexo e meio imprevisível, ao mesmo tempo cordial e violento, generoso e mesquinho, honesto e corrupto, operoso e preguiçoso, egoísta e solidário, o povo brasileiro a toda hora desmente o que se diz dele, a favor ou contra. Somos cheios de altos e baixos: mudamos facilmente de humor e de opinião, passamos rapidamente de um extremo a outro. Dependendo da cotação de nossa auto-estima, ou somos os melhores ou somos os piores do mundo. Ou somos o primeiro ou não somos nada.

Diz-se também que o povo brasileiro é omisso, não cumpre suas obrigações cívicas. No dia-a-dia, de fato, nem sempre servimos de exemplo para a civilidade e a cidadania. Mas também vivemos num cotidiano iníquo de violência e miséria. Em compensação, foi esse mesmo povo que levou o país a tomar posição contra o nazi-fascismo na Segunda Guerra, que saiu às ruas para derrubar as ditaduras do Estado Novo e a dos militares, que fez campanha pela anistia, pela volta dos exilados, pela redemocratização e que sobretudo provocou o impeachment de um presidente corrupto no começo dos anos 90. E isso sem sangue e sem violência.

É provável que o Brasil seja um laboratório, no sentido de lugar ou espaço onde se fazem experiências em geral, boas ou más – um rico laboratório do ponto de vista racial, social e cultural. De fato, um laboratório de miscigenação, de multiculturalismo, de música, de cinema, de arquitetura e, claro, de futebol. É curioso como o país nasceu com essa sina. Não é só uma vocação que ele tem, mas que lhe atribuem.

Antes do descobrimento, antes da observação direta, a imaginação e a fantasia da velha Europa haviam povoado estas nossas terras com monstros e seres fantásticos, amazonas e animais descomunais. O choque inaugural foi o da normalidade: os descobridores se espantaram porque encontraram homens comuns e criaturas normais.

Os primeiros textos, as impressões iniciais dos viajantes foram sempre de êxtase e encantamento. Os europeus achavam que se estava experimentando aqui algo de extraordinário: um novo homem. Para entender esse laboratório, o mais prudente é aceitar o conselho do grande maestro Tom Jobim, que dizia: "o Brasil não é um país para principiantes".

27 de fevereiro de 2004.

O PAÍS QUE DEU
NO JORNAL

Ainda existem razões para se acreditar na imprensa.

A julgar pelos prêmios Embratel e Esso, de cujos júris participei para escolher os melhores trabalhos jornalísticos deste ano, pode-se concluir sem autocomplacência que a nossa imprensa até que vai bem. Sob vários aspectos, vai melhor do que o país que ela procurou expressar ou refletir. De fato, nada de grave ou importante ocorrido em 2001 deixou de ser registrado pelos jornais, revistas, rádios e tevês brasileiros – registrado, apurado, investigado e publicado. Acho que apareceram aí todas as nossas mazelas.

O Brasil que sai dessas matérias é o país que mandou para casa dois senadores envolvidos em fraude; que escancarou os podres de nossa maior entidade filantrópica; que revelou como o Exército, em plena era FH, usa métodos de inteligência próprios da ditadura; que denunciou a existência de U$ 200 milhões em contas ilegais de Maluf num paraíso fiscal; que destampou a caixa preta de Eurico Miranda e do futebol; que escandalizou Minas ao contabilizar os salários milionários de seus deputados estaduais; que mostrou como os bandidos mantêm numa penitenciária de São Paulo um variado shopping center ou como apregoam e vendem livremente cocaína e maconha em feiras livres no Rio. O Brasil dessas reportagens é em suma o país do contrabando, da corrupção, das drogas e da maracutaia. Mas também o país em que a imprensa se empenha em denunciar tudo isso.

Ao Prêmio Esso, o mais tradicional do país, que lançou esta semana a sua 46ª edição, concorreram cerca de mil trabalhos e ao III Prêmio Embratel, realizado em setembro, uns 600. Na Comissão de Premiação do Esso (Carlos Heitor Cony, Cícero Sandroni, William Waack, Claudio Thomas e eu), tivemos que analisar apenas os finalistas, uns 40 que outra comissão havia selecionado. Premiar um trabalho em cada uma das doze categorias – reportagem, fotografia, projeto gráfico, primeira página etc. (para telejornalismo, houve um júri especial) – foi tão difícil que em alguns casos a escolha poderia ter sido feita por sorteio. Qualquer um merecia ganhar.

A leitura dessas reportagens longe do calor da hora dá a sensação, tão comum entre os leitores, de que "não adianta": a imprensa fala e tudo continua na mesma. Mas muitas vezes é o contrário: parece que o país tem jeito e bem ou mal está melhorando. Quem poderia imaginar que ACM tivesse que renunciar ao Senado? E tudo começou com uma reportagem na revista *IstoÉ* de Andrei Meireles, Mino Pedrosa, Mário Simas, Isabela Abdala, Sônia Filgueiras e Ricardo Miranda, justamente a que ganhou agora o Prêmio Esso de Jornalismo, como já havia ganho o de Reportagem da Embratel.

Se não fosse a série investigativa de Chico Otávio e Rubens Valente, a Legião da Boa Vontade ainda estaria arrecadando mais de R$ 200 milhões por ano de seus dois milhões de doadores, que financiavam a vida de opulência e mordomias do diretor-presidente da entidade. Se não fosse o empenho dos repórteres do Estado de Minas – Marcelo Rocha, Maria Heloísa, Alessandra Mollo e mais sete colegas

– que conquistaram o Prêmio Esso da região centro-oeste, os deputados mineiros ainda estariam ganhando R$ 60 mil por mês cada um.

Você, caro leitor, talvez tenha suas justas queixas da imprensa e ache, como Balzac, que "se ela não existisse, não deveria ser inventada". Tudo bem, mas já que foi, vamos aproveitar. É provável que sem ela as coisas estivessem piores. Há uma série de acontecimentos importantes dos quais você não teria tomado conhecimento se não fossem os repórteres. Por exemplo, você sabia: – que U$ 5 bilhões deixam de ser tributados anualmente porque 75% dos contêineres que chegam aos portos e aeroportos brasileiros não passam por qualquer fiscalização alfandegária? Que madeireiros e traficantes peruanos estão invadindo a fronteira oeste do Brasil? Que o Alto Solimões está ameaçado de caos social por causa dos narcotraficantes? Que na Amazônia jovens soldados brasileiros morrem de medo de enfrentar na fronteira os guerrilheiros colombianos? Que as ferrovias nordestinas foram abandonadas após a privatização? Que o contrabando de fósseis nos estados do Nordeste representa um negócio anual de R$ 7 milhões? Que o repórter paranaense Mauro König foi espancado quase até a morte, quando apurava como são maltratados meninos recrutados irregularmente no Brasil para o serviço militar no Paraguai? Que nas casas de detenção de norte a sul do país o Estado está criando verdadeiras escolas do crime para menores?

Não li todos os trabalhos inscritos e assim não sei se a gente teria mil razões para acreditar na imprensa. Mas umas quarenta a gente tem, isso tem. Há outra instituição que fez a sua parte: o Ministério Público. Muitas vezes, jornalistas e procuradores trabalharam juntos. Isso foi bom, mas pode ser ruim. Bom, porque essa aliança é natural: há uma convergência de interesses públicos que une as duas forças. Ruim, ou pelo menos perigoso, se o jornalismo achar que deve ser não só pautado pelos procuradores, como monitorado por eles. Seria muito nocivo para a democracia se as duas instituições confundissem seus papéis. Há males que saem do bem.

22 de dezembro de 2001.

VIVENDO E DESAPRENDENDO

Quando você escreve, pensa em quem? Me perguntou uma jovem depois de uma palestra em Friburgo na semana passada, repetindo uma curiosidade que aparece sempre. No fundo, o que se quer saber é se é possível prever a reação dos leitores, adivinhar o que querem, atendê-los em sua expectativa – como em suma agradar aqueles que são a principal razão de quem escreve?

Contei então para a moça o que tinha acontecido comigo aqui há umas duas semanas: ao escrever uma despretensiosa crônica sobre Pasárgada, recebi uma quantidade recorde de e-mails. Nenhum outro tema até então superou o interesse dessa conversa sobre poesia, evasão e sonho. Quer dizer: fez sucesso tudo aquilo que aprendi em jornalismo que "não vende", que "o leitor não gosta".

Poesia é um desses temas que ainda teima em dizer que não interessa a ninguém, que é desnecessária: "imagina se no mundo de hoje alguém está interessado em poesia!", há quem afirme. No entanto, estou me lembrando da quantidade de mensagens que chegam pela internet falando de movimentos, grupos, reuniões e programas sobre poesia. Um deles, não faz muito tempo, convidava para uma "passeata poética, varal de poesias, recitais e performances" na Avenida Paulista. Aliás, o convite vinha com dois versos engraçadinhos, dedicados "ao Bush e outros senhores da guerra": "Somos todos irmãos,/Filhas da puta ou não".

Tenho uma leitora em Ipanema que de vez em quando comete poemas eróticos pela internet – interessantíssimos, drummondianos. Digo ou não o nome dela? Não sei... vou dizer: Ana Bruno. Ela vai acabar publicando mesmo os poemas. Eis alguns, como esse intitulado "Minhas bocas": "Uma come/a outra devora/Uma chama teu nome/Enquanto a outra estranha a demora". Ou esse, "Que nem rabo de lagartixa": "Tentei por diversas vezes, cortar seu amor em mim/mas a cada vez que renascia,/a beleza do seu coração me convencia". Só mais um, "Flor da alegria": "Ele gargalhou tão febril/e me olhou com a carne do lábio/que eu/com minha língua/o meu feminino falo/penetrei voraz nessa lascívia/colhendo na sua mucosa/a delicada flor da alegria (Meti. É assim que se rouba felicidade)".

Não sei se vocês sabem, mas nós, jornalistas, temos aquela mesma mania dos políticos, que falam em nome do povo; nós falamos em nome do leitor. Enchemos a boca com a certeza de que conhecemos você, leitor, para então concluir que não sabemos nada.

Se a gente soubesse a priori o que o leitor quer, do que ele realmente gosta, estaria descoberta a chave desse mistério que é o sucesso. E aí tudo perderia a graça: seríamos arrogantes, cheios de certezas, insuportáveis – mais ainda do que já somos. Vivendo e desaprendendo, ou aprendendo a desaprender. Ainda bem. Se desaprendêssemos todas as bobagens que aprendemos ao longo da vida, provavelmente seríamos mais sábios.

Aprendemos, por exemplo (e, o que é pior, ensinamos), que uma maneira correta de saber o que pode interessar ao jornalismo é aplicar o princípio importado dos americanos de que "cachorro mordendo o homem não é notícia; notícia é o homem mordendo o cachorro". Quer deformação maior? Vocês já se depararam com essa cena alguma vez na vida? (se houver uma chuva de e-mails dizendo "sim", vou ser cachorro).

Depois, nos chamam de patologistas sociais, e a gente se ofende. Já desde os bancos da faculdade, somos levados – e levamos nossos alunos – a fazer a opção preferencial pelo insólito, pelo mórbido, pelo monstruoso, pelas catástrofes, pelo teratológico (outra lição é não usar palavras que alguém de doze anos não conheça, mesmo agora que os dicionários estão na moda. Vai ver que é por isso que nosso vocabulário anda tão pobre).

Daí que vivem nos perguntando também: por que vocês só gostam do que não presta? Vocês acham que o mundo é feito só de desgraças? Tomara que a insistência dessa cobrança, junto com a overdose de tragédias, paranóias e baixarias desses últimos tempos levem ao cancelamento daquele outro princípio também consagrado de que "notícia boa é notícia ruim". Que toda essa crise e o sofrimento atuais sirvam para que notícia boa passe a ser notícia boa.

O problema é que não podemos fazer isso sozinhos, precisamos de ajuda dos leitores. Não é fácil transformar o círculo vicioso em virtuoso.

29 de fevereiro 2001.

MEMÓRIAS
DO CÁRCERE

*Beira-Mar e Elias Maluco não tinham o direito de botar
os pés no Regimento Caetano de Faria.*

*E*m nome dos ilustres brasileiros que ali estiveram presos, alguns já mortos, quero lançar o meu protesto contra a utilização do Regimento de Cavalaria Caetano de Faria como prisão, ainda que temporária, para um bandido como Fernandinho Beira-Mar e, se não bastasse, Elias Maluco. O quartel merecia um destino mais nobre. Em outros tempos, isso seria motivo para passeata ou manifesto, denunciando o aviltamento de um espaço que manteve sob custódia bravos opositores de duas ditaduras: a de Getúlio Vargas e a dos generais. A palavra de ordem poderia ser: "Essa prisão é nossa!"

O primeiro a aderir ao protesto seria provavelmente Nelson Rodrigues, que não esteve preso, até porque apoiou os militares, mas por ter freqüentado diariamente o local durante alguns meses, em 68/69, para visitar seu grande amigo o psicanalista Hélio Pellegrino, um fascinante personagem da época. Com ele na cela, ficaram o poeta Gerardo Melo Mourão, o jornalista Osvaldo Peralva, o então deputado João Herculino e eu.

Ao grupo viria se juntar Ziraldo, quando em comissão fomos ao comandante do quartel fazer-lhe um apelo para que requisitasse o chargista, que estava trancafiado no Dops. O motivo era dos mais respeitáveis, tanto que o coronel nos atendeu: faltava alguém que jogasse basquete para completar o nosso time, e ele seria um reforço se não ideal, pelo menos possível.

Apesar da violência que por si só representava a prisão a que fomos submetidos sem culpa e sem prova, por simples suspeitas, aquilo ali era uma ilha de tranqüilidade, se comparado ao Dops, da Polícia Federal, onde estivera antes com minha mulher e meu irmão, ou a outros presídios onde naquele momento pessoas já eram brutalmente torturadas. Não muito longe, na Vila Militar, Caetano Veloso e Gilberto Gil sofriam humilhações e agressões físicas.

Justiça, portanto, ao nosso tolerante comandante, que Deus o tenha. Uma vez, num fim de tarde, ele nos deu um susto ao aparecer sem avisar em nossa cela. Já sem farda, vestido para ir para casa, usando camiseta branca e calça esporte, de tênis e sem meias, ele nos reuniu e começou uma inesperada preleção em tom varonil: disse que tinha uma advertência a fazer, em conseqüência da grave denúncia que recebera.

Após um certo suspense, enfiou a mão no bolso de trás, tirou uma dessas garrafinhas anatômicas de alumínio para carregar bebida, botou em cima da mesa e avisou: "quando vocês quiserem beber me peçam, não mandem comprar fora. Se acontecer de novo, vou puni-los". De fato, na véspera, tínhamos conseguido convencer um jovem guarda a comprar uma garrafa de uísque nacional na esquina. Bons tempos aqueles em que se subornava carcereiro com alguns trocados. Em Bangu I, Beira-Mar estava pagando R$ 10 mil por um celular e R$ 25 mil por uma pistola.

Numa outra ocasião, o coronel pediu que Hélio permanecesse no andar de cima depois do horário de visita, enquanto voltávamos para nossa cela, embaixo. Durante quase uma hora, ficamos apreensivos em relação ao que estaria acontecendo com o nosso companheiro. Quando finalmente desceu, Hélio resistiu em contar o que conversara. A muito custo, cedeu às nossas pressões ("Aqui dentro não pode haver segredo", alegamos) e revelou o diálogo que mantivera com o comandante:

– O sr. é médico de cabeça, não é?
– Sou psicanalista.
– Pois é, eu queria que o sr. tratasse do meu problema: não sei por que, mas quando vejo uma janela aberta tenho vontade de me atirar por ela. No meu apartamento, tive que botar uma grade de ferro.

Por questões éticas, o médico alegou que o fato de o comandante ser seu carcereiro impedia que fosse paciente. Estava porém disposto a lhe indicar um colega. E aproveitou para introduzir algumas minhocas naquela cabeça precisando de terapia:

– No fundo, coronel, o sr. é também um prisioneiro, de si próprio, e acha que a liberdade está lá fora.
– Ah, é?

Dias antes de nós, ao dar entrada preso no quartel, o ex-governador Carlos Lacerda se comoveu com a lembrança de que 20 anos atrás ele fora ali visitar Virgílio de Melo Franco, Dario de Almeida Magalhães, Austregésilo de Athayde e Adauto Lúcio Cardoso, feitos prisioneiros por terem conspirado contra a ditadura de Vargas. Lacerda foi trancado numa enfermaria improvisada em cela por apenas sete dias, graças a uma greve de fome, inaugurando uma forma de protesto que ia ser muito comum depois. Seu irmão Maurício tentou dissuadi-lo da idéia com um argumento: "Você vai morrer estupidamente. Você quer fazer Shakespeare na terra de Dercy Gonçalves, não dá". As pressões internacionais levaram Costa e Silva a libertá-lo.

Quer dizer: um palco por onde passaram tantos personagens históricos não merecia ser conspurcado dessa maneira. Fernandinho Beira-Mar e Elias Maluco não tinham o direito de botar os pés ali.

21 de setembro de 2002.

AS PREVISÕES
SEM ERRO

Nos primeiros dias de 2004, houve muita chuva, um friozinho de quase inverno e, depois, um fim de semana de praias cheias, sol esplendoroso e lindas garotas no doce balanço a caminho do mar. A alegria solar e estival inaugurando de fato o ano. Como na velha piada do suicida que se atirou lá de cima e disse ao passar pelo quinto andar "até aqui tudo bem", nada a reclamar do novo ano, por enquanto. As perspectivas e previsões são até otimistas. O presidente já anunciou que se assistirá ao espetáculo de crescimento, e os economistas calcularam que haverá a retomada do desenvolvimento, sem falar nas Olimpíadas de Atenas, onde certamente vamos brilhar, e nas eleições municipais, quando escolheremos os melhores representantes, com certeza.

O problema é que economistas e jornalistas só acertam mesmo quando fazem previsões do passado. Somos craques em balanços do que passou. Um exercício divertido é comparar o que foi anunciado para 2003 com o que na verdade aconteceu. Uma coisa teve pouco a ver com a outra. No entanto, apesar dos riscos, resolvi aceitar o desafio de fazer algumas previsões para este 2004 que está começando. Assim, depois de consultar os astros, posso garantir que todos os anos anteriores terminados em quatro vão fazer aniversário durante os próximos doze meses. Quem duvidar, pode conferir.

É evidentemente uma brincadeira para ressaltar o caráter meio cabalístico de um ano que será marcado pelas efemérides. De fato, há uma história do Brasil contemporâneo que pode ser contada através de acontecimentos que ocorreram nos anos terminados em quatro: 1954/64/74/84/94. Cada um com sua respectiva marca: choque, golpe, promessa, mobilização e ironia. Senão, vejamos:

1954 – O suicídio de Getúlio Vargas foi o acontecimento mais traumático não só desse ano como da política brasileira. Getúlio dominou o país de 1930, quando tomou o poder e nele ficou por 15 anos ininterruptos, até 1945, quando foi deposto, voltando depois, em 1950, pelo voto popular. Mas ao sair da vida como mártir é que ele entrou para a História. Sua morte derrotou seus inimigos e fez com que seus feitos, mais do que os defeitos, permanecessem até hoje na memória dos brasileiros.

1964 – Nos primeiros dias de abril, um grupo de intelectuais se reuniu para discutir se aquele golpe militar duraria até o fim do ano ou até o fim do mês. Com certeza seria uma quartelada sem futuro. Durou mais do que o futuro de muitos que estavam ali. Para o país, foi o começo do reino do arbítrio. Para uma geração, o fim da inocência.

1974 – Dez anos depois de muita censura e tortura, chegou ao poder mais um ditador, o general Geisel, aquele que não gostava de matar os adversários, a não ser que fosse preciso. Pelo menos um brasileiro acreditou na sua promessa de "distensão": Glauber Rocha. O cineasta destacou-se no ano não por um filme, mas por uma entrevista em que elogiava Geisel e chamava seu alter-ego, o general Golbery, de "gênio da raça". Por isso, foi linchado moralmente. Profeta, Glauber não estava aderindo, mas apostando na abertura.

1984 – Vestido de verde e amarelo, o país desceu para as ruas. Se não foi a maior mobilização popular já havida, como se afirma, foi certamente a mais festiva. Artistas famosos, políticos, sindicalistas, religiosos levaram milhares de pessoas (1,5 milhão em SP) aos showsmícios em todo o Brasil exigindo Diretas Já. Elas não vieram, veio a ressaca, mas foi uma espécie de alegre enterro da ditadura.

1994 – Começava a era FH e o que parecia ser o inexorável fim de Lula. Quem diria? O sociólogo, além de mais bem preparado, derrotara a inflação. O operário, além de despreparado, ficara contra o Real. Os entendidos garantiam que o Brasil jamais aceitaria Lula presidente. Trapaças da História, que preparava uma de suas ironias para desmoralizar previsões.

12 de janeiro de 2004.

E AGORA? A FESTA ACABOU, O POVO SUMIU

Resta saber se o país vai continuar resignado em ser injusto para dentro e subalterno para fora.

No auge das comemorações em Brasília, o que os jogadores mais diziam era: "nunca vi coisa igual!". O presidente poderia dizer o mesmo. De minha parte, também não vi, de perto ou de longe, uma festa como a da chegada de nossos heróis, lá como aqui. E olha que foram cinco! Sou daquela geração traumatizada que amargou a derrota da Copa de 50, que ficou com um grito parado no ar, preso na garganta e que por isso nunca mais perdeu cada vitória e cada celebração do nosso "scratch".

Pensando bem, sou pentacampeão. O que assisti pela televisão essa semana vi de perto em 58, 62, 70 e 94, na rua, espremido na Avenida Rio Branco. Em cada uma das chegadas, um país se manifestando: o dos anos dourados de JK; o da ilusão populista de Jango; o das trevas da ditadura Médici; o provisório de Itamar; o da incerteza de FHC.

Se o futebol é a metáfora do país, como ensinava Nelson Rodrigues, o que vimos na fria e seca Brasília foi a irreverente invasão do Palácio do Planalto pelos mais alegres representantes do povo. Ronaldinho gozando o presidente da República na hora de receber sua medalha; Ronaldinho Gaúcho aos pulos, parecendo um funqueiro; Vampeta dando cambalhotas como um palhaço; o próprio presidente beijando a taça, que naquela altura já devia estar coberta por uma espessa camada de saliva alheia. Não, aquela rampa solene e litúrgica por onde, hieráticos, costumam desfilar poderosos do mundo inteiro, nunca mais será a mesma.

Para quem gosta de símbolos, havia de tudo na festa, do bom e do pior. Ricardo Teixeira colado aos verdadeiros heróis não nos deixava esquecer os paradoxos que cercam o melhor futebol do mundo. O homem que, vitorioso, estava ali ao lado do Presidente era o mesmo que outro dia, indiciado e envolto em suspeitas, se sentava diante da CPI para investigar corrupção na entidade que dirige.

O que se festejava como o mais perfeito do mundo, é um futebol falido, dos clubes quebrados, dos estádios vazios e dos cartolas de bolsos cheios, dos quais o mais emblemático, Eurico Miranda, teve recentemente a escandalosa proteção de "cartolas" do Congresso para não ser cassado. É o futebol dos craques que, como alguns produtos, o país capricha na fabricação para exportá-los, a ponto de ter uma seleção em que, dos onze titulares, sete ou oito só podem ser vistos em gramados estrangeiros.

Ficaram evidentes também o egoísmo e a prepotência da corte de Brasília, atrasando o vôo, como se a festa fosse só dela, e deixando cariocas e paulistanos plantados na rua até de madrugada, o que acabou provocando um incidente no Rio, quando torcedores apedrejaram o ônibus, depois que os jogadores, também eles exaustos, resolveram interromper a carreata. Informou-se depois que foi tudo (des)organizado por uma senhora que trabalha com Nizan Guanaes, o marqueteiro de Serra. Em meio a tantos símbolos, não sei o que isso significa.

O fato é que dona Bia Aydar tomou conta da festa: foi a primeira a subir no avião, acompanhada por uns seis "armários" (para fazerem o que lá em cima?) e depois por dois ministros e Ivete Sangalo; foi também quem empurrou o presidente para a foto, quem puxou Ronaldinho pela mão e sobretudo quem substituiu o carro dos Bombeiros, que tradicionalmente conduz os jogadores, por um trio elétrico da marca de uma cerveja. Finalmente, foi essa senhora quem disse, sem precisar dizer: "vocês estão chegando ao Brasil".

Mais absurda do que a bagunça patrocinada pela Brahma, só mesmo a eleição de Oliver Kahn como o melhor jogador da Copa. De tão injusta, só pode ter sido uma misericordiosa maneira de redimi-lo da humilhação que sofreu. Se eu tivesse que escolher a imagem-síntese da epopéia que a seleção escreveu na Ásia, de nossa capacidade de superação e insuspeitada superioridade, votaria naquela seqüência do goleiro "batendo roupa" no chute do Rivaldo.

Ele, o gigante louro, protótipo da raça que um dia alguém na sua terra acreditou ser superior, o arrogante provocador, o "Muro de Berlim" inexpugnável, de quatro no chão, batido e humilhado – correndo atrás da bola de gatinhas, tentando agarrá-la pelo rabo, como se ela o tivesse. Se alguém precisasse explicar a um marciano o que significa um "frango" em futebol, bastaria passar o vídeo da cena.

E agora? Como no poema de Drummond, "a festa acabou, a luz apagou, o povo sumiu". Chegou a hora da ressaca. Não é fácil sair da magia e cair na real. A Copa funcionou como um parêntese de euforia em meio a tanto sufoco; como uma amostra de nossa capacidade criativa; de tudo o que a gente pensa que não tem e de repente descobre que tem: organização, disciplina, altivez, sangue frio. Nada disso, porém, terá valido a pena se depois da Copa o país continuar resignado em ser um país dependente e subalterno, impotente diante da violência, leniente com a corrupção, insensível com a miséria, injusto e impiedoso com um povo descrente, mas sempre atrás de razões para crer e ser feliz.

6 de julho de 2002.

MEMÓRIAS DO
SUFOCO CULTURAL

Enquanto o futuro não chega, voltemos a falar do passado, que vive batendo à porta.

Nesses tempos em que os cinemas de rua estão virando supermercado e academia de ginástica, pelo menos uma boa notícia: o Teatro Casa Grande não vai acabar. Ao contrário, não só continuará teatro como ainda terá um centro cultural com cursos gratuitos para carentes. Assim, se salva um pedaço de história da resistência intelectual à ditadura.

Por isso volto ao tema do passado, e também porque recebi um grande número de e-mails sobre a última coluna ("Memórias do cárcere"), pedindo "mais passado", inclusive de quem ainda não era nascido nos anos de chumbo. Não é uma curiosa manifestação de nostalgia do não vivido?

Naquela sala de shows e peças que depois pegou fogo, houve encontros memoráveis durante o sufoco político dos anos 70. Ali, 1.500 jovens se apertavam e se espalhavam pelo chão para assistir cada semana ao que na época era uma novidade e um risco: debates públicos sobre cultura. Novidade, porque a censura criava tantas dificuldades que quase inviabilizava os debates. Risco, porque a direita ameaçava colocar bombas.

Dois ciclos ficaram históricos: um, em 1975, e o outro, em 197..., que revelou ao público carioca dois personagens emergentes: um sociólogo chamado Fernando Henrique Cardoso, que fez muito sucesso com as meninas na platéia, pelo que dizia, mas também pelo charme que exibia. E um líder operário do ABC paulista, um certo Lula, que atropelava a concordância, mas tinha uma visão original do país. O professor cassado da USP e o torneiro mecânico expunham idéias muito parecidas sobre democracia. A gente suspirava: "Ah, se um dia o país fosse entregue a esses dois." Era uma utopia, mas como a ditadura permitia muito pouco além de sonhar, a gente sonhava.

Os organizadores desses ciclos pertenciam ao Grupo Casa Grande, formado pelos donos do teatro, Max Haus e Moysés Aichenblat, e por artistas e intelectuais. Destes, alguns ficaram pelo caminho, sem sequer ver a abertura pela qual tanto lutaram: Thereza Aragão, Darwin Brandão, Antonio Callado, Paulo Pontes e Ana Lúcia Novais. Thereza era a mais realista. Quando alguém dizia como consolo que um dia as coisas iam melhorar, ela rebatia rindo: "é, mas entrementes a vida da gente vai passando". Foi ela que, em 64, apostou que atrás do cabelo horroroso e do vestido feio da desconhecida Maria Bethânia, havia uma intérprete capaz de substituir a lendária Nara Leão no show Opinião.

O dramaturgo Paulo Pontes, que morreu de câncer aos 36 anos, em 1976, era o mais lúcido, a melhor cabeça política do grupo. Foi o intelectual que com mais clareza entendeu o difícil momento no qual viveu. Quando nem se falava em distensão, ele já antecipava: "a abertura é inevitável. O capitalismo agora precisa de um Estado mais aberto".

Darwin Brandão, que teve a idéia dos debates, quase não aparecia publicamente, mas era quem mais mobilizava e articulava. Com contatos em embaixadas, conseguiu tirar do país muitos perseguidos políticos. Estava sempre dizendo: "precisamos fazer alguma coisa": por fulano que está incomunicável, pelo sindicato, pela ABI, pelo filme tal que foi interditado, pelo livro que foi apreendido, pelo filho do amigo exilado, por fulano que chega amanhã e vai ter problemas. Aí, a gente brincava: "Darwin, precisamos fazer alguma coisa pela Elisabeth Taylor, que se separou".

Em 1965, ambos desempregados, criamos o CEM (Centro de Estudos Modernos), uma espécie de universidade livre com os salvados do incêndio político: professores, jornalistas, cineastas, dramaturgos. Só não funcionou o tempo que se queria porque, além do interesse geral, atraiu a ira de Gustavo Corção e a atenção da polícia. Foi fechado oito meses depois que Alceu Amoroso Lima deu a aula inaugural para 500 pessoas.

O romancista Antonio Callado, que Nelson Rodrigues apelidou de "doce radical", "o único inglês" que ele dizia conhecer, tinha uma das melhores definições de Brasil: "o país não consegue andar para a frente porque aqui roubam as rodas do carro". Ele não perdia o *humour*. Foi preso no fim dos anos 60 porque pregava a dissolução das Forças Armadas. O coronel que o interrogava tentou fazer ironia:

– Quer dizer que o senhor quer tirar o meu emprego, o meu ganha-pão, não é, dr. Callado?

– O senhor também – respondeu o escritor, que nunca levantava a voz, mas também não baixava a cabeça.

Só então o militar se lembrou, sem graça, de que além de cassado, Callado tinha sido proibido pelas Forças Armadas de exercer suas atividades jornalísticas.

No final dos ciclos de debates, o Grupo Casa Grande fez um balanço público: "Pudemos demonstrar ao país que é possível reunir milhares de jovens para discutir assuntos delicados e importantes sem que isso constitua a menor ameaça à ordem pública". À distância parece muito pouco, mas era o possível.

28 de setembro de 2002.

E POR FALAR
EM PASSADO

*Uma peça e uma foto sugerem que se compare
o país de ontem com o de hoje.*

Fui ver *A lira dos 20 anos* no mesmo dia em que *O Globo* publicou na primeira página a foto do coronel Wilson Machado, feita pelo fotógrafo Ailton de Freitas. As duas coisas, que a rigor não têm nada a ver entre si, ilustram mais uma vez a obsessão do país do pretérito imperfeito (ou será minha a obsessão?): o passado inconcluso batendo à porta, voltando sempre, em eterno retorno – o Brasil que parece só usar a memória para se lembrar de que não a tem.

A peça de Paulo César Coutinho fala da revolta estudantil de 68/69, ou melhor, fala de uma geração, de seus sonhos, projetos e frustrações. Não era encenada há 15 anos e na estréia, em 83, fez um estrondoso sucesso, ficando sete meses em cartaz em meio a ameaças de telefonemas anônimos e à agressão sofrida pelo ator Pedro Pianzo, violentamente espancado uma noite ao deixar o teatro. Era a reação selvagem do obscurantismo contra o que a peça defende: a liberdade política e existencial.

Já a foto, carregada de simbologia, mostrava uma cara

desconhecida que estava sendo perseguida pela imprensa há 18 anos, quando esse personagem e um colega de terror explodiram acidentalmente a bomba que iriam colocar num espetáculo, onde estavam 20 mil jovens como os que vi ali no palco. O sargento morreu na explosão e o então tenente, hoje coronel, salvou-se por milagre – se é que se pode usar a expressão para um ato que só com muita boa vontade cristã se pode imaginar mobilizando a compaixão divina.

Desde então, depois de poupado pela bomba e promovido pelo Exército, o oficial mudou-se para Brasília e passou a fugir da Justiça e da imprensa. Se não me engano, só havia duas fotos dele, mas que não chegavam a mostrá-lo direito: numa ele aparecia com a mão escondendo parte do rosto, ao volante do carro; e em outra, mais antiga, ele estava jogando vôlei na Praia de Ipanema, sempre de camiseta para esconder as cicatrizes no estômago, que a explosão dilacerou.

A cena da foto é cheia de significados. Primeiro o coronel Wilson se irrita ao ser flagrado fazendo compras num supermercado, numa semana em que o IPM descobriu mais contradições e mentiras em seu depoimento. Depois sucumbe à insistência de Ailton e, não tendo mais como escapar, resolve a contragosto posar para a foto, uma espécie de retrato do mal enfim descoberto: "Está bom ou quer mais? Agora me deixe em paz".

Era a admissão de sua derrota para a imprensa num caso em que ela pode se orgulhar de ter cumprido como nunca sua missão, do começo ao fim. Primeiro, enfrentando o medo e as pressões militares, denunciou a farsa; depois, muito depois, vencendo o tempo e a amnésia oficial, apurou, fez descobertas e levou à reabertura do caso.

Vendo no palco aqueles meninos cheios de talento artístico e entusiasmo cívico, recuperando um pouco da memória e da emoção de um tempo que não viveram, mas no qual acham que podem encontrar lições para entender o país de hoje, não se pode deixar de pensar no que angustia tanto os jovens: em que o Brasil mudou, se é que mudou? (Mas antes o que me veio à cabeça não foi isso, foi algo mais pessoal – é que a gente sente que está ficando (!?) velho quando descobre que é testemunha do que ocorre numa peça de época: quando se olha o passado e pensa que é presente).

Não há dúvida de que sem censura política, sem tortura, sem um ditador para nos dizer o que pensar ou fazer é infinitamente melhor, mesmo sabendo que não se constrói democracia só com liberdade, sem justiça social. De qualquer maneira, não há mais lugar para uma farsa como a do Riocentro, ela se desmoralizaria logo. Hoje nada se esconde, tudo se escancara. Nem todo passado é bom e nem tudo que é presente não presta.

Até mesmo quando o país mostra suas vísceras nesse pântano que envolve deputados, vereadores, juízes, policiais civis e militares com o crime organizado e a que se assiste com nojo, até isso ainda é melhor exposto como uma ferida aberta. É mais desagradável, porém mais saudável.

O país parece estar aprendendo a mostrar suas mazelas e a denunciar seus escândalos, coisa que não era feita naquele tempo. Mas isso só não adianta. Falta agora, para mostrar que está melhor, ter coragem não apenas de denunciar e expor, mas de punir a impunidade. "O Brasil cansou desta coisa de máfias, de crime organizado, de contrabando e de tráfico", disse o presidente da República. Mas para não virar um cansaço estéril é preciso mandar para a cadeia os culpados e mantê-los lá por mais tempo do que o apenas simbólico, o que costuma ser muito difícil.

6 de novembro de 1999.

E O MAIOR CORRUPTO?

Podia-se aproveitar o fim do século para fazer a escolha.

Agora parece que é para valer mesmo: daqui a pouco o século vai de fato terminar e, com ele, graças a Deus, aquelas perguntas que voltaram a ser feitas, como se já não tivessem sido no ano passado. Qual o maior acontecimento do século? E a maior personalidade? E a mais sangrenta guerra? E o melhor...? Nessas próximas semanas, talvez se vá passar de novo o século XX a limpo, numa espécie de segunda época. Seria o caso de se aproveitar para incluir outros itens, o dos anti-heróis: Qual o maior corrupto do país? E o mais cínico? Qual deles vai ficar menos tempo na cadeia? Em quem você votaria: PC Farias, Naya, Lalau ou Leo Green?

Se a primeira escolha e aparentemente a mais fácil de ser resolvida – o melhor atleta do século – já deu confusão, imaginem as outras. Mas aí a trapalhada foi da Fifa, que acabou criando sem querer uma espécie de categoria de "melhor virtual", que consolou Maradona. Quem, além dos argentinos e seu ridículo bairrismo, teria dúvida em indicar Pelé? No fim do ano passado, o ex-secretário de Estado americano Henry Kissinger, fez para a revista *Time* um perfil do jogador chamando-o de "herói", cujo desempenho "superava o das estrelas".

Kissinger citava vários feitos de seu ídolo – "campeão do mundo três vezes em doze anos, 1.220 gols entre 1956 e 74, cinco gols num só desafio por seis vezes, quatro gols 30 vezes e três gols 90 vezes". Mas escolheu um em especial para ilustrar a importância planetária do nosso orgulho da raça. Era um episódio de que se lembrava bem: "Pelé chegou a ser conhecido por fazer parar um conflito militar: durante a guerra civil da Nigéria (ou Guerra do Biafra), em 1967, as duas partes envolvidas decretaram um cessar-fogo só para que Pelé pudesse entrar num jogo particular disputado na capital, Lagos".

Imaginem, repito, como fazer escolhas do tipo, qual o mais importante presidente que o Brasil já teve – Getúlio Vargas ou Juscelino Kubitschek? E no plano universal das idéias revolucionárias, como decidir entre Freud, Einstein ou Marx? A revista portuguesa *Visão* resolveu algumas dessas dúvidas – Marie Curie, Alexander Fleming ou Jonas Salk? – de uma maneira muito hábil. Criou diversas categorias e assim premiou praticamente todo mundo: "O futebolista", claro, foi Pelé. "O atleta", Zatopeck. "O piloto", Ayrton Senna. "A loira", Marilyn Monroe. "A princesa", Diana. E assim por diante.

Essa semana, modéstia à parte, tive que fazer minha escolha: escalei o melhor time tricolor de todos os tempos, a pedido da editoria de Esportes do JB. Confesso que encontrei as maiores dificuldades na tarefa, a começar pelo goleiro. Percebi que os jogadores que não vi jogar se impunham na minha preferência em lugar dos que só ouvi através das transmissões radiofônicas, na voz inigualável de Oduvaldo Cozzi. Rádio é fogo. Nenhum outro veículo, nem televisão, nem Internet, nada foi tão poderoso para estimular a imaginação quanto ele, sobretudo quando existia sozinho.

Eu tendia a achar, por exemplo, que Batatais foi o melhor goleiro que já jogou no Fluminense, talvez mesmo no Brasil, até que um amigo, entendido no assunto, me convenceu de que Castilho, sim, o São Castilho, a quem assisti fazendo alguns milagres, deveria ser o titular no gol desse meu time ideal.

O fato é que nenhum jogador atual foi escolhido. A seleção ficou assim (na formação antiga de dois beques, dois halfs, um center-half, dois pontas, dois meias e center-forward): Castilho, Carlos Alberto e Pinheiro; Bioró, Brand e Afonsinho; Pedro Amorim, Didi, Vavá, Rivelino e Telê (deslocado para a ponta direita).

Olhando essa e tantas outras seleções possíveis, do Fluminense e do resto, constata-se o quanto o Brasil é fértil em craques de futebol, sem falar na nova tendência de fabricar melhores do mundo em outras modalidades, como Guga no tênis.

Em compensação, como é difícil criar heróis em outros campos, principalmente o da política! Num livro coletivo saído recentemente, *Para entender o Brasil*, os 38 autores responderam a um questionário com onze perguntas pedindo que indicassem uma grande personalidade brasileira. Ganhou Betinho, o criador da memorável campanha contra a fome e a miséria. Quando se pediu a indicação de "um período notável", um terço deu como resposta os anos dourados de JK.

Betinho e Juscelino Kubitschek foram, como se sabe, dois sonhadores, o que levou os organizadores do livro à conclusão de que é justamente de sonho – de grandeza nacional, de solidariedade – que o país precisa. Em tempos de ACM e Barbalho, nada mais natural do que sonhar com o que Betinho e JK sonharam.

16 de dezembro de 2000.

CONTRA O MEDO, FERNANDO HENRIQUE

Há muito o que reclamar de seu governo, mas a ele a democracia fica devendo um agradecimento.

Nada mais incongruente do que ver na mesma noite, quase no mesmo momento, Regina Duarte com uma cara trincada de dar medo ameaçando com o medo, e em seguida Fernando Henrique seguro, sereno, tranqüilizando as pessoas em relação ao futuro, qualquer que seja, inclusive aquele que, por suposto, tanto enche de temor a ex-namoradinha do Brasil. De um lado, ela dizendo: "Estou com medo. O Brasil corre o risco de perder a estabilidade. Não dá para jogar tudo na lata de lixo". De outro, ele confessando na Confederação Nacional da Indústria que fica "irritado" com previsões desse tipo e garantindo: "Se ganhar fulano ou beltrano, nada vai acontecer". Alguma sincronia deve estar faltando entre o presidente e a campanha de seu candidato.

Sabe-se que a eleição não está decidida, e na reta final da próxima semana tudo pode acontecer, até uma campanha de alto nível como a do primeiro turno, prevalecendo o clima de 94 e 98, não o de 89. Mas é improvável. No momento em que escrevo há um cheiro de pólvora no ar que só tende a aumentar. Afinal, algum marqueteiro poderá argumentar sempre que o discurso do ódio e do medo funciona. Não funcionou para Collor? Funcionou, mas em compensação não funcionou quando foi tentado há pouco, na primeira série do horário eleitoral. O Brasil de hoje talvez esteja mais amadurecido, escolado, acredita menos em fantasmas, por causa mesmo de traumas como aquele. Será possível que a fala apocalíptica da Regina vá surtir efeito? A incerteza nos rondando, a insegurança tomando conta das pessoas, bandidos atacando o Palácio Guanabara, o dólar, os juros e o risco Brasil disparando, a nossa auto-estima lá embaixo, a população cheia de motivos reais para temer, e ela falando em estabilidade, com medo não do que está acontecendo à sua volta aqui e agora, mas do que pode vir a acontecer, de acordo com sua paranóia. A mim, mais do que o futuro, me meteu medo aquele olhar possesso num rosto crispado de quem tivesse acabado de ser assaltado na rua. Ela não veio para prevenir, para evitar o perigo, mas para anunciá-lo, com um certo prazer sádico do tipo "vocês vão ver!". Parecia um daqueles chatos que torcem para que tudo dê errado só para ter razão, para no final afirmarem: "Eu não disse?"

Ainda bem que logo depois viu-se e ouviu-se o presidente. Ponto para ele, que pelo menos até agora tem mantido um equilíbrio exemplar. Como em campanha eleitoral as coisas são muito dinâmicas e relativas, tudo muda rapidamente, o inimigo de ontem é o amigo de hoje e vice-versa, o que estou dizendo pode ser desmentido na segunda-feira, se é que já não foi entre a escritura e a leitura de agora. Mas espero que não.

Do governo Fernando Henrique não sei, tenho dúvidas, acho que não, mas dele próprio certamente a gente vai sentir saudade – de sua vocação democrática, de seu estilo civilizado, de seu temperamento tolerante, lhano, afável, cordial e tantas outras palavras de um vocabulário que não costuma ser muito comum em política. Pode acontecer o que aconteceu com JK, cuja imagem melhorou à medida em que o tempo foi passando, reforçando na gente a certeza de que ele foi muito melhor do que sua administração – assim que nem FH.

Na era JK eu trabalhava no jornal de Carlos Lacerda, principal adversário de Juscelino e um demolidor de presidentes. Sua metralhadora giratória era devastadora. Sua oposição era implacável e corrosiva, não livrava nada: nem vida privada, reputação, moral, nada. Seus discursos, brilhantes, não deixavam pedra sobre pedra. Mas nem isso retirava do seu alvo preferido o sorriso, a simpatia e o *fair-play*. O que ACM disse de FH – que se alguém quiser ser seu inimigo não deve chegar perto – podia-se dizer do criador de Brasília.

Há pouco tempo estive lá, na capital, justamente quando se comemorava o centenário de nascimento de seu inventor, e ouvi muito essa comparação. Os políticos e os colegas de profissão com quem conversei, mesmo os que apóiam Lula, eram unânimes em ressaltar uma certeza, pensando nos então quatro candidatos: "igual a Fernando Henrique, jamais". O que alegavam os jornalistas que cobrem a área política é que, houvesse o que houvesse, FH nunca perdia a linha, a compostura e a tolerância: nunca fez uma grosseria com um profissional e sobretudo nunca reclamou de repórter junto ao editor ou ao patrão. "Já Serra", me disse uma colega, "é reclamão, nunca está satisfeito com uma cobertura e, o que é pior, gosta de se queixar *lá em cima*". Com Lula é difícil a comparação porque ele nunca foi ministro, não esteve no poder, mas no primeiro turno ele cometeu pelo menos um gesto de intolerância, ao abandonar intempestivamente um encontro na *Folha de S. Paulo*. Os dois têm o que aprender com o atual presidente. Há muito do que reclamar do governo FH, mas a liberdade de expressão vai poder dizer: "eu era feliz e não sabia".

19 de outubro de 2002.

POR QUE ELES
QUEREM O PODER?

*Por razões políticas, mas também por
motivações que Freud explica.*

O que leva uma pessoa a querer ser presidente de um país que será uma fonte inesgotável de estresse, angústia e tensão para quem vai governá-lo? Que prazer pode dar o exercício de um cargo em que as frustrações prometem ser maiores do que as soluções, as decepções mais freqüentes que as realizações, em que o ocupante vai ser diariamente pressionado, acossado, cobrado e xingado? Por que não preferir a oposição que, como disse um dos candidatos, será um lugar muito confortável para os próximos anos? Haverá coisa mais tentadora do que criticar e falar mal, sem a obrigação de corrigir?

Sei que há respostas nobres e sinceras para essas questões: dever cívico, vontade de servir ao país, entrega desinteressada, abnegação, esperança de dar sua contribuição etc. Há, além disso, os imperativos da vocação ou do destino, essas forças misteriosas que nos empurram para um lado ou para outro, às vezes passando por cima até do livre-arbítrio.

Mas tudo isso parece insuficiente para justificar o dia-a-dia de um candidato em campanha – os inconvenientes, as agruras, os micos, as falas obrigatórias, as buchadas, os pastéis, os chatos, mais pastéis, mais buchadas, comer sem apetite, dançar sem saber, as noites mal dormidas, os vôos de risco, os empurrões e apertos externos e internos ("por favor, onde fica o banheiro?"). Confesso que não consigo tirar isso da cabeça quando vejo na televisão a agenda dos candidatos ou quando os vi aqui no *Globo* essa semana: Como é que agüentam?

Mais do que ter que passar por tudo isso com o maior bom humor, sem reclamar, sem poder dizer "não enche o saco, cara", ou podendo dizer, mas sabendo que, se disser, é isso que a mídia vai preferir noticiar, o que me impressiona é a capacidade que eles têm de falar por várias horas, de responder a todas as perguntas, de saber de tudo, de dar solução para todos os problemas. A frase que numa palestra um simples mortal pode pronunciar tranqüilamente – "ah, isso eu não sei" – pega mal para um candidato, pode significar que ele não está preparado para o cargo.

E os jornalistas? Eles ficam ali durante todo o debate, ouvem, anotam e na saída pegam o candidato para uma "exclusiva", ou seja, para obter uma acusação, uma gafe, algo só para si. Assim, depois de falar durante duas, três horas, o pobre coitado tem que repetir, de maneira sintética e diferente, o que acabou de expor exaustivamente, tentando ganhar o destaque de um título ou de uma manchete favoráveis.

E os fãs? Alguns enfiam um bilhetinho no bolso, tudo bem, são os discretos. Mas outros, depois dos debates, chegam bem perto do ouvido presidenciável e quase exigem: "eu preciso falar com o senhor em particular". Ou então querem fazer uma pergunta "que não foi feita" e desfilam uma interminável exposição, justo quando o candidato achava que finalmente ia entrar na porta à esquerda, a do toilete. Haja paciência!

Mas eles parecem gostar. É comum ver jogadores famosos e ídolos do show bizz se queixarem do assédio e da invasão de privacidade, mas é difícil encontrar essa reclamação na boca de um candidato. Só quem não é do ramo, como eu, fica se perguntando: "Como é que agüentam?" Para eles isso é natural, até excitante. Talvez seja reducionismo atribuir a um desvio de libido todo esse prazer que a prática política desperta em quem dela é dependente. Mas com todo o respeito aos sentimentos nobres, deve haver também um impulso muito forte que Freud explica, outras motivações nem sempre visíveis a olho nu, nem sempre confessáveis, vagando nas zonas de sombra, nas regiões recônditas da alma, ou melhor, do ego, do id e do superego: ambição, cobiça, vaidade, inveja, onipotência, narcisismo, vontade do poder pelo poder.

O candidato, como se sabe, é antes de tudo um sedutor, tem que ser. Ele anuncia o seu programa como o melhor, apresenta-se como o mais bem preparado, finge dirigir-se à razão e à consciência do eleitor, mas no fundo, no fundo, se dirige ao coração, o que quer é fasciná-lo e conquistá-lo. Não há nenhum juízo de valor no que foi dito: é assim mesmo. Não se minimiza o papel da política como instrumento de transformação das pessoas e do mundo. Conhece-se igualmente a importância da ideologia (das idéias) como motor da história. Mas, apesar de tudo, não se deve desprezar o peso da psicologia nas ações humanas.

O candidato talvez se submeta a todos esses sacrifícios simplesmente porque isso lhe dá um grande prazer, não apenas cívico, mas sobretudo físico, dizem que até meio erótico. Se o poder é afrodisíaco, como garantem os que dele provam, a campanha então deve funcionar, quem sabe, como primícias e promessas para quem quer chegar lá.

14 de setembro de 2002.

SEM TERRA À VISTA

*E*m 2003, houve um Brasil que foi visto até demais e outro que não se viu ou se viu muito pouco. O primeiro estava nas cidades; o outro, no campo. De fato, nenhum assunto freqüentou tanto a mídia, teve tanta visibilidade quanto a violência urbana em todas as suas formas: homicídios, assaltos, roubos, seqüestros. A ponto de leitores acusarem os jornalistas de fixação doentia, de obsessão pelo tema. Participei do júri dos dois maiores prêmios de jornalismo do país, o Esso e o Embratel, e a violência predominou nas centenas de trabalhos inscritos – reportagens de jornal, revista, rádio e tv, além das fotografias.

No campo, porém, a cobertura jornalística não deu conta do que realmente aconteceu, com exceção das ações do MST, que estas, sim, sempre receberam destaque, aparecendo quase sempre como responsáveis pelos conflitos e confrontos ocorridos. Termina-se o ano com a falsa impressão de que, se houve perturbação da ordem e um clima de guerra no meio rural, isso se deve à alegada atitude agressiva, intolerante e impaciente do Movimento dos Sem-terra.

O balanço do ano, no entanto, revela uma realidade que não chegou a ser vista com nitidez aqui da cidade: os camponeses é que foram as vítimas. Só para se ter uma idéia: de 1º de janeiro a 30 de novembro, a Comissão Pastoral da Terra registrou 71 assassinatos de trabalhadores rurais em conflitos no campo. O número é 77,5% maior do que o registrado no mesmo período do ano passado (43 em 2002) e o mais elevado desde 1991, quando ocorreram 54 mortes.

Houve ainda um crescimento nas tentativas de assassinato – 76,3% a mais que em 2002 – e no número de famílias despejadas por mandados judiciais: 227%. Também cresceu em 87,8% o índice de famílias expulsas da terra, sem falar nos feridos em conflito: 50 contra 25 em 2002. Com um detalhe: não se registraram vítimas entre os fazendeiros nos dois últimos anos.

Me chegou às mãos estes dias o documento "Direitos Humanos no Brasil 2003", um relatório da Rede Social de Justiça e Direitos Humanos em colaboração com a Global Exchange. São 268 páginas divididas em quatro capítulos, dos quais o mais revelador é, a meu ver, o primeiro, "Direitos humanos no meio rural". Os seus 17 artigos, escritos por estudiosos, especialistas ou pessoas que vivenciaram de alguma maneira o problema, fornecem um triste retrato desse enorme país onde a República não chega, o que chega são as violações dos direitos fundamentais.

No prefácio, D. Paulo Evaristo Arns fala do que o ano representou para o Brasil. "Primeiro de janeiro de 2003 foi o dia em que as esperanças se renovaram. Mas, contrariando essa euforia, 2003 também foi o ano de números alarmantes. Foi um ano de números assustadores em relação à violência contra os indígenas, por exemplo". Sua fonte para essa informação é o artigo da advogada Rosane Lacerda, assessora jurídica do Conselho Indigenista Missionário, segundo a qual "o ano de 2003 assustou pelo expressivo aumento do número de assassinatos de indígenas em todo o país".

Em janeiro, foram cinco homicídios; em fevereiro, nove; em março, doze; em dez meses, 22 indígenas assassinados e um desaparecido, contra sete no ano anterior.

"Trata-se de um dos maiores índices de homicídios dos últimos dez anos, os quais, somados, apontam para 245 casos com 276 vítimas".

O recrudescimento da violência no campo teve muito a ver com a impunidade. Os números são igualmente impressionantes, conforme ressalta a advogada: "De 1985 a 2002, foram registrados 1.280 assassinatos de trabalhadores rurais, advogados, técnicos, lideranças religiosas e sindicais ligados à luta pela terra. Desse total, somente 121 foram levados a julgamento. Entre os mandantes dos crimes, apenas 14 foram julgados, sendo sete condenados".

É um levantamento exaustivo que choca pela violência dos números e desanima pelo que falta ser feito com a questão mais antiga do Brasil, a da terra. Como se vê pelo que não se viu direito durante o ano, esse relatório não se recomenda como presente de Natal. Ele estraga a ceia e a festa de qualquer brasileiro com um pouco de consciência e sensibilidade. No entanto, precisa ser lido. Um amigo oculto deveria presentear o presidente Lula com um exemplar.

BRASIL PARA VIAJANTES

Como explicar aos franceses que o governo do "Petit Gamin" é bom demais?

Os dois jornalistas franceses – ela, enviada especial, ele, correspondente no Rio – estão fazendo matérias sobre as comemorações dos nossos 500 anos e querem saber uma porção de coisas: "afinal, o Brasil é um país cordial ou violento? Se é cordial, como se explica tanta violência? Se é violento, por que as pessoas têm tanta *joie de vivre*, tanta alegria de viver, como se observa?".

Enquanto tento arranjar uma resposta, digo que o Brasil não pode ser entendido com olhos maniqueístas ou mesmo cartesianos, já que nunca é excludentemente uma coisa ou outra, mas as duas. Não é isso *ou* aquilo, mas isso *e* aquilo. Complexo e meio imprevisível, ao mesmo tempo cordial e violento, generoso e mesquinho, honesto e corrupto, operoso e preguiçoso, egoísta e solidário, o país a toda hora desmente o que se diz dele, a favor ou contra. Parece se divertir em ser irredutível às classificações e rebelde às previsões.

É capaz das maiores perversidades, teve uma das escravidões mais cruéis do mundo, cometeu então atrocidades de fazer inveja a Fernandinho Beira-Mar, é insensível em relação a seus milhões de miseráveis, mas também pode ser capaz de incríveis gestos de solidariedade e amor.

Você escreve um artigo sobre alguém que está precisando de um transplante de fígado e no dia seguinte uma infinidade de pessoas se mobilizam e se mostram dispostas a sacrifícios e doações, a ajudar com dinheiro e até a rifar um terreno, como foi um caso.

O problema é saber que país vai prevalecer, quem vencerá: se a cordialidade ou a violência. Como em tudo o mais, como na polícia do Rio, por exemplo, a questão é decidir se a gente vai preferir a banda podre ou a banda sadia.

Na semana passada teve aqui outro francês, na anterior também, e muitos ainda vão desembarcar até o dia 21: são franceses, portugueses, alemães. Estão descobrindo ou redescobrindo o Brasil. Como seus ancestrais viajantes, eles vêem o que não se vê. É o famoso olhar estrangeiro surpreendente e revelador.

Melhor do que falar é ouvi-los, mas o problema é que vieram para ouvir. Nada pior do que pergunta de jornalista de fora. Em geral querem saber tudo o que pressupõem que a gente devia saber mas não sabe: qual é a população de Ipanema? Onde exatamente começa e termina o bairro? Qual o preço da passagem de ônibus, e de metrô e de trem? Qual é o salário médio de um jornalista brasileiro? Quanto do que ganho eu gasto com alimentação? Qual a renda per capita do carioca, qual a taxa de desemprego, quantos são de fato os moradores das favelas? Onde é mais alto o custo de vida: no Rio ou em São Paulo?

A saída às vezes é convencê-los de que tudo o que a gente não sabe não tem a menor importância, os nossos indicadores não são confiáveis, os números não dão conta de nossa complexidade etc. etc. É melhor que eles entendam a crise política, o drama social. Mas também aí as respostas são embaraçosas: como explicar a eles que no Brasil o governo e o Congresso são capazes de passar mais de dois meses discutindo se devem ou não dar um aumento de salário mínimo equivalente a um jantar num bistrô francês da esquina? Eles riem e com certeza têm vontade de dizer: "ce n'est pas un pays sérieux".

E a crise do Rio, com mau cheiro para todo o lado, revelando que a banda podre não estava só na polícia? Tente explicar. "Garotinho é mesmo o nome oficial do governador?", perguntam, já imaginando a dificuldade em dizer para os seus leitores franceses que o governador é chamado oficialmente de "Petit Gamin" e a primeira-dama, de "Petite Rose".

Mas isso não é nada diante da carta em que aquele deputado devolve ao "querido e amado irmão", que é o Petit Gamin, o cargo para o qual indicara um afilhado envolvido até aqui em denúncias de corrupção. Tento mostrar aos meus amados e queridos colegas franceses que a missiva, de matar qualquer um de ridículo, é na verdade uma explicação a sério da "campanha caluniosa" em que as "forças do mal" estão apedrejando o governador, "a fim de que o sonho do povo de Deus não se concretize, para levá-lo à Presidência da República".

Vai ver que é por isso que todo mundo diz: "esse governo é bom demais".

15 de abril de 2000.

É HOJE O DIA

*Muita gente está pegando carona no passado
para comemorar o presente.*

E assim se passaram 500 anos. Parece que foi ontem. Como o tempo voa! Está muito conservado para a idade. Parece menos. Não, parece mais. Já podia ter tomado juízo. Há outros da mesma idade em melhor estado. Ainda é um adolescente ou já é um jovem senil? Valem todos os clichês. Para isso servem os aniversários – quando se gosta, claro. E o Brasil, convenhamos, gosta de comemorações. "Estamos nos tornando um país de celebrações e isso neutraliza o que é novo", disse a propósito o escritor Silviano Santiago. De fato, somos chegados a uma efeméride e isso é no mínimo curioso, em se tratando de um país que, como se diz, não tem memória, sofre de amnésia crônica e despreza a sua história.

Se não tem memória, por que vive olhando festivamente para trás? Ainda mais com uma história ainda tão curta, tão imperfeita? Por que o país gosta tanto de relembrar datas, às vezes até sem saber o que significam (a não ser as dos santos padroeiros, essas todo mundo conhece)? Como só se tem nostalgia do que se lembra, vai ver que o nosso passado é mais atraente do que se pensa. Ou será desgosto do presente o que nos faz fugir alegremente para trás? Muita gente acha que não há nenhum motivo para comemorar os 500 anos, menos ainda para celebrar ou festejar a data. Celebrar o que: as indecentes desigualdades sociais? A exclusão? A dependência econômica? O desemprego? A miséria? A marginalização crescente das massas? A mortalidade infantil? O analfabetismo? O atraso cultural? As pessoas que dizem isso têm razão. Pelo menos, em parte. Comemorar o quê? Mas, por outro lado, fazer o que: esquecer a data, chorar, lamentar, aguardar os próximos 500 anos? Se fôssemos fazer assim em nossas vidas, esperar para comemorar nossos aniversários só quando tivéssemos motivos suficientes para isso, dificilmente a cada vez que completamos 20, 30 ou principalmente 50 anos apagaríamos velinhas e ouviríamos "parabéns prá você". Cobrar o que falta e denunciar os erros não implica deixar de comemorar o que de bom foi feito, mesmo quando a duras penas.

Há evidentemente oportunismo nesses festejos em ano eleitoral. Muitos políticos estão pegando carona no passado para comemorar o presente – o seu presente, com vistas ao futuro. Mas existe também muita gente aproveitando a ocasião para praticar a mania tão brasileira de falar mal do país – um certo desamor próprio, um prazer na autocrítica, aquele gostinho masoquista na autodepreciação: "esse país não tem jeito mesmo", "esse povo não presta".

Essa maledicência cívica – que no plano pessoal corresponde ao gesto daquele sujeito estraga-festa que, na hora das velinhas pelos seus 60 anos, diz: "engraçado, pensei que fosse mais" – não é comum lá fora. Outro dia, um jornalista francês demonstrava surpresa diante do que é tão raro em seu país e tão comum aqui: ouvir a toda hora alguém afirmar quase que com orgulho: "esse país não presta".

No filme *Villa-Lobos, uma vida de paixão*, de Zelito Viana – um filme e um personagem, aliás, que enriqueceriam uma série do tipo "O Brasil vale a pena" – o compositor diz que os brasileiros não sabem se dar valor: "Eles não gostam de ser brasileiros, disfarçam. Eu gosto, e é por isso que eles não gostam de mim, claro. Vivem querendo acabar comigo; é interessante, metem o pau em mim sem parar, lá no Brasil, não param nem pra ir ao banheiro. Mas eu volto pra lá. Saio e volto".

Um admirador do genial maestro, o seu genial colega Tom Jobim, concordava e achava que o fenômeno acontecia principalmente quando alguém fazia sucesso: "No Brasil, sucesso é ofensa pessoal". Numa certa época, foi moda falar mal de Pelé. Como era tarefa muito trabalhosa, Tom dizia que as pessoas recorriam ao exemplo de Garrincha, o Garrincha pobre e decadente, para contrapô-lo a Pelé, para diminuir o Rei. Hoje, essas pessoas teriam falado mal de Ronaldinho, pelo menos até o momento em que o viram caído no chão, se contorcendo em dor. Há um certo Brasil doentiamente fascinado pela derrota, pelo fracasso e pelo martírio.

Outro invejável especialista em alma brasileira, Nelson Rodrigues, também ressaltava essa "tendência para a autonegação": "O brasileiro é um narciso às avessas que cospe na própria imagem. Eis a verdade: não encontramos pretextos pessoais ou históricos para a auto-estima".

22 de abril de 2000.

UM GOSTO DE MINAS NA BAHIA

Foi na porta da Igreja Nossa Senhora do Rosário dos Pretos, no Pelourinho, que me apresentaram a ela, sobre quem falarei mais adiante. Na noite anterior, eu me encantara vendo-a e, principalmente, ouvindo-a de longe. Agora, estávamos no mesmo grupo que ia assistir à missa que prometia ser uma das manifestações mais interessantes do sincretismo brasileiro. E de fato foi, mesmo em se tratando da Bahia, onde o fenômeno é comum.

O primeiro choque cultural foi a entrada do celebrante, pela porta da frente, com um cortejo que o acompanhou até o altar. Mulato, alto e boa-pinta, a sua estola era um arraso (para quem não sabe, é aquela faixa larga de pano que contorna o pescoço do padre e desce até a cintura). Não era um paramento sacerdotal, era um adereço de carnaval. O espetáculo, ou melhor, a cerimônia, apenas começava, mas a música já sacudia os fiéis. Se fossem só os fiéis, tudo bem. O problema é que aquela mistura de sons e ritmos, feita de várias raças, cores e culturas, contagiava também os visitantes, inclusive os gringos, que vinham de várias partes do mundo. Devem estar até agora tentando descobrir o que é profano e o que é sagrado na Bahia.

O ritual continuava sendo católico, com obediência aos atos litúrgicos tradicionais: celebração da Eucaristia, sacrifício do sangue e do corpo de Cristo, oferenda. Mas a música! Do lado do altar, alternavam-se representantes dos Filhos de Ghandi, do Ilyaê, um coro, cantoras e cantores populares, entoando hinos, cantos, preces, evocações – uma coisa! Quem puxava era sempre o sacerdote, com um vozeirão que pode lhe garantir uma bela carreira nos palcos, se ele amanhã quiser mudar de profissão.

"Essa é a Catedral da Negritude", declarou, parecendo íntimo dos tambores ("e dos terreiros", completou uma língua ferina a meu lado). Tanto que quando alguém "atravessou", ele repreendeu o desafinado: "pára, essa batida não é do Gantois". Politicamente correto e cheio de orgulho negro, não deixava de rejeitar os clichês preconceituosos ou racistas que a gente usa mesmo que inconscientemente. Fazia questão de dizer "Bahia de Todos os Santos e de Todas as Santas".

Pelo menos uma vez atrapalhou-se um pouco quando disse: "Os povos e as ...". Mas antes de falar "as povas", ele introduziu um providencial "os continentes".

Fora esse insignificante tropeço, o padre foi um sucesso, não só na forma, mas também no conteúdo. Disse coisas assim: "No Brasil, a representação de Deus é mulher, negra e pequeninha". Alguém conhece um jeito mais original de apresentar Nossa Senhora Aparecida, a padroeira do país?

A extraordinária performance desse sacerdote da integração (péssimo repórter, não peguei o nome dele, pode?) não me fez esquecer nem lá nem aqui a moça que me foi apresentada na porta da igreja. Vamos a ela. Chama-se Ceumar, é da Serra da Mantiqueira, em Minas, e tem uma das vozes mais bonitas que já ouvi. Fui ver seu show no Teatro Castro Alves sem saber de quem se tratava. Era mais um dos 90 espetáculos que, com mais de mil artistas daqui

·e de vários países, realizavam-se em 22 salas e espaços, fazendo parte do IV Mercado Cultural da Bahia, um festival que a gente custa a acreditar que acontece no Brasil. No final do show, eu era uma das 1.500 pessoas que, de pé, aplaudiam Ceumar até doer as mãos, pedindo sua volta ao palco. Afilhada musical de Zeca Baleiro, que lhe forneceu a maioria das músicas do excelente repertório, não sei como definir essa artista de apenas um CD ("Dindinha"). Tentei enquadrá-la em algum lugar-comum do *showbiz*, mas não consegui, ela escapa. Não é cantora "mineira", regional, não é MPB, não é pop, não é rock. Há algo nela do "interior" que se mantém preservado da contaminação dos modismos – um gosto de refresco que não levou aditivo químico. Quando, por exemplo, resolve esticar a voz, ir esticando como se fosse uma corda de instrumento, ela, a voz, vira um fio de harmonia pura e cristalina. Se vocês só ouviram falar de céu e mar, mas não de Ceumar, não perdem por esperar.

27 de fevereiro de 2004.

FORA DO EIXO

Ao contrário do que se pensa, há vida inteligente além do nosso umbigo.

Nas últimas semanas, fiz algumas viagens para cumprir compromissos profissionais: Porto Alegre, Juiz de Fora, Belo Horizonte. Visitar outras cidades, ainda que rapidamente – para palestras, seminários, lançamentos de livro – dá uma certa mão-de-obra, há a tensão do vôo, mas tem seu charme. Reclamo, prefiro não ir e, depois que vou, gosto, não tanto pelo que vejo, mas pelo que conheço de gente: pelas antigas e novas amizades.

O perigo é acabar como os jogadores de futebol da velha história que, por ignorância e de tanto passarem correndo pelos lugares, só os identificavam pela lembrança de pequenas ocorrências pessoais: "aquele lugar onde fulano levou um tombo", "lá onde cicrano errou de quarto no hotel". E assim por diante.

Não chego a tanto, mas quase. Me lembro, por exemplo, daquela cidade – qual o nome mesmo? – onde uma noite entrei num bar e tropecei com o Verissimo tocando sax. Se não me engano, é a mesma onde esbarrei com o Moacyr Scliar andando na rua e onde, no dia seguinte, ao entrar numa Van, encontrei já sentado um senhor de poucas palavras e de sobrenome Pozenato. Era o autor de *O quatrilho,* o livro que deu origem ao filme.

Só entendi tudo ao chegar ao Rio, quando descobri, por uma reportagem de Rachel Bertol, que eu estivera não numa cidade ou estado, mas numa espécie de usina literária, onde há cerca de 50 editoras e mais de uma dezena de escritores de fazer inveja aos de cá. A repórter chamou-os de "As Vozes do Sul", prontas e com fôlego para romper as fronteiras regionais.

Alguns, como Verissimo, Scliar e Lya Luft, já são nacionais ou até internacionais. Outros, ou são consagrados, mas ainda não muito conhecidos pelas bandas de cá, ou são novos, mas com prêmios, boa crítica e leitores locais suficientes para mantê-los por lá. São nomes como Assis Brasil, Tabajara Ruas, Martha Medeiros, Paula Taitelbaum, Walmor Santos, Cíntia Moscovitch, Amílcar Bettega Barbosa, Altair Martins.

Eles gostam de onde vivem, tanto quanto sua gente, cujo orgulho às vezes é confundido com arrogância e vocação separatista, quando se trata apenas de amor próprio.

Depois fui para aquela cidade onde se come o melhor pastel do mundo, embora seja famosa pelo pão de queijo, um produto que ela nem fabrica – fabricou foi uma república com o mesmo nome. Ali, a todo momento, parece que se vai esbarrar no topete de um ex-presidente. Esbarra-se na verdade no que se acredita ser a sala onde Rubem Fonseca aos oito anos, iniciado pela babá, adquiriu o vício solitário do cinema. Ou no colégio em que Pedro Nava estudou. Será aqui o lugar onde Gabeira brincava de dar tiro? E a rua em que Affonso Romano declamava em voz alta seus primeiros poemas? E o espelho em que Leda Nagli treinava para ser estrela de televisão? (foi outro dia, a invenção já havia chegado lá).

Para não parecer com aqueles jogadores, me informei mais e descobri que a cidade também é conhecida por ter sido a primeira no Brasil a ser iluminada por luz elétrica, além de possuir um respeitável museu, o Mariano Procópio, com o maior acervo de mobiliário do Império.

Na mesma semana, revisitei uma velha conhecida de muitas topadas, até porque é a capital de um estado onde a cada esquina se tropeça na História. Acostumada a trabalhar em silêncio, ela agora tem tudo para ficar besta. Está cada vez mais falando com o mundo.

Pergunto pelo Grupo Corpo e fico sabendo que está correndo a Europa; vou à festa de aniversário do Galpão e me dizem que dali a alguns dias o grupo vai para Londres encenar Romeu e Julieta na terra de Shakespeare. Do Sepultura nem se fala aqui, só lá fora. O Skank é hoje um dos grupos mais conhecidos na Europa. O projeto Sempre um Papo, de Afonso Borges, não é apenas um roteiro obrigatório dos escritores brasileiros, mas também estrangeiros. Saramago, já Prêmio Nobel, teve ali uma consagração que até ele considerou memorável.

Angela Gutierrez, depois de deslumbrar o Petit Palais com os oratórios do museu que criou em Ouro Preto, prepara a montagem de outro, dos fazeres mineiros: a História contada através de ferramentas e utensílios de trabalho. Enquanto não acontece, ela vai ampliando sua coleção de Santanas. Já são mais de 150 imagens, e dá vontade de admirá-las ajoelhado, de mãos postas. Daqui a pouco Paris as chama.

Participo de um seminário e descubro a Rádio Favela. É comunitária, recebe 1.100 telefonemas por dia, existe há 24 anos numa região paupérrima, tem um site em três línguas e o seu diretor me informa que no dia em que Armínio Fraga foi nomeado diretor do Banco Central, o Wall Street Journal lhe dedicou quatro linhas e fez uma reportagem de meia página sobre a rádio. Decididamente, Belo Horizonte não é mais apenas aquela cidade onde comi torresmo e bebi a cachaça Milagre de Minas.

E assim, viajando, a gente descobre que há vida inteligente fora do eixo Rio-São Paulo, ao contrário do que pensa nosso vão etnocentrismo, essa mania de achar que somos o centro do mundo e que as coisas só acontecem quando passam pelo nosso umbigo.

8 de julho de 2000.

AMAZÔNIA NOW

A internacionalização pode ter a Espanha fazendo a festa.

Um mergulho na Amazônia, ainda que raso, de apenas uns quatro dias, serve para algumas óbvias constatações, a primeira das quais é a de que não se pode olhar o Brasil com um olho só: ele tem sempre mais de um lado, é polivalente, cheio de paradoxos e compensações.

Você viaja do racionamento de energia para a fartura, da carência de recursos naturais para a abundância, da falta d'água para o exagero, para um volume líquido que sozinho representa um quinto de toda a água doce do planeta. Vai faltar água aqui? Lá, o rio Amazonas joga água fora: a cada 24 horas despeja no oceano um volume suficiente para abastecer Nova York durante 30 anos.

Aliás, você sabia que um terço da flora e da fauna do planeta está na Amazônia? São mais de 50 mil espécies de plantas exóticas, 400 espécies de mamíferos, mil de pássaros. Você sabia que uma castanheira vive 600 anos e um mogno ou jacarandá chegam a 1.200? Você sabia que... a série é infindável. A grandiosidade da região impressiona tanto quanto o tamanho de nossa ignorância sobre ela – e do nosso desinteresse. Adoramos proclamar que ela é nossa, denunciamos a cobiça estrangeira, mas mal a conhecemos (incluindo esse que vos fala), nem para passear.

Uma das mais bonitas histórias de amor aprendi lá. Eu estava assistindo ao namoro de um casal de araras, quando me contaram que essas aves são fidelíssimas, monogâmicas até a morte, vivendo de afagos e galanteios mútuos; os parceiros nascem um para o outro. Se um sofre um acidente fatal, o outro pode até se suicidar. Sobe ao máximo que sua dor e luto conseguem levar, fecha as asas e se atira num mergulho sem volta. (Se não é verdade, se é mais uma lenda amazônica, não precisam mandar e-mails desmentindo, deixem-me com a ilusão. Onde, entre os humanos, eu ouviria uma história igual?)

No dia seguinte, assisti a outra cena, não de namoro, mas de admiração entre Luis Fernando Verissimo, meu destemido companheiro de aventuras na selva, e um macaquinho. Ele olhava o nosso ancestral fazendo miséria com a cauda, usando-a como um quinto membro, pulando sem medo de um galho para o outro com a segurança que o rabo lhe dava. Tomado de funda nostalgia do elo perdido, Verissimo filosofou: "que falta nos faz um bom rabo!".

Na verdade, morremos de ciúme, mas não de amores pela Amazônia. Por exemplo, o que deveria ser uma aventura imperdível para jovens de classe média, a descoberta de um outro país dentro do nosso, é uma rara excentricidade. O turista rico parece que prefere Miami à Amazônia. Para se ter uma idéia, 80% dos clientes do hotel Ariaú – "Ariau Amazon Towers", of course – são de estrangeiros. Isso agora, porque até há pouco só 5% de brasileiros freqüentavam esse "five star hotel", com sete torres e 260 apartamentos, situado no meio da selva, sobre o Rio Negro e oferecendo emoções como pescar piranha e pegar jacaré à noite.

Em compensação, Bill Gates já foi lá duas vezes, sem falar nos reis da Espanha e da Suécia, no príncipe Frederick, da Dinamarca, em Helmut Kohl, Kevin Koster, Susan Sarandon, Jimmy Carter. Teme-se que na terceira ida à

Amazônia o bilionário dono da Microsoft goste tanto do que viu que mande embrulhar para viagem; que faça o que os empresários espanhóis estão tentando fazer com a festa do Boi Bumbá, essa maravilhosa mistura de escola-de-samba com ópera, que resulta num dos espetáculos folclóricos mais emocionantes da face da Terra.

Esse ano, um poderoso grupo veio da Espanha e fez uma proposta milionária: quer bancar toda a festa em troca da exclusividade de sua comercialização. Pretende comprar o Festival de Parintins por $ 5 milhões por ano para vendê-lo para as televisões do mundo inteiro. As negociações estão no começo. O grupo, que movimenta US$ 7 bilhões por ano, é o mesmo que estaria propondo ao governo do Amazonas um grandioso projeto de turismo.

"Na verdade, estamos servindo de intermediários para uma grande multinacional interessada no festival", disse um dos empresários em Manaus, na semana passada. Ele não revelou o nome do pretendente, mas um passarinho da floresta me contou que seria a Telefonica.

Se for, que ironia! Quem sempre patrocinou o Festival Folclórico de Parintins foi a Coca Cola, fornecendo um considerável suporte financeiro aos Bois Bumbás, mas sem mandar na festa. Será que agora sai a Coca como parceira e entra a Telefonica como dona? Vai-se assistir a uma reversão de imperialismos, um retorno ao século XVI? Quem diria que a tão temida internacionalização da Amazônia começaria pela Espanha? Pensando bem, faz sentido: 500 anos depois, se não é mais Portugal, continuará sendo a Península Ibérica.

7 de julho de 2001.

RIO DE JANEIRO
DE TODOS NÓS

SEBASTIAN, SEBASTIÃO

*Quando é que morreu esta cidade
que insiste em viver em mim?*

A crônica de hoje é feita de várias inspirações – e acho até que o meu salário esse mês deveria ser dividido com as pessoas citadas. A primeira é o jovem Henrique Marques Samyn, que me enviou um e-mail cheio de desencanto pela cidade. "Eis que, hoje, deparo-me com um fato: em vinte anos de vida, dezenove foram tentativas de compreender o Rio de Janeiro – e o último foi a percepção de um tremendo fracasso".

Há um pranto em cada frase dessa mensagem tão sentida e bem escrita: "O Rio vive um lento e angustiado sufocar-se em meio a viadutos, asfaltos e prédios cujas vitrines refletem tão-somente outros prédios e outras vitrines(...) O Rio se configura em um imenso, um enorme, um gigantesco equívoco à beira-mar".

A crise de Henrique coincidiu com algumas angústias minhas em relação a essa paixão comum, que é o Rio, cujas mazelas e tragédias às vezes nos dão a impressão de que ele não é mais viável. Coincidiu também com a leitura de duas resenhas no caderno *Prosa & Verso*, ambas de sábado passado: uma de Wilson Martins e outra de Rachel Bertol. Na primeira, o crítico fala de *Chove sobre minha infância*, o livro de estréia de Miguel Sanches Neto, que ele considera "um dos grandes momentos de nossa literatura". Há ali uma frase que poderia ser título do quase réquiem do meu jovem leitor: "Quando é que morreu esta cidade que insiste em viver em mim?" Será o Rio também para todos nós, seus amantes, apenas a memória de um sonho, uma saudade? – "apenas uma fotografia na parede", como disse Carlos Drummond de Andrade, cheio de dor, de sua Itabira?

A resenha de Rachel é sobre o livro *Inglaterra, Inglaterra*, de Julian Barnes, a sátira de um país que "deixou de existir na realidade e sobrevive através de fetiches fantasiosos". Um magnata resolve transformar uma ilha numa cópia bem melhor do que o original, dando-lhe o novo nome de "Inglaterra, Inglaterra", como se a reiteração pudesse ter um efeito regenerador.

O livro do inglês Barnes, que espero ler logo, tanto quanto o do nosso Sanches Neto, se propõe, nas palavras do autor, a "defender tão ferozmente quanto possível a individualidade e a cultura do país".

Henrique, o meu missivista, também buscou nos livros o que não encontrava na vida real e se deparou com "a emblemática modernização do Rio no início do século", onde ele acha que está o germe de tudo. "Não é revelador ler que, no Projeto Oficial da reforma, destacava-se a necessidade de uma 'negação de todo e qualquer elemento de cultura popular que pudesse macular a imagem civilizada da sociedade dominante'? Aplausos para a eficácia da política: eis seu projeto realizado."

Ele admite que sua crise possa ser de juventude, "uma desesperada tentativa de encontrar as origens desses vinte anos de vida, e acreditar que não foram vividos em uma terra sem passado e sem memória. Amo demais o Rio para deixá-lo, mas, estando aqui, sou incapaz de encontrá-lo. Fita-me a inerte estátua de Pixinguinha na Travessa do Ouvidor, onde se ouve de tudo, menos a música de Pixinguinha".

Outra coincidência foi a saída essa semana do CD *Gil & Milton*, com uma bela e pungente canção sobre o Rio, com melodia do primeiro e letra do segundo. É uma prece ao padroeiro da cidade, resumindo nossas aflições, mas também nossa esperança:

> *Sebastian, Sebastião*
> *Diante de tua imagem*
> *Tão castigada e tão bela*
> *Penso na tua cidade*
> *Peço que olhes por ela.*
> *(...)*
> *Eu prefiro que essas flechas*
> *Saltem pra minha canção*
> *Livrem da dor meus amados*
> *Que na cidade tranqüila*
> *Sarada cada ferida*
> *Tudo se transforme em vida.*

Que seja feita a vontade de Gil e Milton e que tudo acabe se transformando em vida, até porque o Rio produz uma curiosa ambigüidade: em meio ao desencanto, ainda se duvida da desesperança. Afinal, é na capacidade de sarar as feridas, de dar a volta por cima, que sempre residiu a energia dessa cidade que não por acaso tem como símbolo e padroeiro um santo zen.

28 de outubro de 2002.

NÃO SE ESPANTA POMBO COM ESTALINHOS

*Poderia ter sido comigo o incidente
com o porteiro de Copacabana.*

*E*u tinha acabado de ver a suada vitória da seleção brasileira contra a japonesa e, ainda meio deprimido, levei um susto ao ler o noticiário sobre a megaoperação que despejou seis mil policiais militares em 136 áreas de risco na cidade, na Baixada e no interior do estado. Eles invadiram e vasculharam três favelas, prenderam 15 pessoas e consideraram o resultado positivo: ao longo do dia, foram confiscadas 30 armas, apreendidos dois quilos de maconha e 1,5 de cocaína, e recuperados quatro veículos roubados.

Mas não foi por isso que me assustei. Afinal, alguma coisa precisava mesmo ser feita para barrar essa outra onda de assaltos que só em agosto elevou os índices de criminalidade em 60%. "Está demais", cansei de ouvir nos dias anteriores. Em cada roda de conversa havia sempre alguém para contar uma história e revelar uma nova modalidade de assalto.

Uma delas, por exemplo, foi relatada por um motorista de táxi a uma amiga: o ladrão, jovem e bem vestido, espera um carro com freguês parar num sinal, obriga-o a abrir a porta de trás, entra, senta e recolhe o dinheiro do passageiro e do motorista. Depois diz: "me leva até ali na subida do morro tal que tenho que pegar uma encomenda". E salta tranqüilamente, deixando os companheiros da rápida viagem felizes por saírem ilesos. O golpe parece que está sendo aplicado também em carros particulares.

    A operação rende pouco – R$ 50, R$ 100, aquele dinheirinho que todo mundo hoje carrega no bolso justamente para o ladrão – mas o suficiente para que um viciado de classe média compre algumas doses no varejo, para consumo próprio, nada para estocar ou revender, só para uso diário. Mas não foi também isso o que me assustou. A gente já está naquela de "contanto que eu saia vivo, o resto é lucro".

    O susto foi por outro motivo: por descobrir que escapei de ter vivido algo semelhante ao episódio mais pitoresco da megaoperação de guerra – aquele em que um porteiro de Copacabana quase foi preso pelo comandante-geral da PM por estar espantando pombos com bombinhas de São João.

    Não sei se vocês leram. O coronel Wilton Ribeiro acabara de descer o Morro do Pavão-Pavãozinho, quando ouviu três estampidos. Saltou do carro e, mesmo mancando em conseqüência de um ferimento provocado por uma queda de cavalo numa fazenda, partiu em direção ao suposto atirador. Nervoso com o incidente que provocara, o porteiro se atrapalhou todo, esqueceu o nome, errou a idade, mas acabou se explicando e assim recebeu uma bronca à altura, em vez de ordem de prisão.

    Como o porteiro José Lopes, eu também cuido do meu canteiro e, como ele, vivo experimentando receitas para afastar os pombos, que estragam o nosso trabalho, emporcalham o chão e contaminam a água com suas fezes. Dizem que eles são tão nocivos à saúde quanto os ratos.

    Há dois anos que venho tentando tudo para afugentá-los. Primeiro, me recomendaram usar espantalhos. Peguei sacos pretos de lixo, cortei em pedaços, amarrei e dei um nó, com tanta competência que parecia perfeita a imitação de gavião que eu pretendia, principalmente quando o vento agitava as tiras. Os pombos, quando viram aqueles pássaros estranhos, de fato fugiram. Mas só por algum tempo. "Tem que ter a cor vermelha", me advertiram quando contei o meu drama. Usei e não adiantou nada.

Até que alguém me deu a fórmula infalível. Bastava comprar um saco de milho, deixá-lo uns dois dias em infusão com cachaça e espalhar os grãos encharcados pelo terraço. À medida que os pombos fossem provando, iam sumindo para não mais voltar. No começo foi assim. Eles vinham, comiam o milho e desapareciam.

Um belo dia, porém, quando eu achava que finalmente tinha me livrado da praga, eles começaram a voltar. Acho que não só se acostumaram com a infusão, como passaram a gostar dela e, o que é pior, se viciaram. A notícia deve ter se espalhado, porque o número deles aumentou. Uns devem ter dito para os outros: "ali tem um milho que é um barato". Era só eu aparecer e eles, pavlovianamente, corriam para cima de mim atrás de um trago. Foi um custo desfazer o condicionamento. Temi seriamente ser acusado de incitamento ao vício.

Depois, alguém me disse que Jô Soares conseguira afastar os seus pombos usando falsas corujas, feitas de porcelana ou barro. Não encontrei as corujas, mas consegui uns gaviões de borracha perfeitos, assustadores. Achei que dessa vez ia funcionar, mas na semana passada flagrei vários pombos passeando tranqüilamente entre os inertes gaviões. Foi quando me sugeriram as bombas juninas, essas, sim, infalíveis. Só que em lugar delas, comprei quatro caixas de Estalos Guris. Não sei se dessa vez daria certo, mas acho, como o porteiro José, que vou desistir e dizer: "o mundo está muito violento e as pessoas estão se assustando com qualquer coisa". Já imaginaram a megaoperação passando justo na hora em que eu estivesse espantando pombos com estalinhos?

23 de setembro de 2000.

AÍ JÁ ERA TARDE

"Quem mora lá no morro já vive pertinho do céu", cantava o carioca nos anos 40 e continuou cantando até meados dos anos 70, quando o paraíso começou a ser invadido pelo inferno das drogas. "Nunca vi por ali uma pessoa pouco afável ou uma pessoa triste", escrevia por sua vez Stefan Zweig, depois de visitar uma favela também nos "anos dourados".

Evidentemente, era a visão idealizada de uma realidade que acumulava tensões e conflitos que iriam explodir com o tempo. Dourados por fora, mas nem tanto por dentro. A visão romântica, no entanto, tinha seus fundamentos. Vivia-se de fato numa cidade mais amena, onde os moradores do morro e do asfalto, os pobres e os ricos se olhavam sem medo e sem ódio. Os contrastes e as diferenças sociais já existiam, mas eram menores – e os antagonismos também.

Senhoras de embaixadores se aventuravam pelas favelas em trabalhos assistenciais sem pedir licença para isso. Moças da Zona Sul saíam de madrugada para lecionar nos subúrbios. Namorava-se à noite nas ruas do Rio! Um repórter registrava a "invasão da Mangueira pelos grã-finos", que fingiam sambar com "lenços molhados de lança-perfume no nariz" (Mais tarde, esses mesmos narizes descobririam outro cheiro).

As mães não temiam que seus filhos subissem os morros com os amigos favelados, pois sabiam que eles iam soltar

117

pipa ou jogar bola, não comprar cocaína. Lá no alto ainda se encontrava um pouco do clima bucólico que havia inspirado seus nomes: Cabritos, Cantagalo, Pavão-Pavãozinho, Rocinha, Mangueira. Existiam, bem entendido, os malandros, os bandidos e até mesmo a maconha, "coisa de marginal", mas em escala artesanal, praticamente inofensiva, quase folclórica ou, como escreveu Paulo Francis lembrando esses tempos, em *quantidades* muito menores e não *intromissivas*. As ruas da Zona Sul eram "nossas", da classe média e acima.

Por que essa paisagem mudou tanto?

A resposta pode parecer idéia fixa, já que hoje se costuma atribuir ao mercado todos os males da Terra. Mas a verdade é que quando ele, o mercado, subiu o morro levando sua lógica, suas leis e o negócio mais perverso, nocivo e também o mais rentável do mundo foi que tudo começou a mudar. Nunca é demais repetir: assim como não plantam coca e nem fabricam armas, as favelas também não inventaram esse comércio clandestino. Elas apenas entraram com o ponto e a mão-de-obra – barata, ociosa, sem futuro. A ausência do Estado e o descaso da sociedade fizeram o resto.

Usando a miséria como caldo de cultura, não foi difícil ao tráfico tomar o poder e implantar uma ditadura militar. Os "soldados" instalaram suas bases de operação, montaram um poderoso arsenal e fizeram das favelas um campo de batalha – tudo graças à inestimável contribuição do asfalto, que ao longo desses anos forneceu uma freguesia cativa e dependente para garantir o sucesso do negócio e de seus sub-produtos: violência, guerra, crueldade, corrupção de menores.

Como ironia sem graça da História, só nos demos conta do que estava acontecendo, só percebemos que o espaço "pertinho do céu" estava virando inferno quando, em vez do som dos pandeiros e tamborins, passamos a ouvir o rufar dos AR-15. E quando as balas perdidas começaram a cair sobre nossas cabeças. Aí já era tarde.

E IPANEMA
VIROU RIO

O sonho de Tom Jobim acabou se realizando ao contrário.

Domingo de sol em Ipanema, aquela festa. Gente que vem e que vai, bicicletas passando, garotas a caminho do mar. Na porta da Igreja Nossa Senhora da Paz, Ana Paula Campos, da TV Globo, espera. Ela acaba de dar um triste flagrante de crianças que são exploradas por adultos nos sinais de trânsito. Em frente, há um menino de três anos trancado dentro de um Voyage com placa de Juiz de Fora, e a repórter aguarda que a mulher reapareça, a que se supõe ser a mãe. Ela fugiu correndo quando viu a câmera. No porta-malas, deixou um estoque de doces e balas.
Uma outra mulher veste às pressas um colete e se diz guardadora do Vaga Certa. Sabe-se que ela é mãe de Gabriel, de oito anos, vendedor de chiclete, praticamente criado ali. Quando era pouco mais que um bebê, atravessou a rua engatinhando, enquanto ela dormia na calçada: não foi atropelado porque alguém parou o trânsito. Uma terceira freqüentadora da praça levanta pela camisa um menino de uns dois anos e sai em disparada com ele suspenso a meio metro do chão. Logo em seguida, indiferentes ao que acontecia, passam três Guardas Municipais – nem era com eles.

Essas histórias são velhas conhecidas dos moradores do bairro: existe uma abominável indústria de exploração de menores de três e dois anos, às vezes até menos, que é para comover mais os que dão esmolas. As crianças vão para os sinais vender doces e balas (recentemente surgiu a categoria dos malabaristas), e as mulheres, nem sempre mães, ficam a distância, disfarçadas, mais ou menos escondidas, fiscalizando e recebendo o produto do trabalho infantil. Não são raros os casos de violência: crianças sendo xingadas ou espancadas porque venderam pouco.

Uma senhora que saía da missa me conta a cena que já presenciou inúmeras vezes: "Elas costumam chegar sábado bem cedo e ficam até domingo de noite. Comem, se embebedam, brigam, fazem as necessidades por ali mesmo, uma farra. Aí se aprontam, trocam de roupa, passam batom, pegam as crianças, botam nos carros e vão embora". Sim, porque algumas, não sei se todas, funcionam motorizadas: com veículos próprios ou alugados.

O menino trancado no carro diz que é de Vigário Geral e com três dedinhos informa a idade. Ao que tudo indica, é filho de Adriana, uma jovem mulher de 26 anos, também mãe de Maicol, de cinco anos. "Trabalha" em geral explorando os dois. Como é aparentemente humilde e simpática, ao contrário de outras colegas malcriadas e agressivas, ela chegou a sensibilizar muita gente e a receber uma boa ajuda em dinheiro, roupa e material escolar.

O seu relato era convincente: desempregada, abandonada pelo marido, ela precisava manter os filhos na escola. Mas relutava em trazer o boletim escolar. Até que um dia Maicol confidenciou a alguém que a mãe já os tinha retirado do Ciep: queria que eles tivessem mais tempo para trabalhar na rua. Desmascarada, é provável que agora mude de bairro.

Quem anda sumida é a "Gorda de Ipanema", assim chamada numa perversa alusão à garota da música de Tom e Vinícius. Enorme, arrogante e violenta, reinava no bairro, sentada na calçada, cercada de crianças, dando ordens. Não fazia cerimônia em bater nos seus comandados e não se intimidava com a presença de agentes da Polícia, do Juizado ou da Prefeitura. Ostensivamente contava o dinheiro recebido e distribuía as comissões. Quando era levada presa, saía desacatando todo mundo e prometendo: "não adianta, eu volto". E voltava mesmo.

Como as autoridades não gostam de ir a esses problemas, os repórteres foram às autoridades e cada uma delas, para variar, jogou a culpa em cima da outra: a justiça acusou a Prefeitura, que reclamou do Estado, que por sua vez tirou o corpo fora. O Juizado de Menores informou que já havia recebido denúncias contra uma das mulheres que aparecia na reportagem. A Delegacia de Proteção à Criança e ao Adolescente alegou que qualquer órgão público – PM, Polícia Civil e Guarda Municipal – pode encaminhar o adulto infrator para a delegacia mais próxima.

O juiz da 2ª Vara da Infância e da Juventude disse que é municipal a responsabilidade de recolher e abrigar menores de até 12 anos. Já a coordenadora de Projetos Especiais da Prefeitura defendeu um maior entrosamento entre o poder municipal, o Estado e o Juizado de Menores. "A gente precisa de ação co-responsável das outras instâncias governamentais porque à Prefeitura cabe prevenir e proteger, uma vez constatada a situação de exploração".

Complicado, não? Mas alguém então devia ter avisado Cesar Maia de que não seria fácil dar jeito na situação, porque quando candidato ele prometeu resolver o problema. Crianças de rua há por toda parte, pode-se alegar. Mas o caso ganha um significado especial quando se lembra do sonho de Tom, para quem socialismo seria o dia em que o Rio se transformasse numa enorme Ipanema. Ainda bem que ele não viveu para ver Ipanema transformada num pequeno Rio cheio dessa e de outras mazelas.

15 de dezembro de 2001.

A LEI DO CÃO

Como os bandidos, as feras parecem ter ganho a guerra.

Lendo outro dia os jornais, descobri aonde vou passar o verão – longe das águas poluídas, do caos urbano, dos pit bulls à solta, numa cidade que tem tudo e nada a ver com a nossa. As vantagens sem os inconvenientes. É uma espécie de Pasárgada, com sol, calor, praias e mulheres lindas. Só que tudo limpo e organizado. Nada de cocô na calçada, nenhum cachorro na areia, a polícia agindo, todo mundo obedecendo os sinais, as leis funcionando e os governantes respeitando a população.

Me decidi quando tomei conhecimento do plano que Prefeitura e Estado vão adotar na orla dessa tal cidade que eu ainda não descobrira qual era. São providências prevendo obras de saneamento, reforço do patrulhamento, campanhas educativas para disciplinar o uso do espaço de ciclistas e banhistas, organização do trânsito para evitar engarrafamentos. Enfim, tranqüilidade, praias próprias para o banho, melhor qualidade de vida, o paraíso – uma cidade maravilhosa. "É para lá que eu quero ir", disse.

O sonho acabou ao constatar que tudo isso era aqui mesmo, no nosso Rio de Janeiro, onde entre seus muitos perigos estão os planos. Tremo quando o governador e o prefeito dizem "já temos um plano". Seja para o que for. É como a promessa de "enérgicas providências" após um acidente criminoso. O plano dá notícia, sossega as reivindicações e tem a grande vantagem de ser um plano: em geral é para não ser adotado.

Há sempre um para cada problema que surge: ou é um plano ou é um projeto, uma lei, uma estratégia, uma campanha, um dispositivo regulador qualquer. Nada é resolvido pontualmente. Se algum mal-educado joga uma casca de banana na calçada, pode não haver ninguém para retirá-la, mas surgirá logo uma campanha educativa para essas pessoas, como há para quem suja as praias, quem polui o mar, quem anda com cães ferozes sem focinheira, entre outras medidas. Parece uma tradição da cidade: ela não gosta do varejo, mas do macro, do atacado. Planeja resolver os grandes problemas para não precisar resolver os menores, aqueles do dia-a-dia, de toda hora.

Nada ilustra melhor a impotência dos dirigentes em relação às nossas mazelas do que o problema dos pit bulls. Como os bandidos, as feras parecem ter ganho a guerra. A raça, que está proibida em 48 países, age aqui livremente, não permitindo sequer ser controlada. Os cães em geral causam uma média de 40 vítimas por dia, segundo um levantamento recente da própria Prefeitura. Sessenta por cento dos casos mais graves são devidos aos pit bulls.

Eles já feriram ou assassinaram crianças, estraçalharam outros cachorros, assustam todo mundo na rua, mas continuam impunes, impondo sua lei, a lei do cão. São ostensivos, arrogantes e perigosos que nem os donos, em geral lutadores que metem tanto medo quanto os animais irracionais, se o adjetivo coubesse apenas para um deles. Como disse o pai de uma estudante de onze anos que foi atacada: "Esses cães sem focinheira são piores do que traficantes, que pelo menos não andam de fuzil na praia".

Há dois tipos de donos de pit bulls: os inconscientes, que confiam na índole pacífica de seus animais e dizem "pode deixar que ele não morde" ou, depois que mordem, "essa foi a primeira vez". E aqueles que deveriam usar focinheira também, como um que vi ameaçando uma senhora que reclamou por estar o monstro preso apenas por uma tirinha de couro: "E se continuar enchendo o saco, eu solto ele em cima de você".

Vocês devem se lembrar que uma das polêmicas mais absurdas entre governo do Estado e Prefeitura travou-se justamente por causa desses cachorros, quando dois anos e meio após sancionar, mas não regulamentar a chamada Lei do Pit bull, do deputado Carlos Minc, o Estado chegou à conclusão de que a responsabilidade pela repressão dessa espécie devia ser municipal.

O secretário estadual de Segurança alegava que a Polícia já tinha muitos problemas com que se ocupar. Se flagrasse algum cachorro atacando uma pessoa, aí, sim, o policial prenderia o dono, apuraria o caso "com rigor" e – demonstrando total ausência de preconceito racial – faria isso "independentemente da raça do cão". Mas o combate sistemático deveria ser tarefa da Prefeitura.

Pode parecer uma questão menor numa cidade de tantos problemas, mas ela é cheia de significados extra-caninos, quase simbólica: se um governo (ou dois: no caso o estadual e o municipal) não consegue impor regras e restrições a um animal, que moral ou competência terá para governar os humanos numa terra onde vigora a lei do cão, no sentido próprio e figurado?

8 de dezembro de 2001.

AI DE TI, IPANEMA

*E ai de todos, se o bairro for controlado
pela violência e a impunidade.*

Há 40 anos, Rubem Braga começava assim uma de suas mais famosas crônicas: "Ai de ti, Copacabana, porque eu já fiz o sinal bem claro de que é chegada a véspera de teu dia, e tu não viste; porém minha voz te abalará até as entranhas". Era uma exortação bíblica, apocalíptica, profética, ainda que irônica e hiperbólica. "Então quem especulará sobre o metro quadrado de teu terreno? Pois na verdade não haverá terreno algum".

Na sua condenação, o Velho Braga antevia os sinais da degradação e da dissolução moral de um bairro prestes a ser tragado pelo pecado e afogado pelo oceano, sucumbindo em meio às iniqüidades e ao vício: "E os escuros peixes nadarão nas tuas ruas e a vasa fétida das marés cobrirá tua face".

A princesinha do mar, coitada, inofensiva e pura, era então, como Ipanema seria depois, a síntese mítica do hedonismo carioca, mais do que uma metáfora da cidade, uma metonímia, a parte condensando o todo.

No fim dos anos 50, ela era o éden não contaminado ainda pelos plenos pecados; no máximo, acolhia pecadilhos ingênuos em suas boates e inferninhos. Eram tempos idílicos e pastorais, a era da inocência, a época da Bossa Nova, os anos dourados de JK e Garrincha, da cidade de 60 favelas e não de 600.

Tom e Vinícius ainda não tinham visto a garota de Ipanema passar a caminho do mar, a barriga de Leila Diniz não existia, nem as dunas da Gal. Não desfilava ainda a Banda do Jaguar e do Albino, muito menos o Simpatia é quase amor, não havia a tanga (só a dos índios, não vestida pelas mulheres ou pelo Gabeira), nem o fio dental, nem o Posto 9.

E nem o pó que faz o bairro brilhar à noite, desvairado, como disse Hélio Luz quando ainda delegado. E nem havia as gangues.

Ai de ti, Ipanema, que perdeste a inocência e o sossego, e tomaste o lugar de Copacabana, e não percebeste os sinais que não são mais simbólicos: os raios fulminando no mar, o emissário submarino se rompendo, as águas poluídas, as valas negras, a areia suja, o oceano saturado de putrefação, as agressões, os assaltos, o medo e a morte.

Ai de ti, Copacabana, ai de ti, Ipanema, ai de ti, Leblon, que numa lúdica manhã de lazer foram transformados em Bósnia. Num domingo de paz, viu-se a guerra. Balas insensatas riscaram o espaço, mães desesperadas se atiraram ao chão protegendo seus filhos do fogo cruzado e o pânico se espalhou pelo mitológico corredor mais caro do mundo.

Só pela misericórdia divina foste poupada da tragédia e a água salgada não precisou lavar o sangue inocente de teus freqüentadores.

Naquele domingo de sol, depois da batalha, caminhamos pela paz vestidos de branco e eu vi o luto e vi as marcas da dor e notei o pranto contido das famílias vitimadas pela violência – não apenas a violência externa, estranha, que vem das favelas trazidas pelo pó e pelos "bárbaros" ou pelos arrastões. Não a violência dos "gentios do morro" de que falava o Braga, "descendo e uivando".

Mas também a violência daqui debaixo do asfalto, gratuita, sem sequer ódio de classe, imotivada e irracional, sem inspiração na miséria, gestada não nos barracos, mas nos apartamentos de classe média, moldada em academias e praticada em danceterias e nas praias, como exibição narcisista e perversa de teus filhos de papai.

Ai de ti, Ipanema, que perdida e cega em meio às pragas e deformações, alimentaste a violência com violência – na rua, no trânsito, contra a mulher, o homossexual e os miseráveis – sem te dares conta de que estavas chocando um ovo de serpente.

Ai de ti, Ipanema sem lei, de todas as agressões, das transgressões e da bandalha, dos avanços de sinal, dos carros sobre as calçadas e do cocô de cachorro sobre o calçadão. Ai de ti, "Ipanema partida", de um samba do Simpatia: "O asfalto é o nosso salão/O morro quer ser seu par,/ Favela, ô favela,/ Do Simpatia és a sentinela".

Alô, burguesia de Ipanema, não te deixes dominar pelo ódio, porque senão pode vir o tempo em que a ira se acenderá como fogo e acabará com tudo. Não permitas que o mal prevaleça, afaste a banda podre, não faças como o mercado, que chama para controlá-lo não o antídoto mas o próprio veneno.

Carpe diem, Ipanema, sagrada e profana, salve o paraíso do prazer e do êxtase. É chegada a hora da redenção – da bênção e não da maldição. Mas ai de ti, cidade de símbolos, ai de todos nós, aflitos, se teu emblema sensual e epicurista for soterrado pelo vício, pela violência e pela impunidade.

6 de fevereiro 1999.

NO MELHOR E NO PIOR DOS MUNDOS

No avião que nos leva de São Paulo a Belo Horizonte, que ele escolheu para o lançamento entre nós do primeiro livro que escreveu depois do Prêmio Nobel, vou lendo uma de suas quatro entrevistas dadas na véspera. Desde o último dia 5, José Saramago está fora de casa. Já percorreu 14 cidades portuguesas, foi a Moçambique, a Angola e, depois do Brasil, segue para Buenos Aires. Só retorna à ilha onde mora para o Natal.

Aos 78 anos, ele manifesta uma invejável disposição e aquele mesmo pessimismo não assumido. "Os factos são factos (diz, pronunciando o "c") e em relação a eles não adianta se falar em pessimismo ou otimismo", responde com uma certa irritação quando mais tarde lhe pergunto se continua pessimista.

Não querendo ser inconveniente com um intelectual tão insigne e elegante, evito lembrar-lhe que há pouco menos de dois anos, ali em Belo Horizonte, em outra noite memorável do Projeto Sempre um Papo, em que cerca de 3 mil pessoas, na maioria jovens, o aclamaram logo após ser escolhido Nobel de Literatura, ele se confessou "constitucionalmente pessimista".

Era pelo menos estranho ouvir isso de um dos poucos comunistas que ainda se mantém fiel ao credo (diz-se que há três no mundo: ele, Fidel e Oscar Niemeyer) e que acredita, por suposto, na utopia e no futuro. Saramago tentou explicar: "o mundo em que eu vivo não é agradável e a minha felicidade é meramente pessoal".

Isso até dava uma infindável discussão, mas que não houve. O que é preferível: ser feliz em meio à infelicidade geral ou ser infeliz num mundo totalmente feliz?

Ainda não li "A Caverna", mas sei do que se trata pelas entrevistas e por ter ouvido sua palestra: é a retomada do mito platônico para discutir o mundo contemporâneo. Segundo o autor, 2.300 anos depois da caverna descrita por Platão em A República, estamos vivendo como aquelas pessoas: de costas para o mundo e imaginando-o a partir das sombras projetadas nas pedras.

O romance é alegórico, e a história se passa num shopping center, a caverna moderna. "O centro comercial do meu livro", ele explica, "é apenas um símbolo, pois, como as cavernas, ele não tem janelas. O shopping é o único espaço público que nos resta, o único lugar onde a paz reina; é lá que as nossas mentalidades são formadas e não mais nas catedrais".

José Saramago gosta de pensar e fazer pensar – tanto que acredita que a única maneira de deixar a caverna é pelo pensamento, "é dando trabalho à cabeça". Pensar para ele é dizer não, "Pensar contra é a verdadeira maneira de pensar. É melhor se equivocar dizendo não. Toda verdade instalada é suspeita. O problema das revoluções é que começam com um não, mas acabam em sim".

A preocupação com as idéias, com a reflexão, com as indagações sobre o homem, levaram-no a uma inesperada revelação em Belo Horizonte: "Eu acho que sou um ensaísta que, por não saber escrever ensaios, escreve romance com idéias e personagens".

Nesse final de século, em que há tantas sombras se confundindo com a realidade, em que, como ele diz, "a multiplicação das imagens impede-nos de ver o que efetivamente está ocorrendo", faz bem ouvir Saramago, mesmo quando não é para concordar totalmente.

Antes, na sala de espera do aeroporto de São Paulo, onde conversávamos com José Mindlin à espera do avião, falei de um pequeno e primoroso livro que eu estava lendo e, por coincidência, ele também. Chama-se *Virando séculos – 1890-1914*, de Angela Marques da Costa e Lilia Moritz Schwarcz (autora do magistral *As barbas do imperador*). Arregimentando uma quantidade impressionante de informações, que são apresentadas numa linguagem irresistível, as autoras mostram como o fim do século passado acreditou na redenção do homem pela tecnologia, como se deslumbrou com suas próprias invenções e descobertas, como não viu o que havia de podre atrás da belle époque, como, enfim, esse "tempo das certezas" foi enganador.

"Você não acha que pelo menos agora", pergunto-lhe, "perdemos a ilusão?" "De certa maneira, sim", ele admite, "mas o problema é que perdemos a ilusão e o controle das coisas".

No fundo, o que queremos saber é se estamos vivendo o pior dos tempos ou o melhor dos tempos. Talvez a resposta para essa questão angustiante tenha surgido há dias no Teatro Municipal, com a magnífica sinfonia que Francis Hime fez para o Rio. Falando da cidade, como poderiam estar falando do país ou do mundo, Geraldinho Carneiro e Paulo César Pinheiro, os autores das letras, resolveram o impasse, rejeitando o maniqueísmo excludente que não admite a convivência:

> *O paraíso é aqui*
> *O inferno é aqui*
> *O purgatório é aqui*
> *O barato é aqui*
> *Ninguém me tira daqui.*

1º de dezembro de 2000.

BANAL E CRUEL COMO UMA CENA CARIOCA

Quando conversamos, na última terça-feira, fazia 74 dias que seu marido estava seqüestrado – 62 dias sem qualquer notícia. Diante de mim, uma mulher dilacerada pela incerteza, vacilando entre a esperança e o desespero, vivendo um mal-estar que se instalou na cidade com a freqüência de uma medonha banalidade.
 Vera tem 38 anos e David, 43. Durante três anos viveram um casamento de sonho. No dia 5 de maio, ela recebeu o último telefonema dele. Eram quase 7 horas da noite quando David ligou dizendo que às 7 sairia e às 7 e meia se encontrariam no Rio Sul para comprar presentes para o Dia das Mães. Não levaria mais do que isso de Inhaúma, onde trabalhava como diretor financeiro de uma fábrica de entretelas, até Copacabana.
 Oito horas, oito e meia, nove horas, nada. Às 9 e meia, Vera ligou para o cunhado, Daniel, que trabalha no *Globo*. Ele acabava de receber o primeiro telefonema dos seqüestradores. Era tão absurdo – seu irmão não era dono, era assalariado – que pensou tratar-se de um trote.
 – Trote? – debochou do outro lado o seqüestrador. – Você vai ver se ele volta pra casa. Nós não estamos brincando.

Não voltou, mas pelo menos nos dias seguintes a família recebeu notícias. Uns cinco telefonemas, provas de que David estava vivo e finalmente a promessa de que, no dia seguinte, ligariam para discutir "negócios", ou seja, o resgate. A partir de então, o silêncio.

A não ser pelos cinco quilos que perdeu, Vera não aparenta o que está vivendo. Consegue rir e procura não demonstrar o desespero. Nenhuma retórica no relato, nenhuma expressão dramatizada. Em lugar de uma mulher descontrolada, estava na minha frente uma pessoa que impressiona pela resistência serena. "Eu estaria mentindo se dissesse que sou forte, serena", ela corrige.

Acostumada, como jornalista, a dar forma verbal a acontecimentos e situações, Vera tem dificuldade em descrever sua angústia. Talvez seja mais fácil expressar a dor da morte, da perda irrevogável, que são sentimentos mais conhecidos e em todo caso mais definidos, do que esse estado sem contorno e sem fronteira, onde se embaralham a dúvida, a fé, a expectativa, a espera, o pesadelo.

Vera parece serena porque canalizou sua ansiedade para o trabalho. "Tenho trabalhado como uma moura." Ocupar-se não é só uma fuga, mas também um meio de recarregar energia, de não pensar, de não se desesperar. Uma das grandes revelações dela para ela mesma é a capacidade que as pessoas às vezes descobrem, em situações-limite, de arregimentar o que não imaginavam trazer consigo. Ela está conseguindo sobreviver com o que conseguiu reunir. "Me surpreendo tendo contato com meus próprios sentimentos. Adquiri confiança e fortaleci a consciência de que não posso me desintegrar."

E o fantasma da morte?

"Não é com isso que conto. Ele passa e, quando passa, não passa flanando. Às vezes aterrissa. Mas não deixo que ele pouse, que fique."

Tudo o que faz é no sentido de armazenar forças. Até

dormir. "Durmo para fugir do pesadelo", tenta descrever esse estado d'alma absurdo em que os fantasmas, o pesadelo, atacam à luz do dia. Acorda, escova os dentes, toma café, trabalha, conversa e não pára de pensar em David. E chora. "Ainda bem que choro. A sensação é de que o choro está lavando. É como o movimento das marés: lava e traz energia de volta."

A saudade bate a todo instante trazida pela lembrança de coisas corriqueiras, aparentemente insignificantes: a caipirinha de kiwi que tomavam no Gula-Gula, a jujuba que os acompanhava em qualquer filme, a voz de David chamando-a de "princesa", certos cantos da casa, um som ao acaso.

Tudo isso, ela sabe, não é nada diante do que David deve estar passando. Ela tem a mãe a quem recorrer quando o desespero se torna insuportável; tem a sogra, de 73 anos, cujo sofrimento é maior, e sobretudo tem a liberdade de ir e vir. "Nunca entendi tanto a essência desse conceito. Eu posso abrir a porta, sair, dar uma volta pela Lagoa. E David?"

Ela calcula o tempo. São 74 dias vezes 24 horas num confinamento onde cada minuto deve se arrastar pelo tempo de uma hora. "Será que está comendo? Será que está dormindo? Está sendo bem tratado? Está num quarto escuro? Com os olhos vendados?" Imaginar o sofrimento do marido é uma forma de suportar o seu. "Pensar nisso te despedaça e te reconstrói."

É admirável que em meio a essa mistura de sensações e sentimentos não se surpreenda em nenhum momento o ódio ou o desejo de vingança. Ela prefere exaltar a solidariedade dos amigos e dos desconhecidos. "Não sabia que podia contar tanto com tanta gente", diz Vera Dias, agradecida, apesar de tudo.

22 de julho de 1995.

O RIO DE MINHA ALDEIA

Viva o bairrismo, um sentimento que, como o amor, não precisa de razões.

Vai-se fazer aqui o elogio do bairrismo ou, se a proposta soar muito xenófoba, a defesa do bairro, esse que é a menor unidade da federação. Está bem: se assim não se pode chamá-lo, que isso é a cidade, chamemo-lo então de núcleo básico da vida urbana, de célula máter da cidadania.

Hoje é mais comum falar mal do que bem do lugar onde se mora – pelas razões óbvias, mas também por um certo cosmopolitismo besta. Houve um tempo, no entanto, em que a moda era cantar com orgulho o bairro de origem: "modéstia à parte, eu sou da Vila". "Nasci no Estácio, sou diplomado", "Mangueira, teu cenário é uma beleza". "Madureira agora é". "Alvorada lá no morro é uma beleza", "Copacabana, princesinha do mar".

Parte da degradação da cidade pode ser debitada à perda crescente do espírito de bairro, ao desaparecimento dos vínculos comunitários, ao desamor com que se trata o lugar onde se vive, ao fim das relações de vizinhança, das cadeiras nas calçadas, da convivência, da solidariedade.

Agora, parece que está havendo o renascimento de uma saudável rivalidade entre alguns bairros, pelo menos entre Ipanema e Leblon, por exemplo. E não apenas porque Rui Castro está escrevendo uma enciclopédia sobre o primeiro e João Ubaldo um livro de crônicas sobre o segundo. Há outros sinais. À soberba com que os vizinhos leblonenses (ou leblonianos?) de Chico Caruso e Rubem Fonseca se referem à sua aldeia (virou moda falar da "melhor qualidade de vida" deles, insinuando uma copacabanização da nossa), os ipanemenses respondem alegando que isso é inveja do carisma do pedaço onde viveram Tom e Vinicius e ainda vive Millôr Fernandes.

Agora, há mais um argumento: estaria havendo uma opção preferencial imobiliária pelas areias que vão do Posto 8 ao Posto 10. A repórter Claúdia Montenegro descobriu que os "ricos e famosos" estão voltando a Ipanema. Listou alguns: Aparecida Marinho, Káty Braga, Oscar do basquete. Caetano Veloso e Paula Lavigne, Gilberto Braga, Van-Van, nora do presidente FH e a grande glória: Fernanda Montenegro. Desde que ela disse em Hollywood que era *the old lady from Ipanema*, a auto-estima dos ipanemenses foi elevada às alturas. Vocês não sabem o que é viver tendo a sensação de que bastam alguns metros para chegar até sua casa e pedir: "vizinha, você tem um pouco de sal para me emprestar?"

"Eu adoro o bairro", declarou ela. "Tenho tudo no quintal da minha casa: feira, restaurantes ótimos...". É isso aí, quintal. Fernanda redescobriu que nós, seres urbanos, temos a nostalgia do quintal. Toda a tecnologia moderna foi inventada para acabar com o quintal e a esquina. O automóvel, a tv, o cinema, a internet só servem para impedir que as crianças brinquem no quintal e que você vá andando à padaria da esquina ou ao boteco do quarteirão tomar um chope.

Um dos traços mais fortes dos suburbanos e favelados cariocas é a fidelidade que devotam ao lugar onde moram. Uma vez freqüentei durante meses um lugar para escrever um livro. Os moradores tinham sempre a preocupação de conquistar minha adesão ou simpatia: "o sr. está gostando?", "o sr. vai voltar?". Era uma favela pobre e sofrida à que eles se orgulhavam de pertencer.

Em outra ocasião, acompanhei Betinho e o deputado Miro Teixeira numa visita à Favela do Lixão em Duque de Caxias, em cima de um aterro onde viviam 1.500 pessoas. Os moradores lamentavam as condições subumanas, claro, mas não o lugar. Era até com um certo orgulho que diziam retirar dali todo o sustento, inclusive o pó com que faziam o café. Não sonhavam em se mudar, mas em melhorar "o bairro".

Aliás, as favelas só não explodem porque sua coesão social é sustentada pelos estreitos laços vicinais de tolerância e solidariedade. Um sabe que pode contar com o outro na precisão e na adversidade: para deixar o filho pequeno enquanto vai trabalhar, para um socorro, para uma ajuda no caso de uma doença.

Vivendo amontoados, aos milhares, quase sem privacidade, uns aos lados dos outros, agüentando o barulho, o desconforto e outros inconvenientes da proximidade física, é fundamental que surjam espontaneamente códigos de convivência que compensem e substituam o risco da irritação e da hostilidade por uma troca de afeto e amizade.

Li que uma moradora ficou emocionada vendo o Morro da Conceição num filme: "é o melhor pedaço do mundo", ela se entusiasmou. Nenhum de nós com certeza acharia isso. O bairrismo é um sentimento que, como o amor, não precisa de razões. Basta o argumento que Fernando Pessoa encontrou para cantar a sua aldeia, que no fundo é uma espécie de bairro:

O Tejo é mais belo que o rio que corre pela minha aldeia,
Mas o Tejo não é mais belo que o rio que corre pela minha aldeia
Porque o Tejo não é o rio que corre pela minha aldeia.

21 de agosto de 1999.

RECADO DE PRIMAVERA

*M*eu caro Rubem Braga:
Ecrevo-lhe aqui de Ipanema para lhe dar uma notícia grave: a primavera chegou. Na véspera da chegada, não sei se lhe contaram, você virou placa de bronze, que pregaram na entrada do seu prédio. O próximo a ser homenageado é seu amigo Vinicius de Moraes, e é essa lembrança que me faz parodiar o "Recado de primavera", que você mandou ao poeta quando ele se tornou nome de rua.
Sua crônica foi lida na inauguração da placa, durante uma cerimônia rápida e simples, para você não ficar irritado. A idéia foi da Confraria do Copo Furado, um alegre clube de degustadores de cachaça que não existia no seu tempo. Antes que alguém dissesse "mas como, se Rubem só tomava uísque!", o presidente da' confraria, Marcelo Câmara, se apressou em lembrar que Paulo Mendes Campos uma vez revelou que o maior "orgasmo gustativo" do velho Braga, na verdade, foi bebendo uma boa pinga num boteco do Acre. Paulinho, que deve estar aí a seu lado, só faltou dizer que você sempre foi um cachaceiro enrustido.
Temendo uma bronca sua, Roberto, seu filho, fez tudo na moita: não avisou a imprensa e não comunicou nada a

nenhuma autoridade ou político. De gente famosa mesmo só havia Carlinhos Lira e Tônia Carreiro. Aliás, sua eterna musa declamou aquele soneto que você ficou todo prosa quando Manuel Bandeira incluiu numa antologia, lembra-se? Tônia se esforçou para não se emocionar, e quase conseguiu. Mas quando aquela luz do meio-dia que você tanto conhece bateu nos olhos dela, misturando as cores de tal maneira que não se sabia mais se eram verdes ou azuis, viu-se que estavam ligeiramente molhados, mas todo mundo fingiu que não viu.

Depois da homenagem, subimos até a cobertura. Não sei se você sabe, mas Roberto levou uns quatro meses reformando o terraço. Agora pode chover à vontade que não inunda mais. O resto está igual: as paredes cobertas de quadros e livros, o sol entrando, a vista do mar. Quando chegamos à varanda, achamos que você estava deitado na rede.

O pomar, mesmo ainda sem grama, está um brinco e continua absolutamente inverossímil. "Como é que ele conseguiu plantar tudo isso aqui em cima?", a gente repetia, fazendo aquela pergunta que você ouviu a vida toda.

Os dois coqueiros que lhe venderam como "anões" já estão com mais de três metros de altura. As duas mangueiras, depois da poda, ficaram frondosas e enormes, uma beleza. Vi frutinhas brotando nos cajueiros, nas pitangueiras e nas jabuticabeiras, pressenti promessas de romãs surgindo e esbarrei em pés de araçá e carambola. Agora, há até um jabuti.

As palmeiras que ficam no canto, se lembra?, estão igualmente viçosas. Roberto jura que não é forçação retórica e que de madrugada vem um sabiá laranjeira cantar ali, diariamente, acordando os galos que deram nome ao morro que fica atrás. Assim, sua cobertura é a única que tem palmeiras onde canta o sabiá. (Roberto faz questão de dizer "a" sabiá, em homenagem ao Tom).

Há um outro mistério. Maria do Carmo, sua nora, conta que o pastor alemão Netuno, de sobrenome Braga, que você nem conheceu, pegou todas as suas manias: toma sol no lugar onde você gostava de ler jornal de manhã, resmunga e passa horas sentado, com as duas patas pra frente, apreciando o mar. A diferença é que dessa contemplação ainda não surgiu nenhuma crônica genial.

Mas muita coisa mudou, cronista, nesses 16 anos. As "violências primaveris" de que você falava na sua carta a Vinicius não são mais o "mar virado", a "lestada muito forte" ou o "sudoeste com chuva e frio". Não são mais licenças poéticas, são violências mesmo.

Para você ter uma idéia, a primavera de ano foi como que anunciada por um cerrado tiroteio bem por cima de sua cobertura: os traficantes do Cantagalo e do Pavão-Pavãozinho voltaram a guerrear. Você deve ter visto aí de cima os tiros riscando a noite, luminosos, como na guerra do Golfo. Estamos vivendo sob fogo cruzado. Ainda bem que nenhuma bala perdida atingiu seu apartamento. Por milagre, aquela parede de trás ainda está incólume.

O tempo vai passando, cronista. Chega a primavera nesta Ipanema, toda cheia de lembranças dos versos de Vinicius, da música de Tom e de sua doce e poética melancolia. Eu ainda vou ficando um pouco por aqui – a vigiar, em seu nome, as ondas, os tico-ticos e as moças em flor. E temendo, como todo mundo, as balas perdidas. Adeus.

28 de setembro de 1996.

O DIA DA IRA
NA CIDADE
MARAVILHOSA

O pior é que era um dia como outro qualquer.

Não só a polícia não dá mais conta da violência no Rio. As palavras tampouco. A expressão perdeu a força. A linguagem verbal já é insuficiente para descrever o Rio de hoje. É como se o termômetro não conseguisse registrar mais a intensidade da febre.

Tente explicar a um estrangeiro o que está acontecendo. "Não é possível, não dá para entender", se espantava o jornalista francês Patrick Simonin, que na semana passada veio participar do "24hs no Rio" – um programa-exaltação sobre o que a Cidade Maravilhosa tem de melhor.

O que ele não entendia é como uma cidade tão festiva, terna e calorosa, com uma gente tão alegre e hospitaleira, consegue viver nesse estado de insegurança, em meio a tanta violência. O pior é que não se lhe podia dizer que há luz no fim do túnel, que daqui a pouco isso vai acabar, que é um pesadelo passageiro, que há um projeto do governo para reduzir a criminalidade a níveis suportáveis.

Ao contrário, nos dias em que a equipe francesa esteve aqui preparando e realizando o programa, as perspectivas pioraram, o quadro se agravou. Parece que os bandidos mudaram de escala. Sempre se soube que traficante só estava interessado em matar traficante. Tudo não passava de uma guerra entre eles por espaço e pontos de venda. Da polícia, eles queriam distância, nada de confronto. Havia uma lógica: tudo, menos atrapalhar os negócios. Como qualquer comerciante, precisavam de tranqüilidade para vender sua mercadoria.

De repente a novidade: só esse ano, 78 policiais assassinados por bandidos. Ainda bem que o pessoal da TV5 veio só para ver o lado bom. Se em vez de reportagens para cima, positivas, edificantes, eles quisessem fazer 24 horas de violência, teriam tido um farto material – e a gente com certeza iria reclamar desses gringos que vêm para "denegrir a nossa imagem lá fora".

No sábado em que foi para o ar o "24hs à Rio", o Globo estampava a manchete: "General fala em terrorismo após morte de mais policiais". O general do título era ninguém menos que o ministro-chefe do Gabinete de Segurança Institucional da Presidência da República. Ele atribuía a onda de crimes não a atos de vingança, mas à intenção de criar um clima de terror: "O terrorismo tem sempre o objetivo de amedrontamento, de desestímulo à reação", explicava.

Nessa mesma edição do jornal, uma notícia mostrava como fora assassinado com cinco tiros um sargento da PM, quando saía de casa em Anchieta. Outra informava que um soldado de 30 anos fora baleado em Caxias e estava internado em estado grave. Em Petrópolis, um guarda municipal levou dois tiros e morreu.

Nos dias anteriores outros assassinatos já tinham ocorrido: de um soldado com cinco tiros no peito em São João de Meriti, de um outro ao reagir a um assalto em Nova Iguaçu, além do atentado a um detetive, que saiu ferido.

Enquanto isso, o Exército apresentava o cabo Glaudston da Silva, de 27 anos, que admitiu integrar uma quadrilha de ladrões que roubam carros para os traficantes. O cabo é também suspeito do seqüestro do detetive José Vicente Gomes da Silva, que a polícia supõe ter sido executado em seguida.

Mas havia muito mais, e eu mesmo poderia ter dado um depoimento sobre um assalto a que por um triz não assisti. Passei minutos depois na Farme de Amoedo em Vieira Souto, onde havia ainda um pânico generalizado. Ali, por volta do meio-dia, quando estava com seu carro parado no sinal, uma mulher foi abordada por um bandido armado que lhe disparou quatro tiros. Por sorte, só os estilhaços de vidro do veículo a atingiram.

O assaltante saiu então a pé, tomou um outro carro com três pessoas, exigiu ser levado até um pouco à frente, desceu, caminhou uns 100 metros, rendeu um motorista de caminhão e o obrigou a levá-lo até a Rocinha sem parar. "Fui com o pisca alerta ligado para ver se alguém socorria, mas nada". Ele avançou dois sinais, passou em frente à 14ª DP, cruzou com guardas de trânsito, mas nem assim conseguiu chamar a atenção. A ninguém ocorreu que aquele caminhão em alta velocidade, com o sinal de alerta ligado, com um bandido com o revólver na cabeça do motorista, não devia ser uma cena normal. Só isso já é um sinal dos tempos.

Esse clima de guerra parecia pertencer mais ao noticiário de algumas páginas adiante, onde de dava conta do Dia da Ira, o sangrento conflito ocorrido em Jerusalém, quando foram mortos oito palestinos em confronto com tropas de Israel.

Pensando bem, o programa da TV5 poderia ter se chamado não "24 no Rio", mas o "Dia da Ira na Cidade Maravilhosa" – um dia, aliás, como outro qualquer.

14 de outubro de 2000.

A LIMPEZA CIDADÃ

Outro dia, pouco depois de tropeçar numa porcaria no calçadão de Ipanema, ouvi o conselho de um leitor que passava: "por que você não escreve sobre cocô nas calçadas e de como as nossas elites fazem o mesmo com a cidade?". Achei que o cidadão, que certamente pertence à elite que ele criticava, tinha razão. O Rio, que se considera uma cidade-vitrine, precisa reformar menos a paisagem física do que a humana. O corpo não necessita tanto de mudança quanto a cabeça. Ou se reforma a mentalidade urbana, principalmente dos que têm posse, recursos e instrução, ou tudo ficará como nossos motoristas: selvagens e em carros de último tipo.

A cidade só vai tomar jeito quando conseguir tirar de cima das calçadas os carros e o cocô de cachorro. São deveres da cidadania. Pode parecer bobagem isso de tentar mudar a realidade mexendo em símbolos e metáforas. Mas esse é um espaço urbano onde tudo é signo, até os acidentes geográficos. Nada vale só pelo que é, mas pelo que significa ou sugere. O Pão de Açúcar, por exemplo, não é mais morro, e Copacabana há muito deixou de ser praia para serem ambos, entre outros, emblemas da própria cidade.

Em matéria de desobediência civil o que se faz nas calçadas do Rio é mais escandaloso do que os camelôs e as crianças de rua, para cuja existência haverá sempre uma razão social. Afinal, camelô tem até na Quinta Avenida, e infância pobre está nas ruas de todas as grandes cidades do mundo. Mas cocô e carros onde não devem estar só aqui. A invasão motorizada das calçadas, principalmente, chega a ser uma atração turística às avessas, uma espécie de antimarca que já compõe a nossa imagem negativa. Não só os visitantes estrangeiros se espantam. Também os daqui – de Curitiba, Belo Horizonte, São Paulo. Uma das desculpas que se dá é que não há lugar para estacionar, como se nas outras cidades eles sobrassem.

Não se gosta muito de admitir, mas o cocô e os carros fazem parte da *cultura da bandalha*, num fenômeno com que a classe média substituiu no asfalto a cultura da malandragem dos morros. Ela é regida por um decálogo de acintes e desrespeitos urbanos: às calçadas, aos sinais, à limpeza, às filas, ao silêncio, à velocidade, às faixas, aos idosos, às crianças, à mão no trânsito.

Esse culto generalizado à transgressão não só é original como arrogante. Acho que em nenhuma outra cidade civilizada existe, por exemplo, o hábito de parar o carro na porta de um edifício e se debruçar sobre a buzina para chamar alguém que está no 10º andar.

Gostamos de dizer que "o francês é sujo", entre outras coisas porque não conserva o interior dos carros limpos, enquanto nos julgamos asseados, apesar do costume de atirar toda a sujeira pela janela – casca de laranja, lata de Coca-Cola, saquinho de pipoca.

Pagamos ao porteiro para manter brilhando o nosso carro, lavando-o diariamente, mas emporcalhamos as ruas e as estradas. A dama de fino trato que leva o cachorro para fazer cocô sobre a calçada, é a mesma que ameaça demitir a faxineira porque deixou pó nos móveis do luxuoso apartamento.

É claro que nada disso se resolve apenas com campanhas educativas e de convencimento, mas com medidas punitivas e repressivas, a exemplo do que ocorre em qualquer cidade onde há disciplina urbana. As pessoas que praticam a cultura da bandalha em geral têm poder aquisitivo e instrução. Não é por ignorância ou falta de informação que infringem as regras e transgridem as normas, mas por convicção da impunidade. Em geral são aquelas que, em meio à violência do trânsito e a sujeira das calçadas, olham para os morros com medo e nojo.

27 de fevereiro de 2004.

VOCÊ JÁ FOI A RAMOS?

O Piscinão é um inegável sucesso de público, mas não de crítica.

Acho que só faltava eu. Os personagens de *O Clone*, núcleo São Cristóvão, não saem de lá. Luciano Huck já foi, Regina Casé também, assim como todos os repórteres que cobrem a cidade. Vá explicar a um estrangeiro que num balneário de centenas de praias edênicas, que na terra da Princesinha do Mar e da Garota de Ipanema, a sensação do verão não é nenhuma delas, mas um acidente geográfico artificial com o horroroso nome de "piscinão", situado em frente a uma praia desativada e à beira de um marzão imprestável.

Para não parecer implicância, é bom dizer logo que a invenção é um sucesso de público. As pessoas que vi lá se sentiam orgulhosas da conquista, alegres, cheias de autoestima. Quando falei para uma vendedora ambulante que eu era de Ipanema, ela interrompeu a conversa e foi buscar testemunhas para provar o que parecia ser uma tese em discussão.

"Diz para eles de onde o senhor veio, diz". Tentei me livrar do mico argumentando que estava lá a trabalho, por curiosidade profissional, mas não adiantou. "Eu não disse?

Daqui a pouco os bacanas vêm tudo pra cá". Eu servia de ilustração para um processo em marcha: a invasão da nova praia pelos farofeiros de cá. Foi assim que, menos por vontade e mais para me desvencilhar da roda em que eu virara mico-atração, corri para dar o meu primeiro mergulho nas águas do Piscinão, que naquela manhã estava com 400 coliformes. Se já fiz isso em Ipanema com até mil, por que não faria ali com menos da metade?

Mas antes desembarquei numa praça aberta, que leva ao lago de 300 metros de comprimento por uns 60 de largura. Ocorrem então dois choques culturais: um visual e outro auditivo. O primeiro é causado pelo clima de feira ou festa popular: gente indo e vindo, ambulantes carregados de mercadoria, aquele bochincho. O segundo impacto é causado pelo som de vozes que vêm da água: um grande alarido, gente que grita, canta, uma sonora algazarra.

Você chega então ao calçadão, mas ainda não vê água, só o colar de barracas comerciais – brancas, quadradas, de quatro pernas. Me informam que são cerca de 300. A impressão é que se trata de uma ilha de água cercada de barraca por todos os lados. Até para se chegar à areia é preciso passar por dentro de uma delas.

Naquela manhã, pelo menos, o local era um point de jornalistas. O RJ-TV estava transmitindo diretamente de lá. Em seguida, vem o repórter da CBN com o gravador em punho. Depois, passa a repórter da Band. Acho até que cheguei a ver algum colega estrangeiro. Me pergunto se, mais do que sucesso de público, o Piscinão não é um sucesso jornalístico.

Agora estou sentado numa mesa tomando cerveja com o meu mais novo amigo de infância, achado ali poucos minutos antes. É um jovem moreno, como os mouros do elenco do Clone, do qual poderia muito bem ter saído. Aos 23 anos, é terceiro sargento do Exército. Casado, tem um filho pequeno, mas vai lá paquerar. Sua última conquista fora na véspera. "Devia ser uma garota de programa porque logo que fomos para a água, ainda nem tínhamos entrado, ela quis saber da camisinha". Como ele não estivesse preparado, a moça assumiu logo o comando: "Não tem problema, vai ali e compra". Garotinho previu tudo. O nosso bravo sargento foi, comprou, voltou, mergulharam e foram felizes por muito e muito tempo. Quando lhe perguntei "mas ninguém viu os movimentos suspeitos de vocês?", ele deu uma resposta que me deixou com cara de idiota: "na água nenhum movimento é suspeito, cara". Eu nunca observara isso. Alguma sociologia de beira de piscinão é inevitável, e assim a conversa me fez descobrir dois fenômenos. O primeiro, o cuidado com a saúde. Afinal, as campanhas de prevenção contra a aids haviam chegado àquela juventude, a julgar pelo que me disseram. O segundo foi o descuidado com o meio ambiente. As camisinhas são jogadas na água – as camisinhas e tudo o que vocês podem imaginar.

Mas antes que alguém diga "essa gente não tem jeito", esquecendo que não é uma questão de classe mas de cultura – em Ipanema, senhoras bem nascidas levam seus cachorros para fazer cocô na areia –, é bom lembrar que aquela prática de lazer é nova, daí tantos afogamentos e tantas crianças perdidas, além das infrações de higiene. Nada que uma boa campanha educativa não possa corrigir.

O Piscinão é de fato um grande sucesso de público. Mas – e aí vai a crítica: por que um lago artificial ao lado do mar? E o programa de despoluição? Será que a solução contra a poluição da Baía da Guanabara vai ser agora construir piscinões? Daqui a pouco vamos ter um em Botafogo, Copacabana, Ipanema, Leblon. Nesse ano de eleições, não custa repetir o óbvio – que a solução não é construir piscinões em torno da Baía, mas fazer com que ela, limpa e bem tratada, volte a ser o que já foi outrora: um imenso piscinão.

19 de janeiro de 2002.

O BONDE DO
BEM E DO MAL

Onde se conta uma história de jovens em que nem tudo "tá dominado".

Era uma vez dois garotos, Ricardo e Paulo. Nascidos e criados no mesmo lugar, freqüentando as mesmas escolas, brincando com os mesmos amigos, suas trajetórias ajudam a desarrumar algumas idéias feitas sobre as causas da violência: um virou traficante e o outro, artista. Em conseqüência de uma dessas trapalhadas da polícia, os dois quase tiveram o mesmo destino no fim da semana passada; Ricardo, o Cuco, comparsa de Elias Maluco, acabou no Cemitério de Irajá, depois de um confronto com policiais; Paulo, o Negueba, está internado no hospital Copa D'Or, ferido com três tiros, também pela PM, ao tentar descer do carro e provar com identidade na mão que era um honesto cidadão: percussionista da banda O Rappa e do Grupo Cultural Afro Reggae. Para quem atirou, negro, jovem, dirigindo automóvel e morando em favela, só podia ser bandido.

Há mais de nove anos, quando freqüentei Vigário Geral durante dez meses para escrever um livro, conheci os dois lá, ainda moleques: o mais velho tinha seus 18/19 anos e o outro, Paulo, uns doze. A história de Cuco e Negueba lembra a de outros dois jovens nascidos e criados nessa mesma comunidade, em idênticas condições sociais e econômicas: um se transformou no poderoso chefe do tráfico Flávio Negão, já morto, e o outro no sociólogo Caio Ferraz, vivendo hoje nos Estados Unidos.

No caso de Cuco e Negueba, quem os visse anos atrás provavelmente se enganaria fazendo previsão: o primeiro é que parecia ter uma carreira artística pela frente. Letrista de música, chegou a compor alguns sucessos não assinados na área funk. Assim, não por falta de oportunidade, preferiu o caminho rápido, mas efêmero do tráfico, que lhe deu poder, dinheiro e a morte antes dos 30, como é comum nessa atividade. O problemático, rebelde e desajustado era o adolescente Paulo. José Júnior conheceu os dois bem. Ele é o idealizador e coordenador do Grupo Cultural Afro Reggae, um movimento destinado a disputar jovens com o narcotráfico, oferecendo-lhes uma alternativa tentadora e sem risco: ser artista.

O grupo foi fundado logo depois da chacina de Vigário Geral, em 1993, quando uma tropa da PM invadiu a favela para vingar colegas mortos por traficantes, conseguindo executar 21 pessoas sem que alguma delas tivesse qualquer ligação com o crime. Com cursos, treinamentos e oficinas de capacitação profissional, o GCAR atua em quatro favelas. Sua banda principal talvez seja mais conhecida lá fora do que no Brasil. Já apresentou um show no Canadá, excursionou pela Europa e, volta e meia, faz *workshops* nos Estados Unidos. Quando saiu o seu primeiro CD, o New York Times dedicou-lhe meia página. Caetano Veloso e Regina Casé são seus padrinhos.

"A história do Paulo", conta Júnior, "foi a mais complicada do Afro Reggae. Indisciplinado, desrespeitoso, chato, ele foi expulso de todas as escolas em que estudou, inclusive de um orfanato onde a mãe, já sem saber o que fazer, o colocou". No Afro Reggae, criou caso com todos os professores. Rebelde sem causa, tinha tudo para ser recrutado pelo tráfico. Júnior, o único a quem respeitava, decidiu investir nele, ao notar que ele se transformava quando tocava. "Ficava possuído de um amor e de um sentimento incríveis." Depois de passar por três professores, que disseram que aquele garoto nada tinha a aprender com eles, Júnior aceitou o que considera ter sido o maior desafio do grupo: "botar um moleque de 15 anos para dar aula. Em vez de aprender, passou a ensinar. Hoje é fácil, porque o Afro Reggae se transformou numa fábrica de talentos, mas naquela época era um risco". As primeiras oficinas que ele deu ficaram vazias: "ter aula com esse moleque!", reclamava-se.

Em pouco tempo, porém, Negueba revelou uma insuspeitada vocação didática: tornou-se um severo e exigente professor. Em 97, segundo Júnior, tinha se aprimorado mais como educador e como empreendedor social do que como artista. No ano seguinte, num workshop na Universidade de Freiburg, na Alemanha, dispensou o intérprete e preferiu dar aulas por gestos, sinais e sons de instrumentos que imitava com a boca. "Foi um sucesso. Num instante fez os alemães aprenderem maracatu, samba e samba-reggae".

Na terça-feira, Marcelo Yuka, líder do Rappa, foi visitar Paulo no hospital, onde está internado com uma bala nas costas e o pé direito enfaixado, preso por uma armação de ferros. Já sofreu duas cirurgias e vai sofrer mais uma. Os médicos têm esperança de recompor o tornozelo estilhaçado pelo tiro de fuzil. Yuka chegou na cadeira de rodas em que anda desde que ficou paraplégico, em conseqüência dos tiros que recebeu de bandidos, tentando evitar o assalto a uma mulher. Ao ver o compadre (é padrinho da filha do percussionista) imobilizado na cama, brincou: "Bem-vindo ao clube".

Sentada ao lado, a mãe de Paulo, lembrando a trajetória vitoriosa do filho, comentou com Júnior: "Quem diria que o nosso garoto chegaria aonde chegou".

17 de agosto de 2002.

HÁ ESPERANÇA NA TERRA NOSTRA

A experiência italiana de combate ao crime pode nos servir para alguma coisa.

Se a Itália venceu a máfia, o mais bem acabado modelo de crime organizado do mundo, por que não podemos fazer o mesmo com nossos bandidos, que diante dos poderosos chefões da Cosa Nostra não passam de pés de chinelo?

Essa era a pergunta que se fazia depois de assistir ao último Fantástico, quando uma oportuna reportagem de Ilze Scamparini mostrou como os italianos ganharam essa guerra. Falou-se sempre muito na experiência americana de tolerância zero, principalmente do sucesso da polícia de Nova York e de Boston, mas se conhecia pouco do que foi feito em um país que afinal tem mais a ver conosco. "A Itália conseguiu o que parecia impossível: o câncer não é incurável", concluiu a correspondente brasileira.

Não foi evidentemente uma vitória fácil nem rápida, e custou a vida de juízes, promotores, jornalistas e políticos. Para obtê-la, a nação teve que mobilizar todas as suas forças vivas – não apenas polícia, judiciário e parlamento, mas sobretudo a sociedade, que saiu em massa às ruas para protestar e exigir ação das autoridades. Foi o povo que começou a derrubar a barreira do medo e do silêncio, exigindo o fim da impunidade, relatou Ilze.

A outra lição é que não se consegue uma vitória dessas sem romper com uma certa resignação legalista, comum entre nós, que se compraz com a própria impotência: "A lei não permite". Ninguém desconhece que Fernandinho Beira-Mar usa os celulares e os advogados para comandar o crime de dentro da cadeia, mas nada se pode fazer contra os primeiros, por falta de tecnologia, nem contra os segundos, porque isso é considerado uma restrição ilegal ao exercício da profissão. Qualquer cidadão de bem é revistado nos aeroportos, mas em Bangu I, onde reside a fina flor da bandidagem, a providência não pega bem, por causa dos intocáveis.

Se há um estado em que as instituições estão contaminadas e onde o presidente da Assembléia, um ex-bicheiro, é acusado pela CPI do Narcotráfico de chefiar o crime organizado, o que se faz? Em vez de uma intervenção saneadora, o governo desenvolve todos os esforços para evitá-la. O país parece gostar de recorrer à lei para proteger os fora-da-lei.

Sabe-se que aquele habeas-corpus vai permitir que o delinqüente de colarinho branco fuja no dia seguinte para a Europa ou que Elias Maluco volte a traficar e matar, mas o que fazer? É assim mesmo. "Quando um bandido é preso e no dia seguinte é solto por força de *habeas corpus*, isso significa que a nossa legislação está falhando", disse à repórter Mônica Torres Maia, do *Jornal do Brasil*, o presidente do Tribunal Superior do Trabalho, Francisco Fausto, uma das poucas vozes a se levantar contra esse estado de coisas.

Ele reconhece, claro, o serviço prestado ao país por esse "belíssimo instituto", principalmente durante a ditadura militar, mas não tem como não admitir que "hoje ele deixou de defender a cidadania. Em 95% dos casos, o instituto é aplicado para livrar bandido da cadeia". O magistrado não propõe sua extinção, mas restrição no uso. "Sempre que o bandido for reincidente ou houver prova de que com a reincidência ele continua a praticar atos criminosos, acho que o *habeas corpus* deve ser negado".

A Itália teve que adotar medidas extremas e de exceção: decretou estado de emergência em Palermo, botou nas ruas o Exército (retirando um ano depois), criou a lei dos arrependidos, investiu no programa de proteção à testemunha, afastou 109 prefeitos ligados à máfia, autorizou prisões sem ordem judicial, seqüestrou bens e imóveis dos mafiosos, manteve-os na cadeia sem julgamento, prendeu parentes dos criminosos e finalmente, para "evitar as manobras de uma justiça lenta", suspendeu o *habeas corpus*.

"Quando os condenados começaram a comandar o crime de dentro dos cárceres", informou Ilze, "a Itália criou uma lei duríssima que foi aceita pela sociedade e até pelas organizações de defesa dos direitos humanos: o isolamento total dos mafiosos". Eles passaram a viver sozinhos nas celas e nos banhos de sol, sem direito a telefonema, sem contato com outros presos e com visitas permitidas apenas a familiares íntimos. Um vidro de proteção impedia qualquer contato físico.

São medidas polêmicas, principalmente num país onde um candidato à presidência da República considera "política inteligente" liberar celulares nos presídios. Nem todos os especialistas brasileiros ouvidos pelo Fantástico adotariam o modelo aqui. A nossa memória ainda recente da ditadura militar, quando ouve falar em suspensão de habeas-corpus, teme com razão o fantasma do retrocesso democrático, que no entanto não ocorreu na Itália.

A maior lição da experiência é que, para adotá-la no todo ou em parte, não se precisa esperar que sejam assassinados tantos jornalistas, juízes e promotores quantos foram lá.

20 de julho de 2002.

FECHANDO O VERÃO
E QUE VERÃO!

*Mas houve um dia em que se um mergulhava
em 2002 e saía nos anos 50.*

O que valeu a pena nesse verão que acabou oficialmente na última quarta-feira? O que dizer de uma estação que celebrou o piscinão de Ramos, chegou a ter Roseana Sarney como musa durante algum tempo e acabou elegendo como símbolo um infame mosquito? Dos males, o pior. Houve muita coisa boa evidentemente, mas a marca, a síntese foi a epidemia de dengue, com milhares de casos e sem ter chegado ao fim. Vai explicar a um turista estrangeiro, que por azar se aventurou a vir e voltou contaminado, que a Cidade Maravilhosa agora passou a exportar o vírus do *Aedes aegypti*.

Enquanto escrevo, uma frente fria ameaça, ou melhor, promete chegar para amenizar esse calor que alguns teimam em chamar de senegalês e que no Senegal eles chamam com certeza de carioquês. Duvido que seja maior do que o nosso nos momentos mais quentes. É aquela velha mania de transferir a culpa para os outros. O que não é bom vem de fora. Adoro o verão, mas assim está demais. Aliás, é o que todo mundo diz depois desses dez ou quinze dias de quase combustão: "tá demais, não dá, tem que chover!". É possível que, quando essa coluna for lida, já tenha chovido e a temperatura esteja mais civilizada. Mas hoje o termômetro de rua está marcando 45° e a chamada sensação térmica, que "mede" a nossa temperatura, deve estar registrando até mais. As estatísticas garantem que há 25 anos não faz calor igual. 25 anos? Parece 50, se é que vale a impressão de quem, há vários dias sem ar refrigerado, com o aparelho quebrado, ficou ao natural, ou seja, vivendo (e escrevendo) no inferno. Gosto do calor, volto a dizer, e – que minha dermatologista não ouça – costumo expor a careca ao sol inclemente do meio-dia, sem chapéu, só com um cremezinho que não protege muito. O suor escorrendo, a cabeça cozinhando, a endorfina agindo, é um prazer quase erótico. Mas mesmo assim preferiria que o verão, como o pensamento, não fosse único. O Rio seria mais agradável se, a exemplo da vida, ele também tivesse quatro estações. Como naquelas miragens do deserto, baixou em mim uma nostalgia da neve que nunca se teve e nem se terá.

Mas há no Rio coisas que só vendo. Vendo e experimentando. Ao mesmo tempo em que atravessar a areia da praia tem sido uma proeza parecida com a de caminhar sobre um tapete de brasas acesas, quando se chega ao mar observa-se um milagre. Há anos que não se via uma coisa dessas. As ondas estão preguiçosas, adormecidas, se arrastam lentamente, mal se sustentando sobre si mesmas. Você tem que se abaixar para que elas passem por cima. Passam, você se levanta, fica brincando como se fosse um índio tamoio até que venha uma próxima, meia hora depois.

Não é isso, porém, o que impressiona. Elas podiam estar com essa malemolência toda e sujas. Mas não. Você entra e a água está fria, você olha para baixo e vê o fundo e, com sorte, é capaz de avistar um ouriço ou uma estrela-do-mar. A água está transparente, cristalina, verde claro, ou seria azul? Se não tivesse sal, você seria capaz de pegar um pouco na mão para beber. Se eu fosse um pescador, diria que aquela arraia que apareceu na primeira página do *Globo* estava bem perto de mim. Mas os golfinhos eu juro que quase os toquei. Foi uma bela viagem: eu mergulhei em 2002 e saí nos anos 50.

Como é que pode? Antes, nas vezes que me aventurei até o mar de Ipanema foi para sentir engulhos com as porcarias boiando e maldizer os responsáveis pela nossa baía. Os números agora confirmam o que os olhos vêem: o comum são 800 coliformes por cem mililitros. Já nesses últimos dias, a medição tem registrado no máximo 80 coliformes. Dizem que o surpreendente estado de limpeza das águas se deve à longa estiagem, à calmaria, à maré alta e à ausência de ventos, que assim não revolvem o fundo do mar. Se for isso, mais uma vez se tem que agradecer à natureza, não ao homem. O problema é que, chovendo, o esgoto retido nas galerias pode desaguar nas praias e aí volta tudo ao "normal". De qualquer maneira, o Rio não cansa de surpreender, e nem sempre para pior.

O mar limpo não resolve nenhum dos nossos problemas. Não diminui a ação dos bandidos, que, em ritmo de escalada passaram a atacar a polícia – e isso é coisa nova na guerra dos traficantes, que antes brigavam só entre si – não afasta os mosquitos e nem torna a cidade mais amena. Mas ajuda a entender a alegria do jovem estudante de engenharia entrevistado ao sair de um mergulho: "Toda vez que chego na praia com esse sol maravilhoso e esse mar limpo, agradeço ter nascido no Rio".

23 de março de 2002.

A PRIMEIRA VEZ SEMPRE SE IDEALIZA

Uma viagem sentimental passando por James Taylor e Cole Porter.

Eu também fui ao Rock in Rio. No primeiro dia, claro, dia dos velhinhos: do Gil, James Taylor, Sting. Na verdade, foi mais um teste sentimental, uma curiosidade, um daqueles exercícios de comparação que, com a idade, a gente vive fazendo para saber o que é melhor, se hoje ou "naquele tempo". Queria ver se o Rock in Rio 3 seria melhor do que o primeiro, há 16 anos, quando me encharquei de chuva e chafurdei na lama, comandando uma equipe que cobria o festival.

Saí achando que nada mais romantizado na vida do que a "primeira vez", em geral uma experiência ruim ou inexpressiva que o tempo e a distância vão melhorando até transformarem o que foi apenas pioneirismo em marco histórico, inesquecível. A primeira vez a gente não só não esquece, como quase sempre idealiza.

É interessante como a memória é seletiva, como gosta de dourar a pílula, principalmente a memória proustiana, afetiva, sensorial, feita de impressões, carregada de emoções. E quando não se tem boa memória factual então, como é o meu caso, a reconstrução substitui a recordação. Em vez de relembrar, a gente reconstrói com a emoção. Do que gostei mais? De agora, principalmente quando saí da mordomia do camarote e fui para o meio do gramado. Dali a visão é grandiosa. Nada melhor para grandes eventos do que essa arquitetura orgânica, feita com material extensível que reproduz formas da natureza. Linda. Quanto às preferências, que os metaleiros não me ouçam, que não me ouçam os fãs do Sting, mas adorei James Taylor, e adorei tanto ou mais do que da primeira vez. Será questão de idade? Será por simpatia à história de vida de um artista que sempre esteve meio em crise existencial, entre a queda e a redenção? Não, é pela voz mesmo, pela melodia, por aquelas suaves baladas. Afinal, sou do tempo em que se ouvia música, não som.

Pensando bem, tirando os aspectos heróicos – a aventura pioneira, aquele evento colossal, meio megalomaníaco, que podia ser um fracasso, as reações meteorológicas tentando boicotar o espetáculo, a chuva, a lama, os mosquitos, e como os havia (a gente joga fora até os mosquitos), o Rock in Rio de 1985 foi mais contexto, pertenceu a um momento importante de nosso processo de redemocratização.

1985 talvez tenha sido o último ano da transição e o primeiro em que de fato a democracia começou a dar as caras nos arraiais da cultura. Foi quando o maniqueísmo saiu de moda para dar lugar ao pluralismo. Encarregado então de fazer o balanço cultural de 1985 para o *Jornal do Brasil*, escrevi:

"Se 84 foi para a cultura o ano do consenso, tecido pela campanha das Diretas e pela eleição e morte de Tancredo, 85 foi o ano do dissenso, isto é, do debate e da polêmica; em uma palavra, do desacordo. Os intelectuais e artistas discutiram, brigaram e se xingaram como há 21 anos não faziam – pelo menos entre si. À primeira vista foi o fim do mundo. Afinal, graças ao consenso foi que se derrubou o regime militar. (...) Mas isso, em lugar de ser o fim do mundo, parece ser o começo de outros tempos".

O próprio Rock in Rio fez parte da polêmica: ou se era contra ou a favor; ou se gostava de samba ou de rock. Mas já então se começava a concluir que uma preferência não exclui necessariamente a outra. O hábito desse tipo de exclusão já soava como sectarismo que iria cair em desuso.

É evidente que Carlinhos Brown hoje, assim como Erasmo e Lobão ontem, iria sentir na própria pele que a intolerância continua por aí, e não só na música, mas ela não tomou conta do país.

Esquecendo o Rock in Rio, bom mesmo é quando se misturam o velho e o novo, quando se juntam, por exemplo, Cole Porter e Claudio Botelho e Charles Möeller, para um musical como "Ele nunca disse que me amava". Com medo da expectativa criada pela unanimidade dos comentários – "não pode deixar de ver" – relutei em ir: muita promessa frustra. Além disso, havia uma resistência que Jaguar expressou dessa maneira: "Cole Porter no Rio? é como ir à Broadway ver Pixinguinha?" (ele acabou indo e adorando). São seis atrizes. Ou seis cantoras? Ou atrizes-cantoras? Ou cantoras-atrizes? Não importa, o que importa é a qualidade das vozes, das interpretações. Quanto carisma, empatia e charme! É tanto talento no palco que a todo momento a gente fica perguntando se não está em Nova York. Elas desmentem todos aqueles preconceitos e lugares-comuns de que no Brasil cantora não sabe interpretar e atriz não sabe cantar, e que nós, um povo tão melodioso, não sabemos fazer musical. Quem ainda acha isso que vá lá vê-las, urgentemente.

20 de janeiro de 2001.

INCOMPETÊNCIA
E MORTE

*No fim das contas, a polícia conseguiu ser mais
bárbara do que o bárbaro.*

O meu propósito ao voltar das férias era contar a viagem que fiz à Cidade do Cabo, na África do Sul: o seminário sobre racismo de que participei, a emocionante ida ao Cabo da Boa Esperança, a comovente visita à ilha onde Nélson Mandela ficou preso durante 18 anos, a situação do país depois do apartheid, os avanços e dificuldades atuais.

Pretendia mostrar como a delegação brasileira se saiu bem – um desempenho que mereceu elogios, a ponto de um americano terminar sua intervenção declarando "eu sou brasileiro" – e como, ao contrário, o nosso governo se saiu mal, retirando o convite que havia feito para sediar uma reunião preparatória à Conferência da ONU sobre racismo no ano que vem.

Mas cheguei e vivi duas emoções muito fortes, ambas pela televisão, diametralmente opostas, mas igualmente intensas: uma de enorme júbilo e outra de angustiante depressão. No total, quase oito horas de desgaste emocional. A primeira foi o último jogo (para não falar dos outros) de Guga em Roland Garros.

Me lembrei de 97, quando escrevi que ele era "um herói cheio de caráter, desempolado, que não tem o rei na barriga, até porque não tem barriga, é fino e curvo como um parêntese". Um leitor protestou porque eu estaria exagerando: era cedo, eu deveria esperar para ver se o campeão confirmava seus feitos. Além de tudo, e ele citava a famosa frase de Brecht, "triste do país que precisa de um herói".

Hoje, repetiria o que escrevi então, acrescentando que o Brasil seria mais alegre se fosse um país de Gugas e não de Sandros, o "herói" da tragédia do ônibus 174, no Jardim Botânico. Não me lembro de um acontecimento policial que tenha mexido tanto com a alma das pessoas – do chamado homem da rua, que ficou discutindo se a polícia não deveria ter atirado antes, ao presidente da República, que confessou sua depressão, passando por Chico Caruso, que pela primeira vez em 32 anos não conseguiu fazer uma charge, embora a sua não-charge talvez seja a mais criativa charge que já fez.

Com a melhor das boas vontades, me esforcei para entender a ação da polícia, chegando a achar que ela agiu acertadamente – até dar todas as provas de incompetência e precipitação. Digamos que ela "só" errou no final (por que as autoridades dizem tanta besteira nessas ocasiões?), quando aquele desastrado soldado, por estresse ou compulsão de virar herói, fez a sua criminosa aparição.

Digamos que foi azar. Mesmo assim continuarei sem entender por que, diante de uma situação-limite como aquela, que durou mais de quatro horas, que angustiou a cidade e o país, com todo mundo querendo fazer alguma coisa para libertar os reféns, o governador e o secretário de Segurança não julgaram importante dar um pulinho ao local para tentar convencer o seqüestrador, dar-lhe oficialmente garantia de vida, persuadi-lo a se entregar. É claro que seria melhor do que a ação dos negociadores da PM.

O bandido tinha lá suas razões para recusar papo com eles. O que ele temia aconteceu: a sua execução.

O mais sintomático é que ele, cruel e torturador, trincado, com o diabo no corpo, como confessou, prometendo matar todos os reféns, era na verdade meio presepeiro, trapalhão e exibicionista; não queria matar ninguém, queria mesmo era fugir da lambança que aprontara. Quem percebeu isso logo foi Luana, a menina de oclinhos. Fiquei fascinado com sua serenidade e coragem. Que capacidade de liderança! Aquela cena em que aparece confortando Geisa em pânico, coitadinha, passando a mão na sua cabeça, acariciando seus cabelos, foi tocante.

Não só procurou acalmar suas colegas de infortúnio, como conversou com o bandido, pôs o cordão no seu pescoço, pegou o dinheiro, compreendeu o seu drama. Eu diante da tv morrendo de impotência e medo só de ver de longe a cara do bandido, de imaginar os gritos e xingamentos, e ela lá, andando de um lado para o outro com o cano do revólver na cabeça, sem dar bandeira do que estava sentindo. Não sei em que momento, mas ela percebeu que ele não estava a fim de matar: o gestual agressivo, a encenação cruel, o deboche, os gritos, tudo fazia parte da retórica de terror, ajudada evidentemente pelo efeito da droga. Ela descobriu também, como contaria depois, que o desespero dele era por não ter nada a oferecer em troca, nada a negociar. Estava encurralado e, como moeda de troca, só dispunha de bravatas e ameaças.

Ironicamente, parece que naquele confronto um dos menos dispostos a matar era justamente ele. Só matou quando foi atacado. A impressão, pelos relatos, é de que se estabeleceu uma espécie de síndrome de Estocolmo ao contrário: em vez de as vítimas simpatizarem com ele, cooptadas pela dependência, ele é que lhes propôs cumplicidade, fez um pacto para encenar a sua farsa, o bendito blefe. Acho que nunca se viu uma cena como aquela: a refém, por solicitação do bandido, fingir que estava morta para que ele fingisse que a tinha matado.

No fim das contas, a polícia conseguiu ser mais bárbara do que o bárbaro.

17 de junho de 2000.

O SOM QUE VEM DO ANDAR LÁ DE BAIXO

Há mais de um ano o cineasta Cacá Diegues descobriu os Racionais MC's e passou a repartir o choque da descoberta com alguns amigos, presenteando-os com um CD do grupo. Quando ouvi o meu, concordei com a opinião do diretor de *Orfeu:* Não havia nada mais radical na música brasileira.

Esse rap da periferia de São Paulo parecia a crônica de uma juventude em fúria, "tentando sobreviver no inferno", ou a "trilha sonora do gueto", segundo eles mesmos, feita por uma tribo que ainda por cima rejeitava contato com os *civilizados.*

Mais chocante ainda era ver os Racionais ao vivo, como fizera Cacá uma noite, quase escondido, no meio de uma platéia em que talvez fosse o único não-negro, e assustado porque o líder Mano Brown, ameaçador, de vez em quando gritava para a platéia: "tem algum branco aí?"

Cacá acabou se aproximando do grupo e passou a deter o título de raro intelectual branco a apertar a mão do inóspito Mano Brown. No domingo passado, por curiosidade e também por inveja de Cacá, nos dispusemos, Manoel Ribeiro e eu, a enfrentar o calor para ver as *feras* em Vigário Geral. E, claro, tentar apertar a mão de Mano Brown.

O espetáculo, marcado para as 7 horas da noite, mas que só começou às 11 e varou a madrugada, foi um teste de resistência que só se aconselha a quem tem menos de 20 anos – assim como a gente.

Antes, assistimos ao show do Afro Reggae, um grupo mais eclético e universal que já se apresentou com sucesso na Inglaterra, Alemanha, Holanda e França. Depois vimos a dupla Mister Catra e Cara de Porco, muito popular nas favelas cariocas porque mistura o rap de Miami com o hip hop, e sobretudo porque, num estranho sincretismo moral, exalta a amizade e prega a crueldade; é capaz de propor o incêndio de um X-9 ao mesmo tempo em que recorre a Jesus como salvação de todos.

A platéia, na maioria adolescentes, aprova entusiasticamente essa contradição em termos e vibra mais do que com os Racionais, que impressionam pela coreografia bélica, o grito de guerra e pelas caras de poucos amigos, mas mantêm um certo distanciamento brechtiano, como no meu tempo se dizia. Já Mister Catra e Cara de Porco, são aliciantes.

Os *Racionais* não foram feitos para dançar, mas para ouvir e, vá lá, raciocinar. Às vezes chegam deles remotos ecos drummondianos – "Tenho uma pistola automática/ e o sentimento de revolta" (que soam ironicamente como uma paródia pós-moderna do Drummond de "Tenho apenas duas mãos/ e o sentimento do mundo"). Mas isso é raro. Em geral é um estilo brutalista, uma linguagem crua e um ritmo sincopado e seco como tiros de Ar-15.

É uma expressão sem atenuantes ou panos quentes metafóricos, sem sublimações nem possibilidade de conciliação estética, ética ou política. Incomoda o ouvido tanto quanto incomoda a vista olhar para a periferia com suas valas negras, sua miséria, o mau cheiro, a violência, a solidão e a crueldade.

Desconfio que os Racionais vão ser absorvidos, se é que já não foram, pelo "sistema" – essa entidade que eles gostam tanto de denunciar. Quando antes do show fomos apresentados ao grupo e eu vi o líder de brinquinhos e um ridículo turbante, falando "muito prazer" com sotaque paulista, tive que conter meu espanto para não dizer: "Que que é isso, Mister Brown, de Carmen Miranda?!". Pensei também em ligar para Cacá informando que Mister Brown não é mais aquele.

De qualquer maneira, ainda é tempo de ouvir o som do andar de baixo, do porão – seja do *Afro Reggae*, de *Mister Catra* ou dos *Racionais MC's*, entre muitos outros. Esse pessoal da periferia – e "periferia é periferia em qualquer lugar" – tem algo de muito desagradável a declarar. Como diz Mister Brown "vim pra sabotar seu raciocínio", "talvez eu seja um sádico ou um anjo, juiz ou réu".

Só é preciso ter ouvidos de ouvir.

15 de outubro de 1998.

CRÔNICA DO MEDO GERAL

Todo mundo estava sentindo de perto o que algum dia sentira de longe.

O jornaleiro em frente à minha casa tem 55 anos de Brasil, quase todos vividos na Zona Sul. Descobri que alguma coisa de extraordinário estava acontecendo quando o vi às 9 horas da última segunda-feira realizando uma operação incomum para aquele dia e aquela hora. Ele estava fechando sua banca, situada no quarteirão da praia, bem longe da Visconde de Pirajá e, portanto, do anunciado perigo. Não recebera qualquer ordem, a não ser do próprio medo. "Mandaram fechar", informou assustado. Quem? "Não sei, mandaram". O que mais impressionava era a tristeza com que dizia: "é a primeira vez que isso acontece".

Saí fazendo a mesma pergunta a uns oito lojistas que cerravam suas portas. Nenhum deles fora advertido: "quem recebeu a ordem foi o meu vizinho aqui do lado". Quando me dirigia a este, era o outro, o seguinte. Só um deles se apresentou como testemunha: "vi um moleque esperar o PM passar, gritar 'fecha' e sair correndo". Fora isso, nas calçadas e nas ruas parecia não haver nada de anormal – a não ser a cara das pessoas, o olhar.

A diferença entre o terror quase silencioso de agora e a algazarra do arrastão de dez anos atrás, no Arpoador, é que naquele domingo as pessoas gritaram e correram apavoradas; nesta segunda-feira, o pavor não tinha pernas, nem voz, só olhos. Não vou esquecer a jovem mãe que fora buscar o filho na escola. Enquanto esperava o sinal abrir, tentava contar a ele o que estava acontecendo, baixinho, como que temendo que alguém ouvisse o que dizia. De vez em quando levantava a cabeça e, nos olhos, além do espanto, o pedido de explicação, de ajuda, de conforto. Se fosse traduzir em palavras, talvez ela não conseguisse dizer mais do que um "Meu Deus!".

Só mais tarde vi na televisão, ouvi no rádio e li nos jornais que aquele medo não era localizado, de apenas um bairro. Fora democratizado, distribuído, socializado, era agora de todos. Todo mundo estava sentindo de perto o que algum dia sentira de longe. Naquele momento, o medo era só nosso, meu, do meu vizinho ao lado. A novidade era essa: o medo tinha descido o morro – aquele medo humilhante que o terror dos traficantes causa à população das favelas há tanto tempo.

O que mais angustiava é que o medo apresentava a consistência de uma assombração: não tinha forma nem som. Não se ouvia tiro, grito ou correria, nada. Só a sua pesada e invisível presença. Se o fruto de uma amendoeira caísse sobre o capô de um carro, o pânico se alastraria. Era aquela sensação tão bem definida por Guimarães Rosa: "O medo é uma pressão que vem de todos os lados".

Na esquina, encontro três PMs conversando:
– O que está acontecendo, sargento?
– Nada.
– Como nada, o senhor não está vendo as lojas fechando?
– Porque querem. Estamos aqui garantindo a ordem e a segurança.

Os três talvez fossem as únicas pessoas tranqüilas em Ipanema naquela manhã. A cena era meio patética. Em tese, o policial estava certo, devíamos fingir que nada acontecia. Afinal, só foi possível aquela segunda-feira de terror porque os lojistas e a população colaboraram com os bandidos – por medo, bem entendido. Assistia-se ao estertor do monstro contrariado, sabendo-se que tem que ser assim: a polícia precisa endurecer, mesmo que haja novos esperneios da bandidagem. Como disse um bravo comerciante, insistindo em manter a casa aberta, "não quero ser herói, mas se a gente cede, isso não tem fim".

O problema é que o nosso medo era anterior, era um medo acumulado, condensado, sempre à espera de um motivo para se manifestar. Por trás dele, desse pânico contido, poderia estar o velho fantasma de que o morro todo ia descer, de que os "bárbaros" teriam enfim rompido as muralhas e estavam entrando. Me lembrei do fantástico poema "À espera dos bárbaros", do grego Konstantinos Kaváfis:

> *Por que subitamente esta inquietude?*
> *(Que seriedade nas fisionomias!)*
> *Por que tão rápido as ruas se esvaziam*
> *E todos voltam para casa preocupados?*

No final os bárbaros não chegam e o poema termina:

> *Sem bárbaros o que será de nós?*
> *Ah, eles eram uma solução.*

Sem "bárbaros", o que será de César Maia?

5 de outubro de 2002.

NADA ALI
ERA NOTÍCIA

Dois exemplos que devem servir para alguma coisa.

*E*ster dirige uma companhia de teatro no sul da França, perto de Marselha, chamada Made in Brazil. Chama-se assim porque todos os espetáculos têm relação com o seu país. Um de seus esforços lá fora tem sido divulgar o Rio, onde nasceu; melhor dizendo, defender o Rio.

Ester voltou para o enterro de sua mãe, a médica brutalmente assassinada por assaltantes dentro do elevador no dia das mães. Amiga de adolescência de minha filha, ligou para agradecer a maneira como no sábado passado falei do crime.

Sua mãe Rosita era uma "iídishe mame", ou seja, âncora e referência – e só quem tem uma em casa sabe o que é isso. Como disse o filho Arnaldo, "ela era a coluna cervical da família". "Era tudo para mim", desabafou o pai. De repente, um tiro estúpido, covarde de um bandido qualquer dilacerou essa família sólida e feliz.

Ester não tinha raiva na voz, não tinha amargura, só tristeza. Mesmo por telefone podia-se perceber que sua alma doía como um nervo exposto. "Eu sempre tentei defender o Rio", disse, como se ela, e não a cidade, devesse alguma explicação para o absurdo.

Como o irmão, que escreveu um belo artigo transformando a dor em ato de fé na humanidade – "ninguém nasce bandido, assaltante ou matador"; como o pai, que pouco depois do crime, mesmo desesperado, não pediu vingança, mas combate à miséria; a exemplo deles, Ester não se alimenta de ódio, mas espera que a desgraça que se abateu sobre sua família sirva pelo menos "para alguma coisa".

Alguma coisa é um pouco de paz, só isso, o contrário do que a cidade tem tido: que mães de família não sejam assassinadas por assaltantes e que jovens de 15 anos não sejam mortos pela polícia, como ocorreu no Morro da Coroa e da Mangueira. O que se pergunta é se isso é possível e quando, se por trás do tiroteio, no meio das vítimas, entre os mortos e feridos, existe ainda alguma esperança.

O governo acredita que sim, que esse surto recente seja o fim, não o começo de um ciclo, algo como um espasmo, um estertor. Seria a reação esperada a uma política de segurança que, justiça seja feita, está remexendo nas entranhas, está desmontando uma aliança histórica, espúria, entre a polícia e os bandidos. Entre a polícia não, entre alguns policiais, uma "banda podre", como se diz. Essa batalha contra os inimigos internos, alimentados pela corrupção, seria mais difícil de vencer do que a guerra contra os bandidos externos.

No dia seguinte à conversa com Ester, viajei uns 60 quilômetros, de Ipanema, onde moro, até o Jardim Nova Era, em Nova Iguaçu – lá longe, na "outra" cidade, a desvalida. Desculpem a auto-referência, mas não resisto à vaidade de dizer que fui para inaugurar uma biblioteca, ou melhor, uma sala de leitura que leva o meu nome, pequena, discreta, pobre e digna.

Entre as homenagens, um show para alunos de primeiro grau e outras pessoas da comunidade, na rua, sob um sol outonal de meio-dia. Assisti à banda *Afro Reggae*, que já conhecia, e descobri surpreso a *Orquestra de Flautas da Cidade Alta*, de Cordovil, com cerca de 20 componentes.

No repertório, Luiz Gonzaga, Pixinguinha, mantra indu, música medieval, poemas de Carlos Drummond de Andrade. Como se vê, um conjunto cult, alternativo, que já existe há oito anos, provando que nas regiões carentes não há público apenas para funk, rap e samba.

    Vendo aquelas crianças pobres, mas bem cuidadas, limpinhas, atentas, alegres, tão diferentes do que se está acostumado a ver, como se fossem o resultado de uma conspiração para banalizar o bem, arquitetada pelo Centro de Integração Social Nova Era, o Cisane – uma organização que reúne professoras abnegadas, assistentes sociais, psicólogas, bancárias do comitê contra fome do Banco do Brasil, do Andaraí – me lembrei de uma acusação que cada vez ouço mais: que a imprensa parece só ter olhar para o mal; algo como se só a má notícia fosse notícia. Se é assim, nada ali era notícia, naquela virtuosa promiscuidade de coisas boas.

    Tive como companheiro na viagem de volta, entre outros, um garoto de 15 anos. Já ouvira falar dele: tratava-se de ninguém menos do que o ex-gerente-geral do tráfico de várias daquelas regiões. Enquanto a Van rolava pela Linha Vermelha, ele ia contando casos de extorsões e de crimes da "Polícia Mineira", à qual se refere como uma instituição mais poderosa do que a outra PM, a oficial.

    No intervalo, apontava para o vasto território de bocas-de-fumo que estivera sob seu domínio (ou quase, porque era o segundo na hierarquia): "eu tomava conta de tudo isso: aqui é a favela (tal), ali a Praínha, lugar de desova, onde a gente vinha tomar banho, aqui..." e o carro custou a atravessar a extensão desses domínios da droga.

    Ele foi resgatado, ou está sendo, e por isso não posso falar mais. Um dia espero contar aqui a sua história. Se tudo correr bem, será a história edificante de um garoto que a arte roubou do tráfico.

    Voltei de lá achando que não é possível que a dor de Ester e o esforço de proliferação do bem desenvolvido pelo pessoal do Jardim Nova Era não sirvam para alguma coisa.

O CONSOLO É QUE
O OUTRO FOI IGUAL,
OU NÃO

Você já imaginou o carioca ser xingado de melancólico e o Rio, de "cidade macambúzia, cidade de dispépticos e de mesentéricos"? Parece impensável, mas eu li isso essa semana, quando *viajava* pelo fim do século XIX, que é para onde se deve ir quando se acha insuportável o atual, já em liqüidação.

Fugir para o chamado *fin-de-siècle* – de Viena, Paris, Nova Iorque, ou Rio – é aconselhável até para fazer comparações, para saber se a gente está reclamando de barriga cheia. Será que existe mesmo uma *síndrome finissecular*, uma doença que dá nessas épocas, assim como existem certos males que atacam as pessoas em determinadas idades? Não é fácil chegar a uma conclusão, mas o clima de apocalipse que paira no ar atualmente já pairava há cem anos, aqui e no mundo. O fim do século já era o fim do mundo.

As tais injúrias me chegaram justamente no dia em que os jornais anunciaram o "primeiro sol de verão", o que aumentou o absurdo. Como chamar de macambúzia uma cidade com essa luz, depois que a chuva lavou o ar e que as Cagarras, sem névoas, reaparecem recortadas andando com você? (experimente caminhar do Leblon até o Arpoador e veja como elas o seguem. As Cagarras andam, não é ilusão de ótica não, podem observar. Nesses dias, elas andam. Ou navegam, porque parece que ilha não anda).

De qualquer maneira, o mais estranho é que o autor do texto usava a natureza solar do Rio para reforçar suas opiniões. Ele admitia que pudessem ser tristes e soturnas as cidades do norte da Europa. "Mas que seja melancólica uma cidade como esta, metida no eterno banho da luz do sol", ele não entedia.

Em 1897, num dia como hoje – ele escrevia aos sábados – Olavo Bilac passou a substituir Machado de Assis como cronista da *Gazeta de Notícia*, um jornal que, além de consagrar, ainda pagava seus colaboradores, coisa rara então. São deles as acusações, que aparecem nas crônicas organizadas por Antonio Dimas e editadas pela Companhia das Letras.

Pescados assim, arbitrariamente, os trechos citados podem indispor Bilac com a cidade que chamava de Sebastianópolis e à qual, como confessa, nunca poupou injúrias. Mas ele fazia isso por excesso de amor, por se sentir traído em suas expectativas e desejos.

As crônicas são saborosas. Os leitores que se lembram apenas do poeta do "Ora, direis, ouvir estrelas", do parnasiano da chave de ouro, vão ter uma surpresa. Com um olhar moderno e uma pauta atual, Bilac descreve o Rio de então "sem insistências aborrecidas e sistemáticas", como diz o organizador, que atribui a Bilac um papel importante na "formação de uma consciência cívica e urbana brasileira".

Há de tudo. O capítulo sobre jornalismo, por exemplo, não interessa apenas a quem é do ramo. Ele mostra o pânico pelas novas tecnologias (achávamos que a gravura e a fotografia iam roubar nosso emprego, como se acha hoje que a TV vai acabar com a imprensa escrita. "Já ninguém mais lê artigos", lamenta o cronista, morrendo de medo do "exército dos desenhistas, dos caricaturistas e dos ilustradores"), e comenta o hábito de invadir a privacidade dos outros ("Não há jornal de Paris, de Londres, de Berlim, de Roma, que faça o que fazem os jornais daqui, nesse particular").

O cronista fala de pessoas, usos, costumes e de problemas sociais como "o flagelo periódico da febre amarela" ou das meninas de sete ou oito anos se prostituindo pelas ruas, de tal maneira que chega a achar que "talvez a sorte melhor que se possa desejar hoje em dia a uma criança pobre seja uma boa morte".

A leitura dessas crônicas serve para uma porção de coisas. Serve para relativizar o pessimismo atual, fornecendo um consolo: "o outro fim de século foi igual ou pior". Serve também para aumentá-lo: "se é assim, não tem mesmo jeito". Ou serve para atribuir tudo ao ponto de vista dos cronistas: a cidade que parece ter inventado essa praga também foi, de certa maneira, inventada por eles. Elas são não o que são, mas o que eles dizem que elas são. Assim é se lhes parece.

11 de janeiro de 1997.

VIVA A EXPLICAÇÃO!

Houve um tempo em que Chacrinha dizia, balançando a pança e sacudindo a massa, que não tinha vindo para explicar, mas para confundir. O Velho Palhaço da televisão morreu, poucos se lembram dele, mas sua mensagem parecia antecipar o que seria o mundo de hoje: o reino da entropia, uma confusão difícil de ser entendida. Os acontecimentos, comparou uma vez o grande historiador Fernand Braudel, são "como vaga-lumes na noite brasileira: brilham sem iluminar".

Conheço pessoas que não agüentam mais ver jornal de televisão por simples fastio. "É informação demais", reclama-se. Tão logo acaba a transmissão, a gente não se lembra do que viu e ouviu, nada sobra para a memória. Antes, era-se ignorante por falta de informação; agora, por excesso – uma forma de ignorância ilustrada e sortida. A abundância, não a carência, está impedindo a compreensão. A quantidade está substituindo a qualidade.

Não se pode isentar a mídia de uma boa dose de responsabilidade por tudo isso. Graças às suas novas técnicas de transmissão e aos avanços eletrônicos, ela mudou a nossa maneira de ver e de sentir, nem sempre para melhor. De tanto nos bombardear com a fragmentação, o efêmero e o descartável, ela transformou a percepção numa vertigem: substituiu a reflexão pelo reflexo, acabou com a contemplação e fez do interesse um estado de ansiedade que precisa ser renovado a cada segundo.

Basta lembrar o controle remoto, que de instrumento de liberdade de escolha virou uma busca de prazer interrompido que raramente chega ao fim. Além de debilitar a paciência do espectador, acabou com o silogismo na televisão. Para captar a atenção, os raciocínios dispensam as premissas, e os discursos não têm mais princípio, meio e fim. Não se fala para se fazer entender, mas para manter o interesse a qualquer preço.

Houve uma mutação na nossa percepção. O compacto é melhor do que o jogo inteiro, porque acaba com os tempos mortos, a cobrança de laterais, os passes inconseqüentes. Trinta segundos, que é quanto dura em geral um anúncio, passou a ser a unidade de tempo da narrativa: além disso, corre o risco de cansar. É como se todas as histórias pudessem ser contadas no tempo de um comercial. Toda a comunicação televisiva está apostando na impaciência.

Evidentemente, não é só por isso que se tem dificuldade de compreender o mundo hoje. A perda de referências, o enfraquecimento de valores morais, a substituição de modelos, a queda dos padrões criaram um estado permanente de perplexidade ou de anestesia. "Tudo que é sólido desmancha no ar", dizia Marx no manifesto comunista, sem prever que ele mesmo iria se desmanchar como referência e modelo.

De tanto perseguir a novidade e o inesperado, o homem moderno está caindo no absurdo, a forma mais radical da surpresa, como se fosse uma coisa natural. Os acontecimentos parecem feitos do insólito e da incoerência.

Saudades das certezas e de uma certa fome de absoluto. Acho que é chegada a hora de escola, universidade e imprensa escrita se unirem para decretar: abaixo a comunicação e viva a explicação!

10 de dezembro de 2003.

PESSOAS, PERFIS, PERSONAGENS

UMA PONTE CULTURAL

A primeira vez que ouvi falar de Marcelo Yuka foi há alguns meses, conversando com meu amigo Flávio Pinheiro, sempre antenado. Ele vinha de um almoço com o baterista e compositor do grupo O Rappa e ficara impressionado com a figura e com o que ouvira. Marcelo lhe disse então que algo de novo e de assustador começava a freqüentar as favelas cariocas: o rancor.

Todo aquele mitológico astral que se encontrava nos morros, cantado em melodia e verso – o afeto, a fraternidade, as relações amenas – tudo isso estava dando lugar a um ressentimento, a um ódio sem causa e sem razão aparentes ou imediatas.

Moleque criado em região pobre, vizinho atual de uma favela, cronista de um cotidiano cuja rotina ele vivencia como poucos, Yuka estava chocado com um dos sinais desse novo clima: um CD de fundo de quintal de um grupo funk. O disco era tão violento que ele explicou assim o que sentiu: "Na terceira música, Flávio, eu já estava com taquicardia!". Conhecendo como conhece a poética crueza das composições de Yuka, meu amigo tentava imaginar a carga de violência contida no tal CD, sob risco, ele também, de uma taquicardia diante da revelação.

Me lembrei dessa conversa quando li as primeiras notícias sobre o que o líder do Rappa sofreu ao tentar evitar o assalto a uma mulher: os quatro tiros que levou, as quatro cirurgias, a lesão na segunda vértebra cervical, o risco de ficar paraplégico, o sofrimento da família, os dias de angústia.

Tudo na cena – o impulso generoso, a tentativa arriscada de ajuda, a estúpida reação dos sete bandidos, que atiraram por atirar, nem mesmo para roubar – precisava apenas de música e poesia para se transformar em uma das composições de Yuka, todas voltadas para o universo dos excluídos, do qual ele é uma das vozes militantes mais lúcidas e poderosas.

Vejam o que diz uma delas: "A minha alma está armada/ e apontada para a cara/ do sossego/ pois paz sem voz/ não é paz é medo/ às vezes eu falo com a vida/ às vezes é ela quem diz/ qual a paz que eu não quero conservar/ para tentar ser feliz".

Por coincidência, no fim da semana passada, quando Marcelo Yuka ainda estava entre a vida e a morte no hospital, duas revistas, *Domingo* e *Época*, trataram de uma tendência cada vez mais visível em cidades como Rio e São Paulo. Por um lado, jovens de classe média freqüentando bailes e divertimentos das favelas. Por outro, os excluídos se fazendo ouvir cada vez mais pelos artistas locais ou pelos do lado de cá. Se Marcelo é o melhor exemplo do primeiro caso, Fernanda Abreu, cujo CD *Entidade urbana* também acaba de sair, é o melhor representante do olhar mais de fora.

A matéria da revista paulista, *Miséria e Arte*, mostra como a literatura, o cinema e a música têm sido estimulados pelos dramas da desigualdade social. São escritores como o estreante paulista Ferréz, do violento Capão Redondo, ou como a consagrada Patricia Melo, de *Inferno*, passando por Paulo Lins, do clássico *Cidade de Deus*, sem falar no cinema de Cacá Diegues, João Salles, Eduardo Coutinho, Katia Lund, Paulo Caldas e Marcelo Luna, ou nos raps de Mano Brown, MV Bill, Criminal D, Xis, entre outros.

A revista *Domingo* acompanhou jovens de classe média que "trocam o circuito cinema-lanchonete-boate-da-moda pela diversão em lugares populares, que carregam uma certa aura da marginalidade", como escreveu a repórter Cleo Guimarães. E que lugares são esses no Rio? Podem ser os bailes funk da Ladeira dos Tabajaras, em Copacabana, ou da favela de Rio das Pedras, em Jacarepaguá (um dos *points* mais quentes), ou um salão de sinuca na Lapa, ou uma birosca de morro onde se toma Catuaba Selvagem ou bares em zonas de prostituição.

O mais curioso é que essa garotada de 15 a 20 anos enfrenta a resistência dos pais, o preconceito, a discriminação e o estigma social nem sempre atraídos pelo perigo e pelo pecado, conforme o estereótipo, mas por encontrarem ali o diferente, que lhes parece melhor. Esses programas, informa a repórter, "são vistos pelos jovens como mais saudáveis que as casas noturnas da Zona Sul, para eles reduto de gangues de violentos lutadores de jiu-jítsu". Uma menina de 15 anos, cuja mãe a mataria se soubesse onde ela vai – pelo menos é o que diz – justifica sua preferência pela atração da "vida como ela é", ou seja, dos lugares "longe da playboyzada, onde eu possa ser eu mesma".

Alguns conscientemente, outros sem saber, essa gente toda, os artistas e a garotada, está estabelecendo uma ponte sobre o preconceito, tentando ligar culturalmente uma cidade a outra, um pouco como faziam aqueles ousados freqüentadores da lendária casa da Tia Ciata no princípio do século, quando a polícia perseguia os que gostavam de um gênero maldito que dava os seus primeiros passos na Praça 11, o samba. Como diz Fernanda Abreu, eles estão *despartindo* a cidade partida. O trabalho nem sempre é fácil. A construção de uma ponte dessas, unindo o que a economia separa, tem riscos e acidentes, podendo até produzir mártires. Marcelo Yuka é um deles.

18 de novembro de 2000.

EM QUEM
GLAUBER VOTARIA?

*Ele apostou na abertura, mas hoje talvez não
acertasse uma previsão sobre o futuro.*

Em meio à campanha eleitoral, eis que ressurge, bem a propósito, Glauber Rocha, em dois documentários: um de seu filho, Erik, e outro de Sílvio Tendler, seguidos das discussões de que ele tanto gostava. Vendo na TV a propaganda obrigatória, tive às vezes a impressão de que estava assistindo a trechos de *Terra em transe*, que tanto chocou o país há 35 anos, quando foi lançado. Aliás, em quem votaria aquele que um dia confessou que seu sonho era ser Presidente da República? Em relação a ele, essa é apenas uma das inúmeras perguntas que não se consegue responder.

Ainda não pude assistir ao primeiro filme, *Rocha que voa*, que a crítica elogiou sem restrições, mas vi o outro, *Glauber, o filme – o labirinto do Brasil*, numa sessão especial em que parte das pessoas que apareciam chorando na tela estava na platéia prendendo o choro ou chorando, entre elas, dona Lúcia, mãe-coragem, se vendo com sua dor ao lado do caixão, orando pelo último dos três filhos que teve. As imagens do velório e do enterro do cineasta, mostradas agora pela primeira vez, são tocantes.

Qual o segredo dessa personalidade complexa, polêmica, inquieta, provocadora que, 21 anos depois da morte, ainda mexe tanto com os que o conheceram e até com os que só ouviram falar dele ou viram seus filmes? Uma vez pensei em escrever sua biografia, e cheguei até a começar, pela morte. O primeiro capítulo se chamaria "Sintra é um belo lugar para morrer", uma frase que ficou gravada em inglês num vídeo – "Sintra is beautiful place to die" – de um ator belga que estava filmando em Portugal com Wim Wenders. Escrevi então: "Ele subiu a serra de Sintra achando que ia morrer. Vinha carregado de desassossego e frustrações. A Europa, que antes o consagrara como gênio e o cobrira de prêmios, rejeitava agora o seu último filme, *A idade da Terra*. Doente do coração e do pulmão, queixava-se de angústia (...) Seu ânimo instável misturava depressão e esperança, e cada hora sentia uma coisa, que estava muito mal, que ia morrer – ou então que poderia se curar com os ares serranos em cujos efeitos tônicos tinha uma fé supersticiosa. O problema é que acreditava também nos seus presságios, e já era 1º de fevereiro de 1981. Daí a um mês e meio completaria 42 anos, quando, segundo achava, ia morrer".

Glauber gostava muito de Fernando Pessoa e os dois carregavam a mesma carga de paradoxos. Além de serem messiânicos, proféticos, chegados ao esoterismo e ao ocultismo, alimentavam o mesmo sonho de grandeza impossível para suas pátrias, "a mesma mágoa de um presente impossível", "a saudade imensa de um futuro melhor", como escrevia o poeta.

O capítulo revelava ainda outra paixão comum: "Do autor de *Mensagem*, o autor de *Deus e o diabo na terra do sol* adotara como lema o verso 'louco, sim, louco porque quis grandeza', tirado de um poema em homenagem a quem era uma obsessão do poeta e do cineasta: d. Sebastião, o 'Desejado', um rei misógino, efeminado e piedoso, delirante e ousado, que aos 24 anos, em 1578, levou a sua corte a uma fragorosa derrota em Alcácer Quibir, na África, provocando a maior catástrofe militar portuguesa".

"Sebastianista, Glauber iria entreouvir, em meio à cerração permanente que cobre Sintra no inverno, distantes ecos da presença do rei que desapareceu para ressurgir um dia, 'numa manhã brumosa', como o fantasma mais esperado da História de Portugal – e, de certa maneira, da História brasileira, para onde imigrou pela lenda e transfigurou-se em personagens que ora se apresentam como deuses, ora como diabos: beatos, jagunços, cangaceiros, traficantes, bicheiros, presidentes, enfim qualquer um que se passe por salvador de um povo sempre à espera de um milagre".

Glauber chegou a Portugal com sua mulher Paula e os dois filhos, Eryk Aruak, de 3 anos e meio, e Ava Patrya Yndia Yracema, de 2 e meio, no mesmo dia em que lá chegava o então presidente João Figueiredo. Dois dias depois, eles se encontravam em Sintra. O encontro foi assim descrito no livro interrompido: "Saiu bem agasalhado, comprou jornais, como fazia sempre, e por volta do meio-dia era uma das três mil pessoas que aguardavam na porta do Paço o visitante oficial. Assim que o general Figueiredo apareceu, ele se aproximou e disparou um elogio à queima-roupa:

– O senhor está fazendo um grande governo.

– Também gosto muito dos seus filmes.

E se abraçaram para os fotógrafos, sabendo os dois que um deles mentia. Glauber acreditava no que estava dizendo. Mas o general elogiava o que nunca tinha visto".

Sete anos antes, o cineasta sofrera um linchamento moral ao dar apoio ao general Geisel e a seu alter ego, o general Golbery, a quem chamou de "um gênio, o mais alto pensar da raça". Agora, ele cometia essa auto-imolação, também em defesa da abertura política. No fim das contas, apostara certo. Será que hoje ele acertaria uma previsão sobre nosso futuro?

24 de agosto de 2002.

VIAGEM AO UNIVERSO DE UM GÊNIO

Se a melhor metáfora do Brasil é o hospício, o asilo ou até o sanatório geral, como querem muitos, um bom exemplo está a uma hora da Zona Sul do Rio: é a Colônia Juliano Moreira, uma quase cidade do tamanho de Copacabana onde vive uma população de loucos. Ali estiveram internados o escritor Lima Barreto e o jogador Heleno de Freitas. O grande Ernesto Nazareth morreu afogado nas suas imediações. O último de seus habitantes ilustres foi um artista esquizofrênico, negro, primitivo e genial: Arthur Bispo do Rosário, morto aos 78 anos em 1989.

Conheci a Colônia outro dia, levado por Luciana Hidalgo, que durante quase um ano freqüentou o local para escrever uma biografia do artista (*). Ela tornou-se íntima de cada canto, cada personagem, quase diria, de cada louco. A visita é desconcertante, a começar pela paisagem natural, de um verde exuberante, habitada por uma paisagem humana de sombras e ruínas, perambulando entre os pavilhões pelos imensos espaços, como se tivessem saído dos *Caprichos* de Goya.

O que se diz do Brasil, que já foi pior, pode-se dizer também da Juliano Moreira. Longe de ser um paraíso, digamos que seja um purgatório em relação ao inferno que foi, quando o doente mental era tratado com choque elétrico, lobotomia, banhos gelados, prisão solitária e muita pancada. Hoje não há mais isso e os internos restantes são de fato restos esperando a morte chegar: mulheres e homens já velhos, vários nus, indecorosos. Nas mulheres, entre tantas perdas, a que mais deprime talvez seja a perda do pudor. Eles se aproximam da gente e intimidam mais pela degradação do que pela inofensiva insanidade. Às vezes encostam o rosto no vidro do carro e riem sem dentes do susto que provocam.

Voltei pouco tempo depois levando Gerald Thomas, numa espécie de expedição cultural. Ele tinha sido meu cicerone em Nova Iorque e eu queria retribuir a reconciliação com o pós-modernismo arquitetônico que ele promoveu, me apresentando aos prédios e equipamentos de Phillip Johnson e Philipe Stark. Em troca, queria levá-lo para ver as obras do Bispo, que ele já admirava, mas não conhecia o "contexto" onde o artista vivera durante 50 anos.

Entra-se na Colônia por um portão com a inscrição em latim – *Praxis omnia vincit* (O trabalho tudo vence) – que desperta tristes evocações fascistas. Mas logo depois, sobe-se uma escada e no segundo andar é o espanto. Primeiro, porque a sala de exposição permanente podia estar no Moma – pelo bom gosto, organização e limpeza. Quem nos recebe é o homem que fez tudo isso – levantou o material, desenhou a mostra, está restaurando as 800 peças – o psicanalista Jorge Gomes.

Mas o grande momento é quando a gente se depara com as obras de Bispo. No centro da sala, está a *Roda da fortuna*, que parece a *Roda de bicicleta*, de Marcel Duchamp, com o qual o brasileiro já foi comparado sem jamais tê-lo conhecido. Mais atrás está o famoso *Manto da apresentação*, bordado em cobertor vagabundo, para ser usado pelo artista na viagem derradeira ao encontro de Deus.

Em volta, os estandartes, as *assemblages*, os barcos, os objetos, as canecas de alumínio, os tênis, botões, garrafas de plástico, pedaços de pau recobertos com a desbotada linha azul que ele retirava do uniforme, enfim, toda a impressionante estética do resto, da precariedade, dos destroços, com a qual tecia sua arte. Bispo um dia teve uma visão e ouviu a voz divina que lhe ordenou: "Está na hora de você reconstruir o mundo". A partir de então, passou a reorganizar o universo com o lixo e o resto que recolhia, e a preparar sua viagem. Dormia sobre o cimento tendo uma cama, porque esta foi transformada na nave que o levaria ao céu coberto pelo manto. A viagem foi sua obsessão, não apenas porque era um ex-marinheiro, mas por causa de sua "missão". Nunca se sentiu um artista, mas um missionário.

Depois de ver o universo mítico de Bispo, é quase impossível suportar o seu universo real: a casa forte, hoje desativada, onde passou grande parte de sua internação. São dez celas mínimas com uma latrina no canto, em volta de um pátio escuro, tímido, sujo – e Gerald insiste para que tudo seja mantido assim mesmo, sem nenhuma maquiagem, para que se fique perguntando como ali pôde um dia haver vida, quanto mais arte.

Na volta à sala de exposição, Gerald, que não pode ser acusado de caipira, senta-se no chão e fica diante de uma obra, em êxtase de contemplação religiosa. Gerald é homem de teatro, teatral. Morde as unhas, suspira, se exalta. De repente se levanta, anuncia que vai fazer uma peça sobre o artista, é preciso reunir os intelectuais, quer liderar um abaixo-assinado – "temos que mostrar ao mundo esse gênio", diz, com razão. Se eu não começasse por *Z*, seria o primeiro a assinar.

2 de novembro de 1996.

NELE ABUNDA
A IRREVERÊNCIA

Gerald Thomas acabara de oferecer ao público do Teatro Municipal do Rio de Janeiro a sua montagem de *Tristão e Isolda*, de Richard Wagner – um espetáculo ousado, de rara beleza visual e cênica que, por não ter sido fiel ao original, desagradou aos entendidos e irritou os devotos do compositor alemão. Em lugar de uma literal interpretação, o diretor brasileiro preferiu uma leitura via Freud, submetendo Wagner e sua obra-prima ao que seria a visão do fundador da psicanálise. Em suma, colocou-os no divã.

Isso lhe permitiu uma série de licenças poéticas e autorizou intromissões de elementos estranhos na velha história de amor e morte de Tristão e Isolda. Com o palco dividido em dois planos, separados por uma cortina de névoa bem geraldiana, podia-se acompanhar o desenrolar da ópera na frente, enquanto atrás, numa atmosfera meio onírica, aconteciam cenas de pesadelo e sonho que iam de surubas até desfiles de moda. Era, como ele disse, "o mundo *fashion* em que vivemos substituindo *a passion*, um valor fundamental do mundo dos heróis.

Já no primeiro ato, minha amiga psicanalista Glória Leal confessou-se chocada com o tratamento que estava sendo dado ao seu mestre, que aparecia meio patético, jogando cocaína para o alto e caindo de boca, ou melhor, de nariz no pó. Pode-se imaginar o que ela sentiu quando no terceiro ato Freud é mostrado como um maquiador fazendo massagem em modelos que desfilam.

Não entendo de ópera, nem de Wagner, mas entendo um pouco de Gerald Thomas, de sua inquietação e inconformismo, de seu talento transgressor e seu poder de provocação. Ele pertence àquela dinastia que Darcy Ribeiro – ele mesmo um deles – chamava de "iracundos" pela radicalidade criativa e que começa com Gregório de Matos, passa por Oswald de Andrade e chega a Hélio Oiticica, Glauber Rocha e José Celso Martinez Correa.

Gerald não escondeu o jogo. Em sua coluna no *JB* explicou o que pretendia fazer. Confesso que não me choquei com o que vi, talvez pela minha santa ignorância do que estava vendo pela primeira vez. Com 18 óperas encenadas na Europa – Viena, Frankfurt, Munique, Weimar (onde apresentou sua última montagem de *Tristão e Isolda*, em 1996) – meu amigo não ia se satisfazer em repetir o que já tinha aprontado por lá. Ia tentar algo que provocasse pelo menos um escândalo parecido com o que provocou com *O navio fantasma*, sua estréia em 1987, também no Municipal.

Resumo da ópera. No final do espetáculo de quatro horas, já na madrugada de domingo, a resposta à irreverência de Gerald traduziu-se em aplausos aos cantores e à orquestra, e em estridentes vaias a ele, seguidas de sua reação inusitada que, essa sim, surpreendeu até a mim, já acostumado com elas.

No palco, de costas para o público, Gerald desabotoou a calça, inclinou-se para a frente e exibiu o traseiro – pálido, meio magro e pouco expressivo, talvez porque a noite, muito fria, não fosse propícia a tamanho desnudamento. A platéia dividiu-se: não se sabe quantos aplaudiram nem quantos vaiaram, e se faziam uma coisa ou outra por quem mostrava ou pelo que era mostrado, ou seja, se aplaudiam ou vaiavam a bunda ou o dono da bunda por tê-la mostrado. Descobri então que a bunda de Gerald tem cara de bunda.

Uma moça, com aparente conhecimento de causa, comentou que de frente, nas mesmas circunstâncias, ele era muito melhor. Questão de gosto. Eu nada disse porque nada sei. Era a primeira vez que estava sendo apresentado a ele naquela posição e daquele jeito, como também me era desconhecido o outro lado, com o qual ela parecia ter intimidade.

O melhor comentário, porém, foi de Giulia Gam, que ao passar por mim já reclamara da cor e do tecido (lycra) da cueca do amigo. A repórter Anabela Paiva assistiu quando ela cumprimentou o ex-namorado e disse: "Adorei a ópera... Mas cueca verde, Gerald?". Faço minha as suas palavras. O que adianta todo aquele rigor de só se trajar de preto, se a roupa íntima é verde? E que verde! Tão sem graça quanto a falta de cor da parte mostrada.

SÁBADO COM POESIA É OUTRA COISA

Um acalorado encontro no antigo terreiro de Tom Jobim.

Diante das imagens de horror, me refugio, por impotência e profilaxia mental, no Arataka, um botequim da Cobal do Leblon, o antigo terreiro de Tom Jobim. É mais saudável lembrar o que aconteceu ali no sábado passado do que o ocorrido no dia seguinte nos presídios de São Paulo.

Banhados pelos fluidos do Tom, à sombra de seu astral, com sua bênção, estávamos reunidos para o lançamento do livro de outro poeta, Abel Silva, cujas palavras "são naturais do Rio", "vivem em mangas de camisa".

O título do livro, *Só uma palavra me devora*, é tirado de um poema que Sueli Costa musicou: *Jura secreta*, velho sucesso dos dois. O casamento poético-musical de Abel e Sueli é um caso de rara perfeição. O resultado é uma bela melodia vestindo um belíssimo poema, em que há palavras semanticamente restauradas e construções sintáticas dignas da lírica camoniana: "Nada do que posso me alucina/ tanto quanto o que não fiz/nada do que quero me suprime/ do que por não saber inda não quis".

São 16 versos de arrependimento pelo que escapou da vida: "a jura secreta que não fiz/ a briga de amor que não causei", "o brilho do olhar que não sofri". Mas é um lirismo sem culpa ou resignação: ao ser remorso do que não foi dito ou feito, só do que não foi gozado, não é remorso, é incentivo ao gozo.

O livro mostra que *Jura secreta* não foi um acaso. Craque da expressão enxuta, concisa, minimalista, Abel reuniu 180 pequenos poemas e letras de músicas. Entre os temas, há um sempre presente: o tempo, sua passagem efêmera, fugaz. "Pois mais que o espaço, o trem viaja o tempo". O poeta também. "O tempo são todos os elementos/somados e subtraído/o tempo é mar". "Resta isto só:/nossos retratos/os nossos ossos/só nosso pó".

O espaço do Arataka é apertado, há gente demais, o calor, bem, o calor é o de um lugar coberto com telhas de amianto numa tarde de verão carioca, que tal? Mas as pessoas vão chegando e se entulhando, numa boa. Eliana Caruso vai arranjando sempre mais uma cadeira, uma mesa, um lugarzinho. Todos falam ao mesmo tempo, ninguém escuta, todos pedem mais uma cerveja, há uma algazarra, um desconforto que tornaria insuportável a presença humana, se aquilo não fosse um bar. O mistério dos bares.

"Por que Tom dissipou nesse lugar tantos sábados de sua vida?", me faço essa pergunta careta. Não muito longe dali há lugares mais espaçosos, mais arejados, com bela vista para o mar e mais conforto. Por que as pessoas não vão para lá? Me lembro da resposta que Oscar Niemeyer me deu quando lhe perguntei por que não trocava o canto com luz artificial em que trabalhava pela sala com vista esplendorosa do mar. "Para trabalhar, porra". Acho que se perguntasse aos presentes por que em vez de irem beber num bar da praia, ficavam ali, sem vista, morrendo de calor, dariam a mesma resposta: "Para beber, porra".

Estou sentado ao lado de Paulo César Pinheiro, tendo em frente Lan, os dois me dando uma aula de choro, jongo, samba e partido alto. Com 49 anos de Rio de Janeiro, o argentino Lan é um dos cariocas que mais entendem de Portela e de samba. Paulo César quer fazer uma pesquisa sobre os mineiros na música popular carioca, uma presença que às vezes surpreende aos próprios mineiros. Ari Barroso todo mundo sabia, Ataulfo Alves também. Mas Silas de Oliveira? Xangô da Mangueira?

Letrista dos melhores da MPB, autor de mais de mil composições, parceiro de Tom, Baden (com quem compôs *Lapinha* aos 16 anos), Edu Lobo, Sivuca, cantado pelas nossas melhores intérpretes – de Clara Nunes, que foi sua mulher, a Elizeth, Ellis, Nana, Sara Vaughn – Paulo César lançou recentemente *Atabaques, violas e bambus*, uma epopéia sobre a formação cultural e racial do Brasil.

É impressionante o que ele conhece de nossas raízes. Não por acaso, um de seus mestres é Luiz da Câmara Cascudo e não é à toa que no final do livro há um glossário com 264 verbetes para se aprender, por exemplo, que Abaporu significa antropófago; que malamba é desgraça; que Tata é chefe; Tutu, assombração, e por aí vai.

Atabaques, violas e bambus termina com o poema *O velho canto novo*, uma versão otimista de *Canto das três raças* que Clara Nunes cantou em 1976 ("Esse canto que devia/ser um canto de alegria/soa apenas como um soluçar/de dor"). Agora o poeta aposta no futuro: "Meu povo criou uma nova raça/Que eu sei que não dá para definir/Não é mais da gente de Alcobaça/Nem é mais da aldeia guarani./Também não é mais da mesma massa/Do sangue da raça de Zumbi./Mas é quem irá cantar, na praça,/No dia de graça que há de vir".

Sábado com poesia é outra coisa.

24 de fevereiro de 2001.

RAZÃO DE ORGULHO

Ainda bem que existe a cultura para amenizar os vexames em outras áreas.

Assisti a *Abril despedaçado*, de Walter Salles, nesta semana, quando o país andava às voltas com mais um seqüestro em São Paulo, com o tráfico no Rio e com um caso de polícia que virou crise política, ameaçando despedaçar a base do governo. O filme nada tem a ver com o que está se passando aqui, mas suscita pelo menos a pergunta: por que só a cultura parece dar certo neste país?

Nos jornais, os exemplos. De um lado, um país selvagem, bárbaro, justificando o que disse uma das duas irmãs seqüestradas e encontradas no meio do mato amarradas e amordaçadas: "Sinto vergonha do Brasil". De outro lado, um país arcaico, em que o principal argumento da indignação não é a inocência, mas o privilégio de casta, a intocabilidade, o princípio de que autoridade não se investiga. O que se pretendia superado, fora de moda de repente ressurge escancarado: o país do "sabe com quem está falando?", o de que todos são iguais perante a justiça, mas não custa nada avisar antes.

Por que somos capazes de produzir artistas que são exemplos para o mundo – no cinema, na música, na dança, na literatura, na arquitetura, na publicidade, no tênis e mesmo no futebol, apesar da seleção – e não somos capazes de fazer o mesmo na política, ao menos na que está no poder? Por que, fora os casos isolados, não existe uma geração de dirigentes que se compare à do Cinema Novo, Bossa Nova, Teatro de Arena, Oficina, Tropicália? Por que não temos no governo uma equipe equivalente à de Paulinho da Viola, Gilberto Gil, Caetano Veloso, Milton Nascimento e Jorge Ben Jor, para só citar os que completam 60 anos agora, em 2002?

Por mais que não se queira dar importância ao que se diz da gente lá fora, para não parecer colonialismo cultural, é impossível não ficar impressionado com o que a imprensa estrangeira, sobretudo a americana, que não é fácil, falou do novo filme de Waltinho – do *NY Times* ao *USA Today*, passando pelo *Los Angeles Time*, *Village Voice*, *Time Out*, *NY Post*, *Daily News* etc., etc.

O melhor é que, ao ver o filme aqui, a gente acha justo. Não me perguntem se gostei mais de "Central" ou de "Abril". Este talvez seja mais denso e mais difícil, "mais crepuscular", como define o próprio diretor, mas é também mais bonito, às vezes até demais (aqui o medo de que a perfeição formal descambe um dia para uma tendência preciosista). A fotografia de Walter Carvalho, considerado hoje um dos melhores fotógrafos do cinema mundial, tem pelo menos uns três momentos que podem constar de qualquer antologia internacional.

Nos dois filmes, a história é contada do ponto de vista de uma criança, ou seja, com os olhos lavados da inocência infantil. O menino de agora, porém, consegue ser comovedoramente melhor, como ator e personagem. Em "Central", um tratamento realista de uma história que só podia acontecer no Brasil; neste, uma fábula de valor universal, com elementos clássicos da tragédia, tais como destino, fatalidade, vendeta de sangue, honra e tradição.

Em destaque, um "personagem" do qual depende a sobrevivência da família e que é a melhor metáfora daquele universo claustrofóbico. Trata-se de uma máquina antiga, uma roda que gira deitada, puxada por bois e que serve para espremer a cana e produzir rapadura: a bolandeira. "Somos como os bois", compara o menino. "Ficamos dando voltas e mais voltas, sem nunca chegar em lugar nenhum".

Como não gosta de impasses, becos sem saída nem impotência, preferindo "reservar espaço para a segunda chance", como costuma dizer, Walter Salles contraria o final do livro de Kadaré, no qual se inspirou, e substitui o determinismo pela redenção, o destino pela autodeterminação, numa seqüência-homenagem (assim parece) que retoma a poética visionária de Glauber Rocha: a do sertão virando mar. Vale a pena ver. Em meio a tantas razões de vergonha, o cinema mais uma vez nos dá uma razão de orgulho.

9 de março de 2002.

VISITA A UM SENHOR GÊNIO

Aos 96 anos, ele pega o elevador diariamente, desce no 9º andar, sobe 16 degraus de escada até o escritório no 10º e trabalha até a noite – por prazer, mas também por necessidade. Oscar Niemeyer, o nosso genial arquiteto, não tem poupança. Se não produzir, não paga as despesas no fim do mês. Ganha bem, mas não economiza, distribui com quem precisa: parentes, amigos, conhecidos, correligionários. Sempre foi assim. Durante o regime militar, ajudava com grana os exilados lá fora e o Partido Comunista aqui dentro.

Oscar – até estudantes o tratam por você e o chamam pelo primeiro nome – fala das mazelas da idade sem dramatizá-las, com invejável humor, sem se levar a sério, gozando-se e gozando os outros. A lucidez é desconcertante e a irreverência, a de sempre, pontuada por inofensivos palavrões. Ele vai ao médico e pergunta: "dr., estou f...?" "Mais ou menos". Comentário dele com a gente: "que filho da p..., isso é resposta que se dê!". É impossível não rir o tempo todo.

Está com um problema na mácula da retina que prejudica um pouco seu prazer de ler livros, mas que não o impede de continuar desenhando projetos e de ver televisão. Atento à atualidade política ("a dificuldade de Lula é que está tentando consertar o capitalismo"), acompanha também o que acontece em outras áreas. Na segunda-feira, não escondia sua chateação com a derrota da seleção de futebol.

Uma vez por semana participa no escritório de um seminário de filosofia organizado por um professor, com direito a discussão sobre cosmologia e astronomia, disciplinas de sua preferência. Mostrava-se ansioso pela próxima aula, para conversar sobre os mistérios e o futuro de Marte. A referência ao futuro surge naturalmente, seja falando do planeta ou do tapete que acabou de trocar: "nos próximos dez anos não preciso me preocupar com o piso".

Sua obra, segundo ele, chega a 500 projetos. Mas a contabilidade é modesta porque considera Brasília – os palácios, o Congresso, a catedral e tudo o mais – como um só projeto. Seu interesse maior continua sendo o que está por vir, ou já saindo da prancheta ou ainda na cabeça.

A poesia das formas que cria, a delicadeza das colunas, a sensualidade das curvas, a leveza dos volumes espetaculares, a ousadia dos vãos inacreditáveis fazem de Oscar Niemeyer o arquiteto com o maior número de obras-primas no mundo. É tão moderno que nele até o comunismo soa como licença, não como anacronismo. Repetindo Drummond, ele pode dizer: "E como ficou chato ser moderno/ agora quero ser eterno".

27 de janeiro de 2004.

NÃO SE DEVE AMAR
SEM LER AMADO

Com ele descobrimos a força da sensualidade e do erotismo.

É difícil falar de Jorge Amado depois de tudo o que já foi dito, mas é também impossível deixar de falar, para quem, como eu, nasceu junto com o seu primeiro grande livro, *O país do carnaval*, de 1931. Minha geração foi criada aprendendo a ler a vida e o Brasil em sua obra.

Nos seus livros, nos encharcamos das cores, odores e sabores brasileiros. Ali lemos os primeiros palavrões, descobrimos a força da sensualidade e do erotismo, aprendemos que era bom fazer sexo com raparigas, que eram lindas as mulheres da vida, que havia injustiça social, que se devia derrubar os preconceitos. Cheia de excluídos quando nem se usava o termo, era a nossa maior obra literária de inclusão.

Quando se negava o Brasil sem saber bem o que ele era, Jorge Amado nos ajudou a descobri-lo. Ele nos ensinou o país e trouxe povo para a cena, não por meio de lições ou conceitos, mas pela emoção e pelo afeto, por seus personagens e suas histórias, pela fabulação. O seu grande ensinamento foi pelo imaginário.

Ele foi o primeiro grande escritor a fazer a opção preferencial pelo leitor, não pela crítica; pelo povo, não pela elite. Nunca chegou a ser totalmente perdoado por isso. Sempre houve quem torcesse o nariz para um certo cheiro que emanava de seus romances: de mistura de raças, de miscigenação e sincretismo.

Num autor de mais de 30 romances e 500 personagens, se preferiu às vezes enfatizar os pontos fracos a exaltar os pontos culminantes. Muitos dos clichês e lugares-comuns que se julga encontrar na obra de Jorge Amado só o foram depois de usados por ele. Curiosamente, boa parte da crítica que nega suas qualidades literárias quase sempre o faz por meio de seus próprios estereótipos e lugares-comuns, acusando-o de populista, conformista, folclórico, repetitivo, não-experimental, conservador.

Diga-se o que quiser, mas a obra de Jorge Amado foi uma revolução. Numa época em que o Brasil não aceitava o fato de que era um país mestiço e que até intelectuais mulatos, como Sílvio Romero, Nina Ribeiro e Tobias Barreto, temiam que o sangue mestiço proliferasse no país, inquietando-se pelo futuro de uma nação de raças mistas, foi o criador de teresas, gabrielas e tietas quem contaminou o nosso imaginário, que contagiou a nossa alma coletiva com as imagens da miscigenação. Se foi Gilberto Freyre o primeiro a nos dizer que racialmente éramos o que éramos; foi Jorge Amado quem nos "mostrou", nos fez sentir na carne como isso era bom.

Em 1994, João Salles fez um documentário, *Jorge Amado*, em que há revelações que não vi publicadas. Por isso, resolvi transcrevê-las. Eis algumas: – Uma vez um crítico querendo diminuir minha literatura disse que eu não passava de um romancista de putas e vagabundos. Nunca ninguém me fez um elogio maior. Eu sou um romancista de putas e vagabundos.

– A ideologia você quer saber o que é? É uma merda.

– A minha novelística nos seus inícios é extremamente marcada por uma condição limitada. Os ricos são ruins, os pobres são bons. A vida não é assim. A vida é bem mais complexa.

– Toda a primeira parte de minha obra traz um discurso político que é uma excrescência. Nós éramos stalinistas, terrivelmente stalinistas. Para mim, Stalin era meu pai, era meu pai e minha mãe. Para Zélia, a mesma coisa.

– Num momento, o que o partido fez, sem querer provavelmente, foi acabar com o Jorge Amado escritor para ter o militante Jorge Amado.

– Eu sou um velho brasileiro. Isso significa que tenho todos os sangues.

– As meninas brasileiras eram inocentes, não sabiam as coisas. As francesas nos ensinaram o refinamento do sexo.

– No fim do ano de 55 eu soube que a polícia socialista torturava os presos políticos tão miseravelmente quanto a polícia de Hitler. O mundo caiu sobre minha cabeça.

– Meus amores (na juventude) não foram com donzelas, foram com raparigas, com mulheres-damas.

– Quando eu era rapaz de 18/20 anos, a perseguição religiosa contra as demais religiões que não fossem a católica, sobretudo as de origem africana, eram na base da violência a mais total e completa. Eles invadiam as casas de santo, levavam presos os pais-de-santo e as mães-de-santo. Eu sou Obá de Xangô não é por acaso. Porque desde aqueles tempos eu me bati contra esses preconceitos religiosos.

– Eu aprendi que só há uma maneira possível de terminar com isso (com o racismo), não é uma maneira fácil: é na mistura de sangue, na mistura de raça, na mistura de credos, na mistura de culturas que um dia vai chegar aí. Disso eu estou inteiramente convencido.

Por tudo isso é que a perda de Jorge Amado nos dá a sensação da perda também de um pedaço enorme do Brasil. Enterramos uma de nossas mais generosas porções. Ele amou esse país tanto quanto foi amado.

11 de agosto de 2001.

NOSSAS IRMÃS, AS MOSCAS

Já imaginaram a Gisele Bündchen pousando na minha sopa?

Depois de ler as resenhas sobre a nossa autobiografia que acaba de sair, o tal Livro da Vida, concluí que o problema não é descobrir que o homem tem apenas 30 mil genes, quando acreditava ter – que pretensioso! – 100 mil. A questão não é tanto saber que o número é apenas o dobro dos de uma mosca ou um verme ou só 300 a mais que um camundongo. Ou que o DNA-lixo não é esse lixo que se dizia e que tem papel muito mais importante no organismo do que se imaginava. (Ainda se vai chegar à conclusão de que o que era luxo é na verdade lixo, e vice-versa, e eu não queria estar na pele de quem inventou o nome).

Mas o problema mesmo não é esse, é saber o que os cronistas vão fazer com essas descobertas, até quando vão falar de genoma, até que ponto vamos aturá-los escrevendo gracinhas, cometendo trocadilhos cretinos (do tipo "e nós ficamos esse tempo todo comendo mosca"), tirando conclusões e deitando besteiras sobre o tema. Os cientistas ainda vão se arrepender do que descobriram.

Posso começar? Tenho muitas bobagens a dizer. A primeira é que estava preparado para admitir que tinha como ancestral o macaco, mas não uma mosca. Mesmo assim, gostei das revelações que puseram abaixo nossa soberba, que desmoralizaram nossos preconceitos, nosso racismo e nossa mania de grandeza. Só acho que exageraram na humilhação. Nenhum humano, isto é, nenhum ser superior, esperava viver para ser tão humilhado. Não saber direito a diferença entre ele e um chimpanzé? Concluir que somos apenas uma versão um pouco melhorada do camundongo? E que 60% de nossos genes são cópias dos genes de moscas, fungos, vermes e bactérias? Somos meio plágios? É demais. Não poderia haver porrada maior no nosso ego.

Confesso que na minha santa ignorância, ressaltada mais ainda por essas descobertas, estou cheio de dúvidas. Se a Gisele Bündchen em matéria de genes é apenas um pouco melhor do que essa mosca repugnante que está sobrevoando minha careca enquanto escrevo, se as duas geneticamente são tão próximas, por que uma voa e outra desfila? Por que uma... bem, nem preciso dizer, é só olhar as duas. Isso ainda vai exigir muita pesquisa. Como se explica a perfeição de uma? "Mas ela não sabe voar", dirá com ar de vitória a mosca ao lado. É verdade. Mas já imaginaram a Gisele, além de tudo, voando? Voando, voando e... pousando na minha sopa, senão na minha careca?

A prova mais contundente do quanto somos ignorantes é descobrir a dimensão de nossa ignorância só agora, 4 bilhões de anos depois de termos aparecido. Com tantos desconhecimentos acumulados, quem nos garante que um mísero camundongo não saiba hoje mais sobre nós que nós mesmos, apenas não teve espaço na mídia para se expressar?

Tudo bem, nos sobraram o livre arbítrio e a capacidade de autoconhecimento, autocrítica, auto-reflexão, esses masoquismos. Mas se pode servir de consolo o fato de sermos, entre todas as espécies, as únicas criaturas capazes de nos investigar a nós mesmos, não deixa de ser também um desconforto, porque às vezes isso nos tira o sono, enquanto o camundongo vai dormir tranqüilo – ele e os vermes – provavelmente sonhando com a Gisele.

Parece que um dos poucos personagens a se sair bem no Livro da Vida, além do DNA-lixo, foi a proteína. Segundo se escreveu, é ela que nos diferencia dos outros mamíferos. A nossa superioridade – se é que é hora de usar essa palavra – está na capacidade de os genes humanos produzirem mais proteínas. Enquanto um gene de bactéria fabrica uma, cada gene humano pode fazer dez.

E fica o meu médico dizendo que tenho que comer menos proteína, que tenho que maneirar: "Cuidado com o ácido úrico!". Com a redenção dessa que já foi a vilã do Clube dos Gotosos (não confundir com gostosos; são os que têm gota), espero que agora ele e todos os seus colegas liberem totalmente o consumo da carne vermelha, pelo menos enquanto não baixa aqui a paranóia da doença da vaca louca.

Entre as revelações que me surpreenderam está uma que havia saído de moda junto com o comunismo no começo dos anos 90: a de que o ambiente exerce influência decisiva na evolução do homem. Quer dizer que "o homem é o meio" outra vez?

Já estava terminando essa crônica quando li o artigo do jornalista americano Matt Ridley, aqui no *Globo*, acenando com a possibilidade de que nem tudo está perdido. O genoma não é o fim da história, os dados sobre ele não são os únicos, não nos desesperemos. Vale a pena aguardar o próximo capítulo. "A chave para entender nossa receita precisará esperar o resultado de uma outra maratona científica chamada proteona, na qual somos bem mais sofisticados do que a mosca". Ainda resta esperança.

17 de fevereiro de 2001.

A CONSAGRAÇÃO DE GIL

Na favela Beira-Rio, a multidão entoou um grito inédito: "Mi-nis-tro! Mi-nis-tro!"

Foi um espetáculo bonito de se ver. Depois de apanhar durante uma semana, o ministro cuja escolha foi a que provocou mais polêmica e rejeição estava ali, na favela Beira-Rio, no bairro Jardim América, na zona carioca da Leopoldina, sendo aclamado por uma multidão calculada em 40 mil pessoas, que gritava em coro, como se grita no Maracanã quando se pede a entrada de um jogador: "Mi-nis-tro! Mi-nis-tro!" Onde já se viu isso?

Ao longo dessa minha longa vida, assisti a muitas manifestações populares, ouvi em diversos momentos muitos gritos de aclamação da massa. Mas aquele soava tão insólito que tive de confirmar com a amiga ao lado se o que eu estava ouvindo era aquilo mesmo. Não aplaudiam o cantor, mas o ministro. Faltavam dez minutos para a meia-noite de domingo passado, véspera do dia em que o presidente Lula ia anunciar oficialmente todo o ministério.

Gilberto Gil fazia o seu último show antes de se tornar governo. Junto com Caetano Veloso, Fernanda Abreu, Adriana Calcanhoto e Frejat, ele participava da 17ª edição do projeto Conexões Urbanas, uma bem sucedida iniciativa da Prefeitura que, com o Grupo Afro Reggae, leva grandes artistas a comunidades aonde a cultura e o lazer têm dificuldade de chegar: favelas, periferia, bairros distantes. Último a se apresentar, ele começou cantando *No woman, no cry*, aquela versão do Bob Marley que fala de "Amigos presos/Amigos sumindo assim/Para nunca mais". O público cantou com ele o resto da música, dando especial significado aos versos:

*Eu sei a barra de viver
Mas se Deus quiser,
Tudo, tudo, tudo vai dar pé.*

Quem tivesse chegado àquela hora talvez se surpreendesse com a sintonia entre o cantor e o enorme coro, que parecia regido e ensaiado. Mas desde o começo tinha sido assim.

Aquela platéia predominantemente jovem, com alguns coroas no meio, sabia o repertório de todos os que se apresentaram. Que dançassem e acompanhassem a banda do Afro Reggae, nenhuma surpresa. Era a sua praia. Esse grupo usa a arte para disputar os jovens com o tráfico. Que conhecessem de cor as letras de Caetano, a ponto de formar pequenas torcidas organizadas – uns pediam *Linda*, outros *Menino do Rio* e assim por diante – tudo bem, é o Caetano. Mas e Adriana Calcanhoto? Não se diz que é uma compositora cult, de letras sofisticadas e voz delicada como um cristal? Confesso que temi por ela.

Pois bem: eu contei. Das seis músicas que cantou sentadinha com seu violão, cinco foram acompanhadas pelo público: palavra por palavra, verso por verso. Nem a própria Adriana conseguiu explicar depois aquela popularidade; muito menos Frejat, que entrou em seguida e recebeu o mesmo tratamento. Tentei eu entender o mistério, inutilmente: como é que uma comunidade tão carente – a favela é das mais pobres do Rio, cheia de barracos ainda de papelão e madeira – com dificuldade de acesso às mais elementares conquistas da cidadania, como higiene e saúde, consegue manter-se atualizada com o que há de melhor na MPB?

O final do show foi apoteótico, apresentando uma velha trilha sonora que serve também para os novos tempos. Caetano levou a multidão ao delírio cantando juntos *Alegria, alegria*. E Gil, para completar, encerrou, adivinhem com quê? Com *Aquele abraço*, que, como se sabe, foi composto como uma espécie de despedida do inferno, quando ele estava preso num quartel do Exército, na Vila Militar, em 1968, cuja geração, como se diz, chega agora ao poder. (Afinal, quando é que esse ano vai terminar?)

Passava bastante da meia-noite, já era segunda-feira. Dali a algumas horas o ministro viajaria para Brasília a fim de ser confirmado na pasta da Cultura. Parecia tranqüilo em relação ao que o esperava, não tinha mais dúvidas. Sabia ter sido uma escolha pessoal do presidente, que não se abalou diante da resistência e do protesto de alguns setores intelectuais do próprio PT. Lembrou emocionado da cena em que Lula lhe disse rindo: "quero você e suas trancinhas", enquanto segurava uma delas.

Quando lhe perguntaram se o espetáculo da favela Beira-Rio havia lavado a sua alma depois de tanta pancada, Gil, o zen, o que não carrega rancores no coração, riu docemente, lembrou que em 68 apanhou muito mais e acrescentou: "é assim, junto com o público, que eu vivo lavando a alma".

28 de dezembro de 2002.

NA TERRA DO
CABEÇA BRANCA

*Se o Rio é geográfico, Salvador é histórico. Na Bahia,
há vestígios de passado até no H do nome.*

Em Salvador, a repórter de televisão do Rio teve o celular roubado. O ladrão liga para ela no hotel e tenta negociar a devolução. Pede uma quantia elevada, ela reclama, se nega a pagar e ele argumenta, cheio de razão, naquela cadência de fala bem baiana, abrindo as sílabas: "Veja bem. Eu não posso ficar no prejuízo". O motorista, ao ouvir a história, intervém: "Ah, se o Cabeça Branca souber disso". Cabeça Branca é o senador Antonio Carlos Magalhães. Como um orixá, ele é invocado pelos seus devotos para resolver todos os problemas da Bahia.

O Pelourinho realmente está uma tranqüilidade, em relação ao que era. Você anda de dia ou de noite sem achar que vai ser assaltado. Um morador me informa que um dia o Cabeça Branca, preocupado com a escassez de turistas no local, deu ordens para que os bandidos sumissem dali. "Agora, é essa paz que o senhor vê". "E o que foi feito dos ladrões?", ouso perguntar. "Ah, meu rei, isso eu não sei; só sei que não voltaram".

Na primeira página da *Tribuna da Bahia*, a descrição

de uma cena bem carioca. Uma repórter do jornal é forçada a participar de um assalto: "De repente, (o bandido) vira-se para ela e ordena: você começa a recolher tudo dessa gente aí. E quem me enganar, morre. Assustada e meio incrédula, a repórter ainda hesita. Ele a convence da forma mais cruel possível: ou você vai ou você morre. De uma hora para a outra, Ana Paula troca de posição. Vira cúmplice forçada de um bandido". Leio e me pego pensando: "Ah, se o Cabeça Branca estivesse lá".

Há uns três anos, entrevistei o prefeito Antônio Imbassahi para uma reportagem. Queria saber o segredo de uma cidade limpa e organizada. "Aqui não temos frescura", ele respondeu. "Se o governador encontrar uma sujeira na rua, ele telefona para um secretário meu, e eu faço o mesmo com ele. Ninguém fica melindrado". Me senti envergonhado: assistíamos no Rio a mais um daqueles tiroteios entre governador (Garotinho) e prefeito (César Maia). Não me ocorreu dizer como consolo: "mas também, prefeito, ai de vocês se o Cabeça Branca descobrir que estão brigando". Não preciso repetir o quanto não gosto do Cabeça Branca e de seus métodos. Mas me pergunto se o Rio não seria diferente se algum de nossos homens públicos zelasse pela nossa terra como ele zela pela sua.

Estive agora na Bahia para o IV Mercado Cultural, quando em uma semana houve 90 espetáculos (shows, mostras, dança, teatro, palestras, concerto) em 22 espaços. Há público para tudo lá; talvez só não haja para enterro – isso se não virar festa. Como diz a velha piada, "baiano quando não está em festa é porque está ensaiando". E não espera uma acabar para começar a outra. São simultâneas. Na noite em que os quatro baianos mais famosos da MPB levavam 100 mil pessoas às areias de Copacabana, milhares de outros baianos lotavam os teatros de Salvador para ver mais de mil artistas, nacionais e estrangeiros. Para ver, não, para dançar com eles.

O baiano é tão interativo que consegue acompanhar com a cintura e com palmas cadenciadas não só um conjunto mexicano que nunca tinha ouvido antes, como um sofisticado músico israelense tirando de uma espécie de alaúde um som monótono como uma paisagem do deserto, que era aliás o tema tocado. O próprio Yair Dalal não acreditou quando as luzes do Teatro Castro Alves se acenderam para que ele visse o acompanhamento de uma platéia de 1.500 pessoas: "Vocês têm muito ritmo. E humor", restou a ele dizer. Descobri uma maneira de saber se alguém foi à Bahia: é olhar as mãos para ver se estão inchadas.

Como carioca, o que mais invejo é o respeito que os baianos têm ao passado. As referências estão por toda parte. Enquanto aqui a velha cultura do Bota Abaixo quase que autoriza os vândalos a desfigurar nossas obras de arte no Passeio Público, lá se esbarra na História a cada passo. Com uma arquitetura de convivência, sincrética, misturando passado e presente, a cidade traz a cara e a alma encharcada de reminiscências. Se o Rio é uma cidade geográfica, Salvador é histórica. Na Bahia, há vestígios do passado até no *H* do nome.

Tão vaidosa e narcisista quanto sua rival maravilhosa, Salvador vem reforçando a aparência e o astral, o ego e a auto-estima. Vive se enfeitando e se enchendo de graça para atrair o visitante. O resultado, além de motivo de orgulho para o habitante, torna-se perceptível à primeira vista de quem chega de fora: uma cidade limpa, segura e atraente. Repito o que senti há três anos: Salvador não inventou a limpeza, não acabou com a violência urbana e nem suprimiu a miséria. Mas às vezes dá a impressão de que fez tudo isso.

14 de dezembro de 2002.

LULA NO CORAÇÃO DO BRASIL

Lembranças das viagens que funcionaram como universidade para o presidente eleito.

Ela se chamava Socorro – Maria do Socorro Lira Feitosa. É possível que o presidente eleito se lembre dela, apesar de passados quase dez anos do acontecido. Quem a conheceu não se esquece. Tinha 32 anos, nove filhos, a cor de uma índia e a bravura de uma mãe coragem. Já havíamos descido a serra de Garanhuns, região onde Lula nasceu, e estávamos no trevo que leva da BR-423 a Água Belas, quando ela apareceu.

Com outros colegas, cobríamos a primeira Caravana da Cidadania, do Lula, uma das experiências profissionais mais marcantes para todos nós, acredito. No total, foram sete caravanas, que percorreram 267 cidades do interior (mais tarde, de 94 a 2001, houve outras dez expedições a 120 cidades). A nossa demorou 24 dias e passou por 54 lugares e lugarejos. Sem fazer comícios, até porque ainda não era candidato, ouvindo mais do que falando, Lula pôde travar um inédito corpo-a-corpo com um país miserável e esquecido. Poucos políticos desceram tão a fundo no Brasil real. Essa "Viagem ao coração do Brasil", como foi chamada, talvez explique o anúncio de que a "guerra contra a miséria" vai ser a prioridade de seu governo.

De repente, nossos dois ônibus foram parados por um grupo de pessoas numa elevação, diante de um cruzeiro, e assistimos à cena. Um palanque havia sido improvisado com a ajuda do carro de som da caravana, e do alto-falante saía uma voz feminina com uma determinação incomum: "Nóis num tá aqui por boniteza. Nóis tá por precisão. A gente tamus passando fome".

Na época, abril de 1993, escrevi; "O vocabulário era de subsistência, como a vegetação daqui, onde nada é desperdiçado. A gramática era estropiada como a roupa que a oradora usava. A semântica era às vezes tão difícil quanto o sentido dessas vidas. Mas aquele discurso – aquele começo de fala principalmente, introduzindo um toque inesperado de agressiva ironia – foi um choque".

Em poucos minutos, Socorro resumiu sua história, que já contei em outro lugar, mas acho que vale a pena contar de novo. Quando soube que a "Caravana do Lula" ia passar, ela resolveu reunir mais de cem companheiros e formou sua própria *caravana*. Às 11 horas da noite anterior, começaram a descer os 48 quilômetros de serra. Juntaram folhas de palma, um resto de farinha, alguns tocos de vela e se puseram na estrada, "recebendo o relento da noite", como ela disse, parecendo uma personagem saída de *Morte e Vida Severina*, de João Cabral.

Eram 10 horas quando uma senhora, sob o efeito da fome e do sol, desmaiou. Socorro segurava o microfone pela primeira vez e exigia mais vagas nas frentes de trabalho, comida imediata e um caminhão para conduzi-los de volta: "nóis num vorta a pés". Tendo que seguir viagem, Lula deixou uma comissão chefiada pelo senador Eduardo Suplicy para acompanhar a líder dos famélicos da terra até a prefeitura, onde apresentaria suas exigências. Foram negociações tensas, porque na região estavam ocorrendo muitos saques a lojas e feiras-livres. O prefeito reclamou da insuficiência de recursos, da dimensão da miséria e alegou que as coisas não podiam ser resolvidas de uma hora para outra. Foi então que ouvi pela primeira vez uma frase muito comum hoje: "a gente temus pressa", disse-lhe Socorro, "porque quem tem fome tem pressa". Quem acabou resolvendo o impasse foi Suplicy, tirando dinheiro do bolso e exigindo que todos os presentes, inclusive o prefeito e os secretários, fizessem o mesmo. Com isso compraram 300 pães e alugaram um caminhão. Quando Socorro voltou ao trevo para anunciar que tinha conseguido condução e comida, o grupo inicial havia dobrado: agora eram cerca de 200 famintos debaixo de um sol inclemente de quase meio-dia. Eu nunca tinha visto tantas pessoas juntas com fome. Num país onde há 40 milhões de indigentes, não é difícil encontrar crianças e adultos nas ruas das cidades sem ter o que comer: há sempre um na esquina pedindo esmola ou um prato de comida. Dando um real aqui, um sanduíche ali, temos a sensação de que resolvemos o problema, pelo menos o de nossa consciência culpada. O que havia de novo e assustador naquela situação era a quantidade de famintos. Como saciar aquela fome endêmica?

Por várias vezes, Lula declarou o quanto essas caravanas foram importantes para o seu aprendizado de Brasil. Chega a dizer que elas são a universidade que ele não freqüentou. Um geógrafo, o professor Aziz Ab'Saber, que acompanhou quase todas as viagens, considera também a experiência como o melhor diploma que o presidente eleito poderia obter.

Pelo impacto que o "episódio do trevo" causou então em Lula, acho que a principal lição desse curso supletivo ele aprendeu com Maria do Socorro, cujo destino não se sabe qual foi. Ele hoje tem consciência de que o país o elegeu não por boniteza, mas por precisão.

2 de novembro de 2002.

AO LADO,
UM POETA

Eu devia estar pagando para ver o que tenho visto de graça.

Nessas duas últimas semanas, tenho acompanhado Paulinho da Viola em várias situações: tomando café da manhã, cantando, trabalhando na oficina de marcenaria que tem em casa, andando pelas ruas do Centro, visitando os lugares de sua infância. Mais do que um trabalho, tem sido um privilégio. É que estou participando de um documentário sobre ele, dirigido por Izabel Jaguaribe.

O momento mais emocionante dessas andanças talvez tenha ocorrido na sacada do Museu de Belas Artes, na Avenida Rio Branco, onde Paulinho relembrou o que aconteceu num certo dia de Carnaval e que viria a inspirar uma das mais felizes criações do cancioneiro popular. Ali, quando tinha seus 16, 17 anos, ele viu pela primeira vez sua escola preferida desfilar: agachadinho, escondido, um penetra com medo de ser descoberto.

O dia amanhecia quando alguém que Paulinho não se lembra anunciou a Portela. A luz da alvorada misturada com a luz artificial que iluminava a pista provocou um efeito especial sobre o azul da escola: não era do céu, nem era do mar. Foi uma emoção tão intensa que ele ainda a sente ao lembrar. Com base nela, dez anos depois, Paulinho compôs o clássico *Foi um rio que passou em minha vida*. Ao terminar seu depoimento, ele repetiu, como se estivesse compondo na hora, o verso: "E meu coração se deixou levar". Eu e toda a equipe sentimos num breve tempo o coração apressado e todo o corpo tomado, como se o mesmo rio estivesse passando em nossas vidas. Paulinho é um poeta, já se sabe há muito tempo. Mas redescobrir isso com ele ao lado tem um sabor de descoberta.

Como não queríamos fazer um documentário biográfico, elegemos um tema que pudesse conduzir a narrativa: a sua relação com o tempo. De fato, esse tema está muito presente em sua obra, seja em metáforas que fluem como o rio e o mar, seja explicitamente em alusões a palavras como espera, adeus, ausência, memória, passado, futuro, separação.

Uma noite, numa conversa que teve com João Salles, Izabel e eu, ele declarou para surpresa nossa: "eu não sinto saudade". Como? Como não sente saudades um compositor que cultiva tanto o passado, que tem como ídolo Pixinguinha, como mestre Jacó do Bandolim, entre muitos outros já mortos, e é o jovem padrinho da Velha Guarda da Portela? Que contradição era essa?

Sem estrelismo, sem rompantes geniosos, sem acessos temperamentais, Paulinho é o oposto do que se ouve falar de outros artistas, alguns até muito menos talentosos do que ele. A sua resposta é simples e sábia como a música que faz: "não sinto saudades porque não vivo no passado; o passado é que vive em mim".

Tudo então ficou claro para nós: o nosso compositor vive o passado como coisa presente. Ele o recupera e revitaliza. O marceneiro Paulinho gosta de restauração, gosta de dar nova forma e vida às coisas, tanto quanto o compositor se compraz em resgatar velhos sons e tanto quanto o cidadão Paulo César se diverte em manter vivos alguns hábitos ditos em extinção, como jogar sinuca, visitar um sebo, comprar LP, ser freguês de uma farmácia de 1895, fazer compras no Centro da cidade.

Caminhar por essas ruas com ele é uma viagem a um Rio que a gente pouco visita: Rua Senhor dos Passos, Buenos Aires, Alfândega, Constituição, Andradas, Rejente Feijó. A todo momento se é parado por alguém que quer saber notícias da Portela ou do Vasco. Sua atenção com as pessoas, o respeito que tem pelos outros, a paciência ilimitada, tudo isso faz dele um artista especial. Aquela imagem suave e elegante que se vê no palco se vê também na rua. Como disse uma fã idosa que passava, "ele é sempre atencioso".

Um dia almoçamos no Penafiel, um tradicional restaurante na rua Senhor dos Passos que ele costuma freqüentar. No dia seguinte, foi a vez do Bar Luiz, na rua da Carioca, onde tomamos chope preto. De manhã, ele fora à Pharmácia Cordeiro, de fitoterapia a homeopatia, comprar Espécies Estomacais e Ficandria. Depois fomos ao Bandolim de Ouro, ao Palácio das Ferramentas e, claro, à Livraria Elizart, na Marechal Floriano, um dos mais completos sebos da cidade, onde ele descobre sempre uma raridade bibliográfica.

Na tarde em que lá estivemos, havia uma surpresa. Chegara afinal o que ele aguardava há muito tempo: o livro *A saudade brasileira*, uma antologia de prosa e verso organizada por Oswaldo Orico em 1940, com dedicatória do autor.

As filmagens ainda vão continuar. Agora, por exemplo, depois de acabar essa coluna, vou para a casa de D. Surica onde Paulinho se encontrará com a Velha Guarda da Portela para comer uma peixada que Monarco comprou de manhã. Nas próximas semanas, haverá mais duas seqüências que prometem: uma roda de choro e uma roda de samba, esta, adivinhem aonde? Na casa de Zeca Pagodinho, com convidados da pesada.

É tudo muito cansativo: é comum se trabalhar 16 horas seguidas. Não sei como tem gente que faz do cinema profissão. Mas, pensando bem, eu devia estar pagando para ver o que tenho visto de graça.

18 de agosto de 2001.

PERTO DE MARISA, LONGE DA GUERRA

Ainda bem que em meio ao ruído distante dos tambores de guerra, pode-se ouvir aqui perto a voz de Marisa Monte – como vi/ouvi sábado passado nas areias de Ipanema, eu e mais 140 mil pessoas, como se ela fosse a encarnação da primavera que acabava de chegar. A exemplo da "estação das flores" e toda sua simbologia, Marisa é hoje não só uma de nossas mais preciosas vozes, como a melhor intérprete desse belo mestiço chamado Brasil.

Capaz de misturar harmoniosamente nossos ritmos, cores e sons, indo de Vicente Celestino a Carlinhos Brown, de Arnaldo Antunes à Velha Guarda da Portela, da qual é uma espécie de madrinha, passando por Paulinho da Viola, Candeias ou Nelson Cavaquinho, o canto de Marisa tem o poder de fascinar jovens e velhos, antigos e modernos.

Fugindo das deturpações, sem aquelas leituras que deformam o original, ela constrói um repertório cuja unidade é tecida pela diversidade, e esta, após passar pelo filtro de sua voz, adquire uma nova identidade. É um processo meio antropofágico, em que ela digere, reelabora e devolve de forma nova o que assimilou – e tudo fica sendo Marisa Monte, mesmo quando não é composto por ela.

No palco, seu gestual, sua expressão corporal, sua sensualidade e beleza são um capítulo à parte do espetáculo principal que é sua voz. Seu corpo magro, o tipo longilíneo, seus braços compridos parecem num primeiro momento desarticulados. Ah, os braços de Marisa Monte! Eles são jogados para a frente, para cima e para o lado, como se não obedecessem a nenhuma programação, nenhuma sincronia. Às vezes, a gente acha que ela vai perder o controle e eles vão se soltar.

A primeira vez que vi Marisa cantando foi logo no começo de sua carreira, depois que o velho jornalista Alfredo Ribeiro, pai de Tutty Vasques, publicou uma matéria na primeira página do Caderno B com o título "Nasce uma estrela". Ele jogava todas as fichas naquela jovem promessa que Nelsinho Motta, um craque, descobrira.

Confesso que fiquei um pouco perturbado com aquela aparente deselegância, com aquele corpo meio invertebrado, desafiando leis de equilíbrio com movimentos inesperados. Não foi preciso muito esforço para perceber que estava surgindo ali uma expressão nova. Marisa Monte instaurava um código gestual – o dela, próprio, original, diferente.

Revê-la no sábado funcionou como um processo de desintoxicação da sensibilidade, depois de uma semana em que os fantasmas da guerra nos assaltaram, e todos os medos e terrores tomaram conta de corações e mentes. Sair de frente da tevê, evitar aquela repetição obsessiva, quase masoquista do horror – as torres caindo e caindo centenas de vezes – e correr para ver Marisa foi, além de prazer, uma profilaxia emocional.

O show teve um significado especial porque devia ter acontecido uma semana antes, mas Marisa não pôde voltar de Nova York, onde estava quando ocorreram os atentados ao World Trade Center. O choque que sofreu, a dor do que viu, o desespero das pessoas ao lado, tudo isso acabou sendo exorcizado de maneira sutil, delicada, numa apresentação em que a paz foi menos uma mensagem explícita do que um estado de espírito.

Num determinado momento resolvi contabilizar: umas doze músicas já tinham sido tocadas, e pelo menos umas oito eram sucessos que a multidão acompanhava. Ao mesmo tempo cult e popular, refinada e acessível, Marisa vive com um pé (ou ouvido) na raiz e outro antenado nos satélites, mergulhada no presente, sem perder de vista o passado, conciliando velhos e novos sons.

É comovente a devoção que dedica, por exemplo, à Velha Guarda da Portela e o respeito que tem pelo nosso passado cultural. Num trabalho quase arqueológico, ela pesquisa e desenterra tesouros perdidos em baús de nossa história musical para lhes dar uma renovada existência.

Faz isso com músicas dos anos 30 ou 40, mas também com tempos mais distantes. A sua releitura de uma quilométrica canção de 1908 (o choro *Ontem ao luar*), cantada por Vicente Celestino – um cantor tido como cafona – é uma obra-prima, porque legitima e revaloriza o que seria um kitsch, dando-lhe um novo status. É como se o endossasse, dizendo: "agora quero ver quem vai dizer que é de mau gosto".

Esse é o canto de Marisa Monte – livre, tolerante, integrador, sem preconceito de gênero, estilo, ou época. E sobretudo lindo de doer. Como é bom ouvi-la em vez dos tambores de guerra.

24 de setembro de 2001.

PRANTO POR
TIM LOPES

Nesse momento de luto e purgação, ainda dói pensar no sofrimento físico de Tim – no suplício a que foi submetido durante aquelas horas finais, anos, séculos intermináveis de martírio, em que seu corpo sofreu todas as dores e padecimentos do mundo. É imaginá-lo sangrando, mãos amarradas, pés furados por bala, torturado, sendo arrastado por seus algozes ao calvário em que seria sacrificado.

Ele, o doce e terno Tim, limpo de coração, incapaz de uma malícia, quanto mais de uma maldade, sendo condenado sumariamente, num arremedo de julgamento, sem defesa nem apelação – ele, a encarnação da bondade, perdido diante do mal absoluto. E seus carrascos escolhendo a morte mais cruel e dolorosa para infringir-lhe, a mais demorada. Não um tiro rápido e certeiro, mas os golpes repetidos e lancinantes da lâmina de uma espada.

Não, não quero ver a execução. Não quero ver o sangue derramado. Não posso imaginar o abandono, o desamparo que nessa hora deve ter se apoderado de Tim, que cultivou a fraternidade, a compaixão e a clemência. Por que ele? Teria todo o direito de se perguntar. Em que e quem pensou? Não consigo imaginar o manso e tolerante Tim blasfemando. Com certeza rezou. Se lhe restou alguma consciência ou lucidez até o fim, deve ter morrido tentando entender tanta iniqüidade. Crucifixo no pescoço, é possível que esse cristão de nome Arcanjo, amigo de Frei David, meio missionário, tenha seguido o exemplo de alguém em que acreditava e que em situação parecida conseguiu dizer: "Pai, perdoai-lhes porque não sabem o que fazem". Tim era bem capaz disso.

Temos dificuldade em admitir a extensão sem limites da crueldade humana. É mais fácil dizer que um tipo como Elias Maluco é um "monstro", um "animal" do que imaginá-lo à nossa semelhança, pertencendo à mesma espécie, mesmo que em estado avançado de patologia. Desqualificando-o como ser humano, dormimos mais tranqüilos. "Isso é coisa de bicho". O problema é que não é. Animal nenhum jamais desenvolveu os requintes de perversidade que usamos nos nossos inumeráveis métodos de tortura. Somos mais capazes de inventar e aprimorar formas de sofrimento do que de prazer. É penoso, dá vergonha lembrar que o homem é o único primata capaz de fazer com outro o que foi feito com Tim Lopes.

A Humanidade sempre criou uns e outros. Para cada Tim Lopes há um Elias Maluco, ou mais. Já se disse que não existe bem sem mal. O mal não será nunca totalmente erradicado da face da Terra. Disso sabemos. Mas que pelo menos seja controlado e punido. O que escandaliza e assusta agora é essa impressão de que o processo civilizatório foi interrompido para dar lugar ao estado de barbárie, de que o crime compensa, de que Elias Maluco venceu – de que é mais esperto do que a polícia, mais inteligente do que a justiça, mais forte do que a imprensa, mais poderoso do que os poderes institucionais.

Aterroriza saber que a "lei" e os métodos dele e de todos os seus comparsas e rivais já vigoram em muitas partes. A ideologia da violência e da crueldade, tendo como caldo de cultura a miséria, impera em todas as comunidades pobres do Rio e já invadiu o imaginário de milhares de jovens que cantam como hino de exaltação rituais como o que sacrificou o repórter: "Cuidado com a fita crepe, que ela pode te enrolar/Cuidado com o maçarico, que ele pode te furar". Ou então: "E vai morrer todo queimado ou então todo furado".

"Foi uma morte na família", escreveu Luiz Garcia, na mais sucinta e fiel tradução de nosso sentimento. Nessa hora de expiação e catarse, em que o coração fica vazio e a cabeça quente, surge o impulso de buscar um culpado – dentro de nossa própria família jornalística. Essa autoflagelação é tão nociva quanto a autocomplacência. Discutir agora se a culpa é do Tim, do jornalismo que fazia ou do equipamento que usava é injusto com seu legado. Ele e sua obra são vítimas, não réus.

Tim não foi assassinado porque usava microcâmera, mas porque vivia numa terra de poderes paralelos, governantes marginais, populações reféns, territórios dominados, onde a República não entra, e direitos como o de ir e vir e de informar não existem. A mulher do jornalista, Alessandra Wagner, num exemplo de sofrida serenidade, recomendou: "O momento não é de revolta". Talvez se possa acrescentar: nem de julgamentos precipitados; é hora de pranto.

15 de junho de 2002.

CRÔNICA DE UM ENGUIÇO

E aí apareceu o nosso herói, um comandante da Marinha.

Foi uma cena carioca banal, mas com um personagem incomum e um final feliz, coisas cada vez mais raras em nossa paisagem urbana. Chegamos a tal ponto que o que deveria ser regra é exceção, o desvio virou norma e vice-versa. Mas vamos aos fatos.

Mal começamos a sentir cheiro de queimado, um carro emparelhou com o nosso e alguém apontou para a roda traseira, indicando com o polegar para baixo que havia um problema. Paramos logo, e o Fiat que nos dera o aviso parou também um pouco à frente, e dele saiu um garboso oficial da Marinha em seu uniforme de brancura imaculada – qual cisne branco em noite de lua.

Foi ele quem fez o diagnóstico: o freio de mão prendera e travara a roda, que só por sorte não pegou fogo. Estávamos no Elevado da Perimetral, na altura do Armazém 11, saindo da cidade a caminho da estrada. Sabia que nesses casos a primeira providência é impedir que haja um engavetamento de carros, passando em alta velocidade. Vem um, não tem tempo de parar, bate, vem outro e assim por diante.

Me postei a uns dez metros do local do enguiço, e, com a mão, tentava dizer "cuidado, chega pra lá, não saia da outra pista". De vez em quando, olhava para a direita e via o oficial realizando o milagre de quase se enfiar debaixo do carro sem tocar no chão, sem sujar o uniforme, o que de fato seria uma pena. Em volta dele, sem conseguir socorro pelo celular, estavam Gilse Campos, a nossa motorista, minha mulher e um amigo, Fernando Cerdeira.

No carro estacionado à frente do nosso, e com certeza impacientes com a demora e o calor, estavam uma jovem senhora e três crianças, que soube depois serem sobrinhos do casal. Como as tentativas de reparo foram infrutíferas, o oficial voltou a seu Fiat com Cerdeira. A distância, presumi que eles iam buscar reforço.

Do meu posto avançado, continuava fazendo sinais. Fiz tantos durante mais de uma hora que quase tive uma tendinite no braço esquerdo. Dali pude observar a variada matéria de que é feita a natureza humana. Todo sociólogo do comportamento devia ter um dia de guarda de trânsito.

Havia os motoristas que passavam, diminuíam a velocidade e punham o polegar para cima. Não paravam, mas pelo menos davam apoio moral. Havia o indiferente: o que passa e olha para você como se tivesse vendo um poste gesticulando. E o sem-vergonha? Ah, esse é hilário: quando chega perto, olha para o outro lado para não ter que dar ajuda; é como se dissesse "não vi nada".

Há aquele que se delicia em tirar fino, simplesmente para lhe dar um susto. Você agita os braços e ele continua vindo em sua direção para passar rente, gozando, quase tendo um orgasmo. O mais estranho, porém, é aquele que passa e grita entre gargalhadas: "Ô, babaca!" Pior ainda é o que faz o sinal obsceno preferido de Romário e xinga com uma raiva inexplicável: "...oda-se!".

Mais do que irritação, me deu curiosidade de conhecer a cabeça deles, de descobrir o motivo de ter prazer assim. Será desvio de libido? Se pudesse, teria parado pelo menos um para lhe perguntar: "Numa boa, cara, isso te excita? Te ajuda a gozar? E sua parceira ao lado, o que acha da brincadeira? Vamos queimar um índio?" Enquanto isso, o nosso bravo comandante agia. Temendo que fôssemos assaltados, parou num posto da Polícia Rodoviária, comunicou o ocorrido, avisou que o local estava precisando de sinalização, pediu que providenciassem uma patrulhinha, esperou que a solicitação fosse feita por telefone à PM (que mesmo assim não providenciou) e foi procurar socorro mecânico.

Passado um bom tempo, surgia Cerdeira com o mecânico, tendo atrás um reboque. Só então o comandante, que vinha de uma solenidade no Arsenal da Marinha, resolveu ir para sua casa em Niterói, não sem antes ligar mais uma vez para saber se estava tudo bem, se não precisávamos de mais alguma coisa.

O que leva alguém a sacrificar o seu conforto e o de seus familiares para ajudar durante quase duas horas pessoas que nem conhece? Se ele tivesse se limitado simplesmente a nos dar o aviso, já seria bastante. Não passaria pela cabeça de nenhum de nós pedir que ele deixasse no carro a mulher e três crianças (de 9, 8 e 6 anos), às duas horas de uma tarde especialmente quente, para fazer o que fez.

Ao ligar pedindo-lhe licença para contar a história, ele se surpreendeu, achava tudo tão natural. Perguntei o que o levava a um gesto daquele: "não sei, é minha natureza". Só lamentou que não estivesse com sua caixa de ferramentas: "entendo um pouco de mecânica e teria consertado aquele defeito". Hesitou um pouco e acabou concordando com a publicação: "na verdade, há tanta história ruim acontecendo que vale a pena contar as boas".

Quando cinco horas depois chegamos enfim a nosso destino, cantamos "Qual cisne branco que em noite de lua/vai deslizando num lago azul". E fizemos um brinde com cachaça Marabô ao capitão-de-mar-e-guerra José Ferraz, chefe do Estado-Maior do Comando das Forças de Superfície da Marinha – nosso herói.

6 de dezembro de 2001.

DO LADO CERTO

O político apontado como exemplo contrariava todos os estereótipos.

De tudo o que foi dito e escrito sobre Mário Covas por seus aliados e admiradores, mas também pelos adversários, fica a impressão de que ele precisou morrer, depois de um martírio e de uma resistência heróica, para que se descobrisse o que em vida nem sempre se reconheceu: que ele era o melhor, que tinha as qualidades que faltam à maioria dos políticos que compareceram ao velório e ao enterro. Que fez o que parecia impossível: conciliar política e ética, competência administrativa e austeridade.

Enquanto via pela televisão a cobertura de seu funeral, eu ia anotando as virtudes que lhe eram atribuídas nos depoimentos: honestidade, franqueza, clareza, coragem, autenticidade, fibra, obstinação, coerência ética, integridade, retidão, transparência. Os louvores iam muito além do que é praxe na retórica fúnebre. Era mais do que isto.

Não foi certamente por cortesia pós-morte que Paulo Maluf, a quem o antigo adversário chegou a considerar "pior do que o câncer", fez-lhe este elogio: "Covas foi um paradigma. Todos os homens públicos devem se mirar no exemplo dele". Também não foi por gentileza que, apesar de sua posição divergente, Lula disse: "Ele sempre esteve do lado certo".

O mais curioso é que o homem apontado como exemplo a ser seguido conseguiu essa unanimidade contrariando os estereótipos dos políticos profissionais: não era simpático, dizia o que pensava, podia ser desagradável e muitas vezes preferia ser impopular a ser populista. Poucos homens de bem podiam exibir, como ele, a cicatriz que uma paulada lhe fizera na cabeça (além de um corte no lábio), ao enfrentar de peito aberto manifestações de rua. Não se sabe o que era maior nele, se a coragem física ou cívica. Mas se sabe que ele sempre usou as duas na vida pública e na vida privada. Uma das mais comoventes manifestações de sua grandeza foi quando teve a coragem de mostrar fraqueza, ao soluçar diante do país, numa cena de cortar o coração.

Covas lutou contra a ditadura militar, o que lhe custou uma cassação de dez anos, com a mesma bravura com que enfrentou grupos corporativos. Por coragem cívica, saneou as finanças de um estado que, como disse o *New York Times*, fora "devastado pela corrupção". Antes que o governo federal decretasse a lei de responsabilidade fiscal, ele já tinha feito solitariamente a sua.

O senador José Roberto Arruda chega a levantar a hipótese de que o horror de Covas à demagogia e sua coragem de ser impopular talvez o tenham impedido de chegar ao segundo turno em 1989. De qualquer maneira, poucos pressentiram então que a alternativa para o Brasil naquelas eleições talvez não fosse apenas ou Lula ou Collor. O senador Pedro Simon admite isso agora com todas as letras: "Foi uma maldade que o Brasil sofreu, o Covas não ter sido presidente. Seria o presidente que o país esperou".

A fama de turrão, mal-humorado, irascível, destemperado muitas vezes não deixou ver o articulador e estrategista cheio de premunição e sensatez. O seu amigo Márcio

Moreira Alves lembrou o que no Planalto não se lembra muito, que foi ele quem salvou a carreira política do atual presidente, ao impedir que embarcasse na aventura collorida. "Se tivesse sido ministro de Collor, não teria sido ministro de Itamar, logo, não concorreria à presidência da República", escreveu Marcito.

    Não conheci pessoalmente Mário Covas, e só tive o consolo de lhe proporcionar um momento de alegria já em plena doença, quando ele revelou ao repórter Luís Costa Pinto que ficara comovido com um texto meu publicado na revista *Época* ("A grandeza de Covas deixa Garotinho menor"). Me referia, entre outras coisas, à cena em que, após votar em Marta Suplicy, ele voltava ao Instituto do Coração para fazer a angioplastia que tornaria possível a operação de seu câncer recidivo.

    Me impressionara o fato de, em meio à adversidade pessoal, ele se entregar de corpo e alma à defesa não de uma candidata ou de um partido, mas de uma causa coletiva. "Risonho, cheio de ânimo, cercado de repórteres, era a imagem de um servidor público exemplar: agora, sim, que já cumprira o dever cívico, que já votara, podia cuidar da saúde".

    Como no poema de Lorca, "tardará muito tempo em nascer, se é que nasce" um político tão reto e transparente. O que vai ficar não é a vitória daquele câncer mofino e covarde que o matou, mas o que esse admirável homem público viveu e o que deixou como legado. Mais forte do que a doença foi aquela luta heróica de um combatente atacado por todos os flancos, com o corpo minado, caminhando para a falência múltipla dos órgãos, mas resistindo, não capitulando. Sua derrota foi o seu triunfo. Nem quando foi vencido Mário Covas se rendeu.

10 de março de 2001.

COM O CORAÇÃO APERTADO

Não conheci pessoalmente Marcelo Fromer, mas pelo que seus amigos e conhecidos disseram de sua generosidade, caráter e alegria, ele pertencia àquela categoria de pessoas das quais se pode dizer que não morreram, foram chamadas. Por terem ido tão cedo e injustamente, é provável que tenha havido um processo divino de seleção, não de eliminação. Quem acredita no Além, na vida depois da morte, dirá em suma que ele não foi suprimido, mas escolhido – foi atender a um chamado urgente para resolver uma crise de talentos lá em cima.

Por isso é que, como todo mundo, fiquei tão chocado com sua morte e, em seguida, emocionado com o gesto da família de doar seus órgãos (o coração, o fígado, os rins, o pâncreas e as córneas) para tentar salvar algumas vidas e também, quem sabe, para perpetuar em outros as qualidades especiais do guitarrista dos Titãs. Que maravilha seria se isso fosse possível, se junto com os órgãos, o doador conseguisse transmitir para o transplantado não apenas suas funções biológicas específicas, mas as próprias virtudes.

Durante dias, não consegui deixar de me perguntar de que maneira o generoso coração de Marcelo iria bater no peito do aposentado Mário Varjão. De que jeito um órgão ágil e vibrante de um roqueiro de 39 anos irá se conformar com sua nova morada, o organismo de um metalúrgico de 51 anos, frágil e doente? Que transformações irão se operar no temperamento, nas preferências e gostos de seu novo dono? Mário deixará de ser corintiano para se transformar num fanático são-paulino? Aprendemos com Pascal há mais de três séculos que "o coração tem razões que a própria razão desconhece", assim como achávamos desde os romanos que dentro do peito residia a paixão, que ali era a sede da sensibilidade e até da memória. A velha expressão "de cor" significa de coração. Não era ali que estava instalado o nosso reservatório de vontades e desejos? O coração não foi sempre a porta de entrada da alma? Paulinho da Viola não cantou "meu coração tem mania de amor"?

Estava em meio a essas elocubrações para saber até que ponto o coração faz a cabeça da gente, ou seja, mais interessado na metafísica do que na física dos transplantes, imaginando que alterações psíquicas haveria no paciente, quando li na *Folha* as declarações de Mário à repórter Mariana Viveiros: "Daqui para a frente, eu até podia, quem sabe, aprender violão".

Parece que não é bem assim. Por mais que se esforce, ele não deve sonhar com um lugar entre os Titãs. Como disse uma psicóloga entrevistada, "o receptor pode pensar em ouvir um pouco mais de rock ou aprender um instrumento musical para satisfazer aquele coração roqueiro que agora bate dentro dele". Mas a ciência não lhe dá garantias de que irá reproduzir algum traço do caráter ou do talento do primeiro proprietário do órgão cedido.

Com o coração apertado, acho que a era dos transplantes acabou com o sonho. Se essa "caixa preta" não guarda afinal nenhum dos segredos e mistérios de nosso *eu* profundo, onde repousarão nossos anseios e palpitações, nossas aflições de amor e nossos afetos?

Temo que da mesma maneira que a chegada do homem à Lua desfez as crenças líricas (lindos romances foram inspirados pela imagem idealizada do nosso mais poético satélite, que acabou se revelando um campo inóspito à vida e ao amor), o acesso da medicina ao mais romântico de nossos órgãos, podendo botá-lo no gelo e transportá-lo numa caixa de isopor para outro peito, vá abalar alguns mitos sentimentais. Talvez esteja chegando ao fim uma milenar lírica inspirada no coração, assim como já saiu de moda o cancioneiro baseado nos luares do sertão e da cidade.

A verdade é que o mundo perderá muito de sua graça e poesia, se amanhã se constatar (ainda guardo no peito uma esperança) que o coração é um músculo sem alma e sem carisma, um reles baço com motor e batimentos cardíacos. Já imaginaram se o coração desenhado por Guga na quadra de Roland Garros viesse a ter a mesma importância simbólica do desenho de um pâncreas, por exemplo, ou de um órgão excretor? Ah, não. José Rubem Fonseca que me perdoe, mas o coração não pode ter o mesmo valor metafórico do intestino grosso, por mais que a gente saiba que vivemos tempos de secreções e excreções, no sentido próprio e no figurado.

18 de junho de 2001.

LEMBRANÇAS
DE BETINHO

Uma linda carta de amor e seu último desejo.

Quatro anos depois de sua morte, Betinho vai ressurgir num livro que alguns de seus amigos escreveram com lembranças pessoais – *Estreitos nós* – e que será lançado na próxima terça-feira, durante a homenagem que lhe será prestada na livraria do Museu da República. Seu exemplo volta em boa hora. No momento em que muitos leitores reagiram tão positivamente a uma história de solidariedade aqui publicada na semana passada, nada melhor do que recordar quem praticou exemplarmente "a banalidade do bem", na expressão do jornalista Elio Gaspari.

Aliás, a ação de Betinho pela cidadania e contra a fome e a miséria já fora lembrada há dias, quando a repórter Taís Mendes fez uma matéria sobre as surpreendentes repercussões do gesto do capitão-de-mar-e-guerra José Ferraz que, ao socorrer um carro enguiçado no qual viajava este colunista, transformou-se em exemplo "num mundo onde", como observou a repórter, "a banalidade do mal supera a do bem".

Para sociólogos e psicanalistas, escreveu ainda Taís, a reação de espanto dos leitores perante a atitude do comandante Ferraz prova que "ações de solidariedade são hoje atos de exceção num mundo em que a violência na rua já virou lugar comum".

A socióloga Edna Del Ponto de Araújo, por exemplo, acredita que "as pessoas estão mais acostumadas com a morte do que com a vida". Já a psicanalista Naisa Resnick acha que, como "a sociedade cultua o individualismo", casos como esses do oficial da Marinha e de Betinho acabam sendo raros.

Num e-mail para mim, o próprio comandante manifestou sua impressão: "Vivemos em uma espécie de circo romano onde se tem prazer em ver o infortúnio do outro. Não é este o mundo de que eu gosto".

Betinho também não aceitava esse mundo. Era um inconformado com suas imperfeições. Ele julgava que o mal, nem por ser banal, tem direito a se legitimar. A repetição de um malefício não o transforma em benefício. Ele procurava mostrar, segundo Gaspari, que o fatalismo da desordem social nada tem de natural. De fato, aquele hemofílico sempre à beira da morte, que foi também portador da aids e, antes, da tuberculose, queria contagiar o país com o bem, transformando em regra a exceção.

Alguns o acusavam de ser assistencialista, piegas, um romântico sonhador, porque queria o impossível. Ao mesmo tempo puro, ingênuo, realista e até maquiavélico quando preciso, ele ria, como bom mineiro. Sabia que não ia abolir a fome nem erradicar a miséria. O que queria era dar um soco na boca do estômago do país, tirando-o do conformismo e mostrando que aquela situação era um escândalo e uma indecência. No fundo, o que pretendia era substituir a razão cínica desses tempos pós-modernos pela razão Ética.

Uma vez advertiu um ministro dizendo que não tinha vocação para Madre Teresa de Calcutá. Não vou ficar tratando da miséria de um lado e a política econômica produzindo miseráveis de outro. Quando FH era ministro da Fazenda e anunciou que não tinha um plano econômico porque a questão imediata era combater a inflação, o sociólogo da fome chamou a atenção do colega no poder para o caso da Argentina: "está quebrada", previu há sete anos. "Não tem inflação porque não tem o que inflacionar".

Me lembro de um companheiro de redação descrente com o futuro da campanha que então começava: "mais velho do que a fome, só o Betinho". Pois foi com essa velharia que se construiu uma grande novidade: um dos movimentos populares mais amplos e duradouros, que sobreviveu à morte de seu criador, o que parecia impossível.

Esse ex-maoísta não era sectário e, para combater a fome, fez aliança com Deus e com o diabo. Aceitava contribuições da esquerda, da direita e até de bicheiros. Mobilizava a imprensa com a mesma competência com que recrutava artistas, jornalistas, políticos, jogadores e ministros para trabalhar pela sua causa. Explorava quem podia. Se ele estivesse aí, o comandante Ferraz seria logo recrutado e não teria sossego enquanto não criasse na Marinha um comitê contra a fome.

No livro *Estreitos nós*, há a carta que Betinho deixou com um amigo para que sua mulher Maria a lesse depois que ele morresse. É uma linda declaração de amor, simples e comovente como ele, que se recusava a dramatizar o drama. No final, o último desejo: "O ideal é que pudesse morrer aqui, na minha cama e sem dor, tomando um saquê gelado, um bom vinho português ou uma cerveja gelada".

Já perguntei uma vez por ocasião de sua morte e vou perguntar a vida toda: como alguém desenganado pode espalhar tanta alegria e esperança, e como um sangue contaminado produziu tanta energia positiva?

1º de dezembro de 2001.

AMÉLIE, MULHER
DE VERDADE

*Onde quase não se fala de dengue, só de Amélie,
mulher de verdade.*

Como reação ao noticiário jornalístico quase sempre negativo, pode estar havendo, quem sabe, um saudável enjôo, um indisfarçável fastio em relação às baixarias, uma espécie de sede das boas novas. Chega de dengue! Chega de violência! Chega de corrupção! "As amargas não", diria Álvaro Moreyra, que deixou um livro com esse título. Um leitor se espanta: "Não é possível que só haja coisa ruim no país!". Olho as primeiras páginas do dia e a verdade é que só encontro uma notícia boa: o anúncio do fim do racionamento. Assim mesmo, como se sabe, não é uma boa coisa que começa, mas uma ruim que termina. Para variar, a responsabilidade por esse quadro é em geral atribuída à morbidez e ao masoquismo dos jornalistas. Acho um pouco injusto, pois não inventamos a realidade, embora possamos aumentá-la. Mas o que se vai fazer, essa é a voz do povo leitor.

Um deles, um amigo de Belo Horizonte, reclama do colunista. "Ultimamente, parece que os mosquitos morderam seu astral. Pára com isso. Nós, público leitor, gostamos das suas críticas, mas uma visão otimista é fundamental". Afonso conta como anda a disposição dele e da mulher: "Outro dia, estávamos conversando, Taty e eu: não agüentamos mais ver maldades na TV. Nem nas novelas. Quando uma vilã qualquer vai fazer uma sacanagem, a gente troca de canal".

Por isso é que Arnaldo Jabor, depois de ver o "Fabuloso destino de Amélie Poulain", decidiu: "eu quero, eu preciso me 'alienar', como se dizia antigamente. A 'alienação' virou uma necessidade social". Ele suplicou publicamente: "Amélie, eu quero ser outro. Não quero ser mais eu". O filme, para quem não viu, é um fenômeno mundial que conquistou milhões de espectadores na Europa e nos EUA. Na França, é a maior bilheteria de todos os tempos. Só falta agora ganhar o Oscar de melhor filme estrangeiro.

A história é uma doce fábula, um delicioso conto de fada. Amélie detém o poder da fantasia, capaz de levar felicidade à concierge, ao vizinho, ao escritor frustrado, à solitária colega de trabalho. Seu olhar é o de uma criança que não esqueceu as brincadeiras, a magia e o sonho. Pessoa do bem, suas ações são tão puras quanto as intenções. Cheia de solidariedade e compaixão, ela vive para consertar o mundo, pelo menos o mundo à sua volta, o do seu bairro: conspira para aproximar casais, forja cartas de amor, trama contra os maus e favorece os bons. Ao contrário dos filmes que propõem a prática do mal (matar, aterrorizar, torturar, trair, estuprar), esse ensina a amar e querer bem.

Há os que não gostam do filme, seguindo uma tendência de considerar piegas qualquer sentimento. Um crítico francês, xiita do realismo, disparou contra ele uma carga de oito adjetivos: "ultraformalista, artificial, enfadonho, sentimental, descolado da realidade, populista, demagógico e reacionário". Como Jabor, curti muito e saí do cinema com a sensação de que havia feito uma viagem a alguns daqueles prazeres perdidos da infância, ao mundo encantado do faz-de-conta. Dos tiros desferidos pelo irado crítico, só um de fato acerta "Amélie", o de "descolado da realidade". É verdade. Só que isso, em vez de defeito, é sua maior qualidade. Trata-se de uma viagem onírica e fantástica, um barato anti-realista. Passei duas horas como uma criança. E não só eu. Um dos divertimentos da personagem Amélie é ficar olhando pra trás no cinema para ver a reação das pessoas. Fiz isso discretamente, quando o filme estava acabando, e vi a cara de satisfação e felicidade dos espectadores. Nem uma onda de mosquito *Aedes aegypti* sobrevoando o ambiente perturbaria aquele estado de graça.

O fabuloso mundo de Amélie tem uma base real: ela luta com dificuldades, trabalha como garçonete no Café Tabac des Deus Moulins e mora em Montmartre, que os computadores se encarregaram de limpar de tudo o que fosse desagradável aos olhos: não tem sujeira, não tem miséria, drogas ou violência. Os franceses estão aproveitando o sucesso do filme para promover turisticamente o bairro onde ele foi rodado e para fazer jogos do tipo: "você tem alma de Amélie?". "Se você fosse Amélie, faria bem a quem?". "Como é o seu jeito de ser Amélie?".

Sob o efeito-Amélie, deixei a sessão sem pensar que podia ser assaltado na esquina ou atacado por um mosquito de dengue. Sei que se pode alegar que é um filme ingênuo e edificante, que leva à alienação. Tudo bem. Mas também se pode dizer que a convivência diária com o mal leva a uma evasão mais perniciosa ainda: a de achar que ele, por ser banal, é natural. Além do mais, não se vai ao cinema ver um filme de ficção para viver a vida, mas para sonhá-la – como faz Amélie, essa sim, uma mulher de verdade. Por que não?

23 de fevereiro de 2002.

O COMANDANTE FONSECA

Não se sabe bem quem lhe deu a patente, mas de uma hora para outra todo mundo o estava chamando de "Comandante" e obedecendo a suas ordens. Ele foi a estrela do prêmio literário da Casa das Américas, liderando um corpo de 17 jurados latino-americanos. Não se fazia nada sem consultá-lo.

Sua fama cresceu tanto nessas últimas semanas, no eixo intelectual Havana-Matanzas, que chegou até Fidel Castro. No fim de semana passado, houve uma cena inédita em meio a uma recepção no palácio presidencial:

– Comandante, este é o Comandante Fonseca – disse o apresentador.

– Já ouvi falar dele – disse o verdadeiro Comandante, chamando o fotógrafo oficial para tirar uma foto com o visitante.

Era a primeira vez, segundo a surpresa crônica palaciana, que Fidel pedia para tirar foto com um convidado, pois o contrário é que é a norma. Foi um encontro memorável, mas dele se falará em seguida.

Por enquanto, vale contar como aquele misterioso personagem conquistou a admiração dos seus pares com inteligência, humor e erudição. Foi a um tempo mestre, sábio e histrião. Era capaz de discutir com um colega do Equador o maior poeta ou contista daquele país e sair da mesa para fazer o mesmo com um mexicano, um argentino, um inglês ou um colombiano. Para depois fazer todos rirem com sua graça.

Uma noite, a direção da Casa das Américas reuniu todos os jurados para comemorarem com um bolo os 70 anos do Comandante, cuja presença, disse o presidente da Casa, honrava Cuba e cuja obra já tinha ultrapassado os limites da América Latina.

Cultor da arte de andar nas ruas das grandes cidades, ele foi um precioso guia nos passeios por Havana Velha, que conhece como Nova Iorque, Paris ou Rio. Nem o péssimo estado das belas construções habaneras tira-lhe o gosto da contemplação desse patrimônio artístico da capital cubana. Ele curte as coisas antigas ou, como diz, "prístinas", um adjetivo poético que se aprende em sua companhia.

Na visita à antiga casa de Hemingway, só ele sabia que uma certa cabeça de touro empalhada era personagem de uma cena de um determinado romance, que descreve como se tivesse acabado de ler. E o criador de *O velho e o mar*, um machão caçador de animais, romancista descuidado com a forma, não é o preferido do Comandante, um feminista que vive dizendo que deve sua existência às mulheres – "a começar por minha mãe".

O que ele fez com Hemingway, fez melhor com Lezama Lima na visita à sua casa. Muito antes que virasse moda, o Comandante já tinha lido *Paradiso*, a obra-prima do *maestro*, como é conhecido esse escritor que, por causa de suas inclinações sexuais, morreu marginalizado em 1976. Hoje, é uma espécie de guru dos jovens intelectuais cubanos, homossexuais ou não.

As demonstrações eruditas, sempre discretas e quase envergonhadas, contrastavam com as exibições de sua veia cômica, sempre pronta a rir e a fazer rir. No dia em que deveria realizar uma leitura pública de alguns trechos de sua obra, houve muita expectativa entre os intelectuais que acorreram à Casa das Américas. Dizia a lenda que em seu país o Comandante era um recluso, não gostava de aparecer em público e detestava a imprensa.

Antes de começar a ler, com o microfone em uma das mãos e um livro na outra, a tensão aumentou, porque o Comandante exigiu que se fechassem as portas. Como fez a exigência de cara amarrada, temeu-se a confirmação da lenda. Mas quando, passados alguns segundos, ele disse "é pra ninguém poder sair", viu-se que era uma brincadeira, a primeira de uma série.

Um dos trechos que leu era muito erótico – e mesmo lido em sua própria língua provocou um choque na platéia, amenizado porém pelos risos. Andando pela sala e dramatizando a leitura, ele confundia os ouvintes. Não se sabia ao certo se aqueles detalhes chocantes narrados na primeira pessoa eram praticados pelo personagem da ficção ou por aquele leitor tão convincente. O outro trecho foi lido com tal fervor brutalista que, quando o criminoso insiste em separar a cabeça da vítima com um facão, tive a impressão de que toda a platéia botou a mão no pescoço.

Foi um sucesso. Bis foram pedidos e nos dias seguintes não se falava em outra coisa em Havana. Com certeza foi por isso que a fama do Comandante chegou ao palácio presidencial. Acho que se não fosse o prestígio do nosso Comandante, o outro, o oficial, não teria concordado em nos dar uma entrevista, ainda que com a condição de não ser gravada nem publicada. Éramos quatro (mais um inglês e um argentino) e conversamos durante duas horas, ou melhor, ouvimos. Uma das poucas perguntas que foi possível fazer tinha a irreverência do nosso Comandante, usando o tratamento que a patente lhe permitia:

– Quantos filhos *tu* tens?

Fidel evidentemente não gostou, reclamou da "indis-

crição", mas acabou respondendo; afinal, tratava-se da curiosidade de um igual:
— Já perdi a conta. Mas todos foram registrados.

Um dia espera-se que o nosso Comandante consiga de seu colega autorização para publicar a entrevista, que tem cenas curiosas. Em uma delas vê-se Fidel com o dedo indicador e a unha grande (aliás, estão todas muito grandes) na testa do nosso companheiro, recomendando: "Tu tens que tomar, eu tomo há quatro anos. O PPG não é bom apenas para aumentar o apetite sexual, é bom também para a memória." Pelo que se viu nessa noite – o seu assanhamento diante das mulheres –, o Comandante Fidel continua pensando só no alardeado efeito colateral desse famoso remédio cubano.

Durante esses 20 dias em que fui uma espécie de soldado raso do nosso Comandante, não consegui decifrar um mistério: como podem coabitar uma mesma pessoa o Comandante Fonseca e o escritor Rubem Fonseca.

4 de fevereiro de 1995.

PERCURSOS E PERCALÇOS

QUERO UMA
CASA NO CAMPO

Agora falando sério. A situação vai ficar preta, literalmente preta, com todas as conotações politicamente incorretas que a expressão encerra. E o que mais choca é saber que o governo foi suficientemente irresponsável para deixar as coisas chegarem ao ponto que chegaram, que vão chegar. Quem melhor resumiu o estado de espírito diante dessa perspectiva foi Lillian Witte Fibe, que sabe das coisas, na sua coluna do *JB*: "Sinto-me na obrigação de fazer uma confidência ao leitor: estou a um passo de ficar apavorada com o racionamento". Eu também. Vocês já pensaram no que será de nós a partir do próximo dia 1º? Imaginaram o nosso dia-a-dia (ou noite-a-noite) nas trevas? Já se deram conta do que pode acontecer com o nosso tão degradado cotidiano? Já não falo nem dos efeitos macro na economia: queda de produtividade, rombo de US$ 1 bilhão na balança comercial, queda vertiginosa de mais de R$ 14 bilhões no PIB, desemprego colossal, redução do consumo, enfim, o dramático agravamento da crise social.

Quem entende do assunto, como o físico Luiz Pinguelli Rosa, conhece a dimensão desses estragos na economia do país. Em 1998, ele e seus colegas Maurício Tolmasquim e José Cláudio Linhares Pires, lançaram o livro *A reforma do setor elétrico*, que anunciava o risco de déficit de energia e denunciava o descaso do governo, que em vez de investir no setor, preferia "vender ativos estatais para abater a dívida pública".

Apesar de tudo, mesmo tendo advertido inultilmente para o que iria acontecer, Pinguelli não deixa de estar pasmo com o nível de imprevidência e irresponsabilidade do governo federal. É inacreditável. Nesse fim de semana, ele me falava disso, dessa insensibilidade socialmente criminosa, e chegávamos à conclusão de que ou o governo acredita que a opinião pública está de tal maneira anestesiada que ele pode fazer tudo que ela não reage mais a nada, ou ele tem uma inconsciente vocação suicida. "Só que agora se trata de uma questão dramática que atinge a todos sem exceção". Será que o grande intelectual iluminista, aquele a quem Glauber Rocha chamou de o "Príncipe dos sociólogos" numa época de escuridão metafórica vai se tornar o "Príncipe das trevas", agora literalmente?

De fato, não se trata mais de violação do painel do Senado pelo líder do governo, nem de escândalo da liberação de verbas para barrar a instalação da CPI da corrupção, não são essas coisas meio distantes para a maioria da população. Agora é na carne, todo mundo vai ver, se é que se pode ver no escuro. Com a experiência de quem ao longo de uma longa vida já passou por vários tipos de escassez e racionamento – afinal, moro num país tropical e vivo num paraíso onde já se cantou: "Rio, cidade que seduz/ De dia falta água? De noite falta luz" – asseguro-lhes que a coisa vai ficar mesmo preta.

Não é para fazer terrorismo não, mas leiam essa notícia saída outro dia no *Globo*: "Os traficantes estão cortando o fornecimento de energia elétrica em favelas cariocas para dificultar a ação da polícia. Como nas guerras convencionais, a tática do apagão vem sendo usada como arma na

Rocinha, no Complexo do Alemão, na Mineira e no Pavão-Pavãozinho: os bandidos, usando varas de bambu ou quebrando cadeados, desativam as caixas de força da Light que distribuem a energia no morro. Quando a polícia vai embora, a chave é empurrada para cima e a luz volta. Só o Morro do Cantagalo, em Ipanema, teve sete apagões desse tipo em cinco meses".

Como os bandidos não são como o governo, eles são precavidos, sabem da importância do apagão para sua atividade, vai ver que já estavam fazendo treinamento para o que virá.

Aliás, uma outra prévia de apagão ocorreu em vários bairros da Zona Sul do Rio e em Niterói, no Dia das Mães. Mas uma coisa é sofrer um eventual racionamento e outra é a escuridão sistemática. As pessoas nas fotos dos jornais, por exemplo, estão sorrindo. Agora, manda fotografar a mesma cena daqui a seis meses para ver se alguém vai aparecer achando graça.

Me lembro do grande apagão de 1996, quando Ipanema ficou no escuro durante 15 horas seguidas. Nos primeiros momentos foi divertido. Cheguei a exaltar o lirismo nostálgico que me envolveu: "De repente vem à memória afetiva lembranças de férias na fazenda, céu estrelado, luar do sertão, vaga-lumes, histórias ao pé do fogão de lenha. Você embarca numa viagem ao interior de todos os clichês campestres e pastoris".

Mas em seguida, quando se descobre que os alimentos da geladeira vão se estragar, que você não pode ver televisão, não pode beber água gelada, muito menos a cervejinha, que tem que subir não sei quantos andares a pé, que o computador está a perigo com todos os seus arquivos e que o ar-refrigerado não vai livrá-lo do calor infernal, aí o clima bucólico não tem graça alguma. É só mau humor.

Por isso é que decidi: se é assim, se é para pagar o

ônus e não ter o bônus do progresso, se é para viver sem conforto na cidade por culpa do governo, eu quero uma casa no campo (como a da música), "de pau-a-pique e sapê, onde possa plantar meus amigos, meus discos e livros e nada mais". Quero a pastoral completa.

14 de maio de 2001.

DA NOVA HOLANDA
AO NY CENTER

*Uma viagem carregada de medos reais e fictícios,
fantasmas e paranóias.*

Quem leu *Fogueira das vaidades*, o *best-seller* de Tom Wolfe, deve se lembrar do episódio mais angustiante do livro, quando um casal se perde de carro na saída do aeroporto Kennedy, entra num desvio e vai parar por engano no Bronx, um dos bairros mais violentos de Nova York. Ali, o *yuppie* Sherman McCoy e sua amante Maria, a bordo de uma Mercedes de 48 mil dólares, vivem um pesadelo. Perdidos, ele desce para retirar um pneu no meio do caminho, aparecem dois adolescentes negros, ele os enfrenta, consegue voltar ao carro e ela, ao volante, acaba atropelando um dos jovens.

Houve um outro episódio parecido, mais recente e mais próximo de nós. Em dezembro de 1995, depois de um jogo Santos e Botafogo, onze torcedores paulistas, viajando em dois carros, erraram a saída de volta para São Paulo e se viram no meio de um tiroteio entre traficantes no Complexo da Maré, entre as favelas Vila do Pinheiro e Vila do João.

Confundidos com um comboio inimigo – um "bonde

do mal", como se diz – os carros foram atingidos por vários tiros. Os passageiros do Cherokee conseguiram explicar aos traficantes quem eram, depois que um ficou ferido. Dos outros cinco do Vectra, porém, três foram atingidos por balas, um dos quais morreu.

O caso que vou relatar lembra os dois episódios e ocorreu no mesmo Complexo da Maré, na favela Nova Holanda, vizinha às duas citadas. Só que, ainda bem, com final feliz. Nossos personagens – o marido, a mulher, a filha, que dirigia o carro, e uma amiga – estavam indo da Zona Sul para um casamento em Bonsucesso, sabendo pelo mapa desenhado à mão que deviam passar por baixo de sete passarelas, prestando atenção no centro da Aeronáutica, no da Marinha, no colégio Bahia e no posto Atlantic; só então ia surgir a rua indicada no desenho. A igreja ficava logo no começo, à esquerda, não tinha erro, era um trajeto facílimo.

Mesmo assim, por causa de dois vacilos, os forasteiros tiveram que parar num posto para pedir informações. O frentista disse que não tinha problema: bastava entrar na rua ao lado e voltar por dentro. O colega do informante levantou a objeção da feira, mas ele explicou que àquela hora, 8 da noite de sábado, já estaria desmontada. "Pega aqui à esquerda, depois vira à direita, de novo à direita e no final à esquerda; aí vão dar na rua da Igreja".

Já nessa primeira rua, alguém dentro do carro disse com apreensão: "ih, isso aqui é barra pesada". De fato, a rua era escura, suja, com pessoas que pareciam vultos em alguns cantos, mas tudo podia estar amplificado por aquela impressão que se tem ao entrar em território desconhecido e pobre. O pior estava por vir.

Na entrada da feira, que ficava numa encruzilhada, uma multidão se comprimia nas ruas e calçadas de terra: bicicletas, carrinhos de compras, crianças, senhoras com sacolas, uma massa de gente, um caos. Um feirante informou no entanto que, passada aquela confusão inicial, o carro ia poder avançar tranqüilamente, a feira já tinha acabado, o caminho estava desimpedido mais à frente.

Nos primeiros 50 metros, estava mesmo, apesar das caixas e madeiras que dificultavam a passagem. Só era preciso ir devagar, com cuidado: aquele "bonde do bem", com aqueles ocupantes estranhos – o homem de gravata e *blazer* preto bem podia ser um policial – invadia um espaço interditado: as pessoas não estavam achando muita graça em dar passagem ao Corsa branco. Como isso era visível, uma certa tensão se instalou dentro do carro.

De repente, o imprevisto: uma barreira feita por restos de barracas e um velho carrão impedia completamente o caminho. Era impossível remover os obstáculos, o remédio era dar uma marcha a ré de uns 80 metros. Mas como? Olhando para trás, uma outra barreira, esta de gente, bloqueava a possibilidade de volta. Como retornar por aquele caminho que já fora difícil ultrapassar de frente? E se aquele carro invasivo derrubasse uma bicicleta, esbarrasse numa daquelas crianças correndo no meio das barracas ou numa senhora com o filhinho no colo?

Graças ao sangue frio e habilidade de minha filha, foi uma marcha à ré impecável – a mais longa e tensa de minha vida. Saímos do sufoco alagados de suor, com uma forte e mesma dor de cabeça conjunta e pensando em como andamos carregados de medos reais e fictícios, fantasmas, paranóias e preconceitos. Houve estranheza por parte daquela gente, como haveria em qualquer lugar em que um carro parecesse insistir em passar por dentro de uma feira, mas não houve hostilidade; na verdade, não houve risco, a não ser no nosso imaginário.

Sentimos por antecipação um medo que com certeza não sentiríamos, por exemplo, se estivéssemos chegando na noite seguinte ao civilizado New York Center. Ali, estaríamos supostamente mais seguros do que na favela Nova Holanda – até a hora em que as gangues dos *yuppies* e mauricinhos promoveram o quebra-quebra e a violência generalizada, um divertimento cada vez mais comum nos bares e boates da Zona Sul e da Barra.

11 de dezembro de 1999.

AS MÁS NOTÍCIAS

*E*ra uma vez um rei antigo... o resto da história vocês com certeza conhecem: ele só gostava de boas novas. Se alguém chegava trazendo uma notícia ruim, mandava executar o emissário. Mais recentemente, durante a ditadura militar, tivemos também nossos "reis" que tentaram construir, por meio da censura às más notícias, um Brasil Grande e cor-de-rosa. Nem sempre matavam os que contrariavam essa orientação, mas não raro os mandavam para a cadeia.

Muita gente hoje gostaria de agir como esses reis. São pessoas que acreditam que parte da culpa do que acontece de ruim no país deve ser atribuída à mídia. Diz-se, por exemplo, que ela estimula a violência ao dar destaque aos crimes e aos criminosos. O secretário de Segurança Pública do Estado de São Paulo, Saulo de Castro Abreu Filho, chegou a declarar que a imprensa "tem de parar com essa glamourização. Tem de mostrar o outro lado: o crime não compensa. Seria um desafio para a mídia brasileira". Ele reclamava que, quando o bandido Fernandinho Beira-Mar estava solto, aparecia nas primeiras páginas dos jornais "mais que qualquer chefe de estado". "Agora está lá, trancado dentro do presídio, e ninguém fala dele".

Poderia dizer que é assim mesmo: os jornais falavam justamente porque a polícia não cumpria sua função de trancá-lo. Mas para não deixar dúvidas, prefiro declarar que não considero a imprensa neutra e inocente, nem inatacável donzela. Ao contrário, tem que ser questionada pelos leitores, que são o nosso controle externo, com seu poder de comprar e deixar de comprar, aceitar ou rejeitar. Ela de fato tem pecados – e suficientes para não precisar dos que lhe são imputados indevidamente, como a responsabilidade pela violência. Isso não quer dizer que não aceite a crítica de que há uma desproporção entre o que é mostrado de bom e de ruim.

Acrescentaria até outros deslizes de conduta, como o voyeurismo que leva a invadir a privacidade alheia, uma boa dose de soberba, o viés denuncista, uma certa impiedade para com a reputação dos outros, a perigosa tendência enfim a achar que notícia boa é notícia ruim.

Nessas horas há quem concorde com o velho Balzac, que dizia: "se a imprensa não existisse, não deveria ser inventada". Mas a questão é que existe, e é preferível aceitá-la imperfeita a tê-la omissa, até porque o Brasil já experimentou um jornalismo que, por imposição, não falava de censura, corrupção e tortura. O resultado é conhecido: aqueles flagelos proliferaram no silêncio tanto ou mais do que hoje, quando são escancarados. Por isso, nada como o conselho de outro velho, D. Pedro II: "os males da imprensa curam-se com a própria imprensa".

Ah, sim. Aqueles reis mandavam matar os emissários das más notícias, mas não sem as ler antes. Não podiam passar sem elas, como todos nós, aliás, meros plebeus.

31 de maio de 2003.

UM ATAQUE
DE VÍRUS

*Cuidado, mantenham essa página bem longe de
seus computadores.*

Desde que me transformei num cidadão de primeira classe, desses que, além do número do telefone, podem terminar as apresentações dizendo "compontobeerre", tem me acontecido uma série de peripécias, indicando às vezes que nasci para ser um irremediável gutemberguiano, analógico, literal, e não um ser moderno, virtual e digital.

A última foi essa semana, quando me senti como se estivesse sendo atacado por um terrorista invisível. Algumas pessoas tinham me avisado por e-mail, mas não dei atenção, até que descobri que estava infectado, ou melhor, Deus me livre, vou dizer de outra maneira: o meu computador é que fora infectado por um vírus – e tão devastador, tão contagiante, pega com tanta facilidade que a sensação é a de que posso passá-lo até para os leitores que estiverem lendo esse relato. Estou quase perdido: "Cuidado, mantenham essa página bem longe do computador".

Segundo o técnico que me visitou duas vezes e me receitou medidas de urgência, como a quarentena da parte infectada e a imediata substituição do antivírus usado por um mais eficaz, ainda tive muita sorte porque as providências conseguiram salvar a maioria de meus arquivos, embora tivesse perdido uns quatro ou cinco que não podia perder.

"Esse vírus é violento, já está na sexta mutação, é o W97M.Passbox", foi o primeiro diagnóstico, feito numa linguagem que impressionava mais ainda porque parecia de médico, não de técnico de computador. Só essas semelhanças de características entre o vírus biológico e o virtual já bastavam para assustar. "Conheço a ação dele. A primeira providência é descobrir o que ele infectou e isolar, botar em quarentena tudo o que foi infectado".

À medida que ia isolando o perigo, numa operação que durou umas duas horas, o meu infectologista me falava dos estragos de que é capaz essa praga em permanente mutação e disfarce, dos quais já existem cerca de 45 mil tipos. De vez em quando, interrompia a explicação para dizer: "Olha só como ele está tentando fugir, ele percebeu que está sendo perseguido".

Como um terrorista que entra num shopping center ou num avião para fazê-lo explodir, só que com mais facilidade e sem qualquer risco, um *hacker* pode hoje invadir qualquer sistema, qualquer computador, apoderar-se de senhas, explodir a privacidade da vítima e revelar os seus segredos, pelo menos os que estiverem arquivados. Pior: pode enviar e-mails em seu nome, comunicar-se como se fosse você.

Não gosto de ficar falando mal de computador porque, afinal, seria cuspir no prato em que como. Além do mais, graças a ele e ao fax, está se escrevendo como nunca se escreveu, ainda que em português ruim. A pretexto da pressa, escreve-se de qualquer jeito sabendo que do lado de lá o nosso correspondente vai atribuir os erros à correria, os nossos e os dele.

Mas nem isso preocupa um escritor como Umberto Eco. Ele acha que esses erros não têm a menor gravidade

para a língua. "O computador enriquece a estrutura da frase, facilita sua sinuosidade. Pretende-se que ele seja hemingwayneano, que ele suscita frase secas e curtas. É falso. Ele é proustiano". Palavras de quem escreveu alguns dos mais criativos textos desse século.
Mas mesmo assim, nossas relações não têm sido pacíficas. Antes desse susto, o computador me fez passar por muitas e boas, algumas inexplicáveis, como, por exemplo, cortar ou aumentar o que escrevi à minha revelia.
Por várias vezes comprovei que o que havia deletado em casa ao escrever minha coluna, reaparecia misteriosamente na versão final, sem que constasse do disquete levado para a redação. Ou então o contrário: palavras e frases gravadas desapareciam sem que houvesse qualquer ordem nesse sentido. Era como se um fantasma quisesse melhorar o que eu escrevera – com certeza, um sábio fantasma a mando do meu editor Arnaldo Bloch.
Outro grande vexame foi quando comecei aqui no *Globo* e recebi uma quantidade razoável de mensagens. Bem ou mal, procurei responder a todas, já que eram de boas-vindas, generosas. Me lembro que passei horas acordado na frente do computador enviando e-mails. Tempos depois descobri que enviara para mim mesmo. Como as mensagens chegavam via *Globo*, eu respondia e enviava, respondia e enviava. Só que as mensagens não iam para o destinatário original, mas para o próprio jornal, que enviava para mim, que enviava para o jornal, que...
Eu, que vivia dizendo que a única coisa inteligente que o computador criou foi Cora Rónai, continuo achando que ele é burro, mas descobri que sou muito mais. Ele pelo menos tem boa memória.

4 de setembro de 1999.

POR FALAR EM CORPO

Alfredo Ribeiro (ou Tutty Vasques, não sei mais) me liga e manda eu escrever um artigo. Editor é assim, você não pode dizer não. Sobre o quê? Pergunto. Sabendo que estou com o joelho direito bichado, o que significa mais um problema para Felipão, aceita que fale do corpo, não do meu, mas em geral. Tudo vem a calhar. Daqui a pouco chega aqui em casa o pessoal da TV-E para pegar um depoimento sobre o tema para um programa do Miguel Paiva. São várias pessoas discorrendo sobre o corpo na política, na publicidade, no esporte, nas artes etc. Não sei se é por causa da idade, mas a mim coube falar do corpo abandonado. Para falar do corpo da Gisele Bündchen, que é bom, ninguém me convida. Querem que eu fale do corpo jogado nas ruas, dos mendigos, dos pobres, o corpo aviltado, promíscuo, sujo e mal cheiroso.

É o pior corpo, mas pelo menos vou mudar de assunto; estava mesmo querendo falar de algo que não fosse futebol. Vocês, eu não sei, mas quanto a mim, estou com medo de daqui a uns dias não agüentar mais: futebol no café da manhã, no almoço, no jantar, na hora de dormir, literalmente. Acho que até o fim do mês vai ficar insuportável. Como diria o outro, é *overdose* demais.

Acho o tema do corpo fascinante, principalmente num país que o exibe com tanto despudor.

Estou pensando em juntar uma porção de coisas que aprendi com os especialistas e fingir que são minhas. Dizer, por exemplo, o que aprendi não sei com quem – acho que comigo mesmo, será? – e vivo repetindo: que a cultura imprime no corpo todas as suas marcas – maneira de andar, saltar, dançar, ficar de pé, rir, gesticular – e que por isso ele tem gramática, vocabulário e semântica próprios. Ele fala.

O Brasil, isso todo mundo sabe, nasceu da junção de três corpos: dos indígenas, dos portugueses e dos africanos. A nossa tradição foi oscilar entre a exaltação e a degradação. Por um lado, a beleza do corpo edênico das índias de antigamente que continua no corpo erótico das garotas de Ipanema e outras praias. Por outro lado, o corpo matrizado e torturado dos escravos que se reproduz hoje no corpo mortificado dos semi-escravos que trabalham nas pedreiras, nas minas, nas fazendas ou que vivem nas ruas em condições subumanas.

Embora mais visível seja o corpo erótico, saudável, hedonista, o corpo das academias, o que aparece na televisão e na publicidade, não é esse o predominante no país, e sim o corpo submetido a condições aviltantes de trabalho e de vida, um corpo de dar com o pé, com o qual a gente tropeça nas calçadas, um corpo muitas vezes infantil, que esmola ou assalta, que se prostitui, que se vicia, que se alimenta de cola, crack, cocaína ou maconha e que vai constituir o nosso futuro. Imaginem que futuro. Foi isso o que tentei dizer na televisão, mas como diante das câmeras consigo ficar mais burro do que escrevendo, deve ter saído o contrário.

Em compensação, quando acabei e os refletores foram desligados, li o laudo da ressonância magnética que ficara pronto. Uma boa notícia, ou quase. Ao contrário do que o Tutty andava espalhando, que eu nunca mais iria voltar a jogar, nem nessa, nem na próxima Copa, vou poder pelo menos continuar andando no calçadão. Meus meniscos estão intactos. Ou, nas palavras do laudo, "não há evidência de lesão meniscal". O que há na verdade é um "discreto edema no platô tibial interno, de aspecto inespecífico e estiramento do ligamento colateral interno". Coisa boa. Vou levar o resultado para o dr. Guilherme, mas ele já disse por telefone para eu não me preocupar. Nem eu nem a seleção.

15 de março de 2004.

DUAS VIAGENS
AO PASSADO

09.Set.2003 No meio da semana passada eu me encontrei com Armando Nogueira e Sérgio Augusto para falar de jornalismo; no fim de semana eu já estava em Natal com Ancelmo Góes e Lula Vieira participando de um seminário sobre comunicação. Na verdade foram duas "viagens": uma à década de 50, aos anos dourados, e outra aos anos 40, à II Guerra Mundial, quando a capital do Rio Grande do Norte foi ocupada por tropas americanas. Calma, me explico rápido.

Armando está preparando uma autobiografia, mas de forma original. Reúne em grupos amigos e colegas para entrevistá-lo sobre um aspecto ou fase de sua vida profissional. O processo, além de não se fiar na própria memória, que é sempre traiçoeira e seletiva (a gente acaba se lembrando só do que quer), vai resultar num livro mais plural e variado: a biografia não de um personagem apenas, mas de uma geração ou época.

A Sérgio Augusto e a mim coube participar da rodada sobre texto, que é um dos campos em que Armando atua como craque. Criado na imprensa escrita (com redundância e tudo), ele migrou depois para a televisão, implantando o telejornalismo moderno. Mas naquela noite os três parecíamos mais interessados nos anos 50, quando ocorreram as reformas fundadoras do que de melhor se pratica hoje na imprensa brasileira.

Contemporâneos das revoluções culturais que ocorriam em outras áreas, o *Diário Carioca* de Pompeu de Souza, a *Tribuna da Imprensa* de Carlos Lacerda e, um pouco mais tarde, o *Jornal do Brasil* de Odilo Costa, filho, fizeram com o jornalismo o que a Bossa Nova fez com a música, Brasília com a Arquitetura, o Cinema Novo com o cinema, o Arena e o Opinião com o teatro, Pelé e Garrincha com o futebol. Afinal, eram os anos JK.

Armando sempre atuou "Na grande área" (eterno título de sua coluna), dando dignidade ao texto esportivo, que então só perdia em mau gosto para o policial, mas foi também *copy desk* ou "reescrevedor", uma função que não existe mais nas redações (pelo menos como no começo) e que consistia em dar forma final ao texto do repórter, que em geral escrevia muito mal – fosse "penteando", quer dizer, corrigindo e cortando, fosse escrevendo outro texto com as informações ali contidas.

Com o tempo a prática foi se degenerando e o *copy* passou a ter uma autonomia que quase dispensava o repórter.

Distante do acontecimento, ele acabava criando uma matéria que às vezes nada tinha a ver com o que fora visto por quem presenciara o fato, sem falar que seus recursos estilísticos se tornaram clichês e retórica batida. Mas durante uma boa época o *copy*, formado em geral com os "melhores textos da praça", como se dizia, foi fundamental para unificar a linguagem jornalística, dando-lhe um padrão de qualidade e excelência estética que se desenvolveu e aprimorou até tornar-se um verdadeiro gênero narrativo.

Depois de uma noite agradável quanto um belo texto (Armando cuida do vinho com o gosto com que trata o idioma), concordamos os três em que há hoje uma crise da palavra escrita. Mas como estou com pressa para chegar a Natal, proponho deixar isso para os jovens colegas resolverem, até porque – Sérgio não, que é uma criança – Armando e eu estamos mais pra lá do que pra cá.

Não foi a primeira vez que visitei Natal, uma cidade que sempre me lembra o Rio ameno dos anos 40/50 – pela natureza, mas também pela paisagem humana. Que gente simpática e acolhedora! A diferença agora é que Mary e eu estávamos com Tina/Ancelmo, Silvana/Lula e Luciana/Aldo, e melhor companhia não há. Com eles comi uma paçoca e um risoto de carne-de-sol que, desconfio, nos serviram por engano. Na verdade, estavam reservados para os deuses.

Tudo ao som de casos igualmente deliciosos sobre uma história que me fascina: a da presença americana ali. Não sei, mas talvez tenha sido a primeira ocupação militar dos EUA a não gerar ódio; ao contrário, contribuiu para o processo civilizatório da cidade. Se Natal em termos de costumes é hoje cosmopolita e liberal, como dizem seus orgulhosos moradores, deve-se muito à herança comportamental desse encontro civilizado.

Pode-se imaginar o que significou aquela invasão de 20 mil soldados louros, fortes, de olhos azuis e bolsos cheios de dólares numa terra com 40 mil habitantes. Um gringo para cada dois moradores e provavelmente muito mais para cada moça solteira escolher. O resultado é a quantidade de olhos azuis e verdes na cidade. Conheci uma senhora em cuja família há um Roosevelt, um Franklin e um Wallace. Wiclef Xavier era o garçom que nos servia no hotel, em homenagem ao personagem de *O morro dos ventos uivantes*.

Há ainda a versão que é pena não ser verdadeira – a de que forró vem não de forrobodó, mas de *for all*, o baile que o comando da base americana oferecia "para todos", com o fim de promover a confraternização entre invasores e moradores. Mas as histórias mais divertidas são as de um certo Zé da Areia, malandro bem brasileiro que descobriu maneiras espertas de tapear os gringos como, por exemplo, vender filhote de urubu, que é branco, como ave rara.

Bons tempos aqueles em que os americanos atraíam o humor e a simpatia, não as bombas dos povos ocupados.

5 de novembro de 2003.

UMA EXPERIÊNCIA E TANTO

29 Jul.2003 Depois do artigo de Tutty Vasques na *Veja-Rio* e de Ricardo Calli aqui no *No Mínimo*, eu não teria mais nada de inteligente a dizer sobre o documentário *Paulinho da Viola – meu tempo é hoje"*, de Izabel Jaguaribe, com participação minha no roteiro. Tutty foi o primeiro a perceber o que havia no filme além da música, do cotidiano e do pensamento do compositor: "a sensação de que, sob os escombros do noticiário, toda aquela coisa maravilhosa que conjugamos no passado continua presente na cidade".

Esse foi o seu grande saque. Diante de tanta baixaria, mazelas e violência, a gente acaba achando que é só isso que existe no Rio atual e que o que era doce acabou-se. Graças a Paulinho, redescobre-se algumas das maravilhas que ainda estão por aí e que Tutty enumera: "camaradagem, gentileza, malandragem, esperança, gingado, dignidade, espontaneidade, gargalhada, mais a Pedra da Gávea, a feira livre de Oswaldo Cruz, os sobrados de Botafogo, a Velha Guarda da Portela, os manguezais de Guaratiba, o pagode de Xerém, o restaurante Penafiel, o salão de bilhar, o Parque Lage, a cachaça e, sem preconceitos, Marina e Marisa aos montes". Pena eu não poder citar o texto todo. Afinal quem está ganhando para escrever este artigo sou eu, não ele.

Já Calil preferiu dirigir o foco para o compositor, cuja vida e obra ele conhece muito bem. O melhor de seu artigo foi a revelação do que há por trás das aparências do nosso Príncipe: "Tem um discurso bem articulado, mais sugestivo que conclusivo, de uma sabedoria quase zen. Mas é um entrevistado precavido. Ele guarda seu mundo com a rara virtude do recato". Calil acha que, como Tom, Paulinho sintetiza "um ideal de brasilidade: a sofisticação disfarçada de simplicidade, a elegância sem ostentação, a delicadeza no convívio cotidiano".

Em tempos de "evasão de privacidade" (Tutty), de escancaramento, em que tudo é explícito, óbvio, sem nuances, essas virtudes apontadas por Calil são realmente admiráveis. De perto, Paulinho é normal. Tudo o que de bom se imagina a distância encontra-se ao aproximar-se dele. Não tem estrelismo, histeria, surtos de vedetismo, nada. Olha que fazer filme é um processo estressante e que Izabel é uma diretora exigente, perfeccionista e, com todo respeito, tirânica. Pois bem: não flagrei nele durante os mais de dois anos em que convivemos um gesto de irritação, uma palavra áspera, um muchocho – e participei de quase todas as filmagens.

Aliás, se eu tenho a audácia de escrever sobre o documentário depois do Tutty e do Calil, é só para falar do que eles não têm a menor idéia e vão demorar muito a ter: como é a aventura de um velho aprendendo uma nova... já ia dizer profissão... uma nova atividade. A primeira descoberta para um venerando iniciante é que documentário não é necessariamente reportagem. Podem coincidir em alguns pontos, mas as diferenças são essenciais. O jornalista tem obrigações técnicas que o documentarista não tem.

Enquanto o repórter precisa responder às perguntas quem, como, onde, quando, por que, o documentarista tem liberdade de escolher um aspecto em detrimento de outros. No caso de *Meu tempo é hoje*, por exemplo, optamos por não fazer uma biografia e nem incluir fofocas, o que explica a ausência de referências ao episódio dos cachês do *show* do *réveillon*. Além de desnecessários, eles seriam um desrespeito a quem é incapaz de uma grosseria, de um gesto brusco ou mesmo de uma simples deselegância.

Dificilmente se poderia fazer uma reportagem sobre Paulinho da Viola falando apenas do tempo em sua obra e em sua vida. Os dados biográficos (onde, como e quando nasceu, nome completo, quantos filhos, irmãos etc.), os fatos e incidentes se imporiam e impediriam a opção preferencial por apenas um tema. No documentário, porém, pode-se tudo – só não se pode ser chato.

O mesmo em relação à forma. O maior acerto da diretora, a meu ver, foi resistir à tentação de flertar com o gosto pós-moderno, querendo reinventar a roda para parecer de vanguarda. A linguagem é clássica como clássica é a música de Paulinho que, parodiando Drummond, não é moderno nem pós-moderno, mas eterno. Como não poderia deixar de ser, porque não descobriram solução melhor, ela intercala depoimentos e números musicais. Já imaginaram se, para ser diferente, ela resolvesse agrupar em dois blocos – um só de músicas e outro de depoimentos?

A razão pela qual o filme foi aplaudido nos seis cinemas em que foi exibido no fim de semana no Rio é, evidentemente, Paulinho da Viola e sua música. Os dois são irresistíveis. Mas não há dúvida também de que a maneira como Izabel Jaguaribe conseguiu captar isso e transmitir ao público deve ter ajudado. Para mim foi uma experiência e tanto.

29 de julho de 2003.

POR QUE TANTO MEDO DELAS?

O avião estava quase chegando ao aeroporto Santos Dumont, quando o piloto advertiu que devíamos apertar o cinto, fechar as mesinhas e não nos levantarmos, porque ia haver turbulência. Minha mulher dormia sob efeito do indispensável Lexotan, mas eu, lépido e fagueiro (meu mecanismo de defesa é pela evasão: simplesmente não me imagino voando), continuava fazendo anotações para essa crônica num caderno escolar que carrego sempre comigo. Na tela, as informações de praxe: velocidade de 327 km/h, altitude de 1.074 m, temperatura exterior de 10°. Tudo indicava ser o começo de momentos de suspense e apreensão.

Como esse era o quarto vôo que fazia pela TAM, na mesma semana em que dois aviões já haviam feito pouso forçado (sem falar num terceiro, de outra companhia, que caiu no Acre), achei que me aguardava uma aventura cheia de lances emocionantes: o avião despencando, eu sobrevivendo milagrosamente, depois contando na televisão como, sozinho, nadando num mar revolto, tinha conseguido salvar uma porção de gente. Ou então não sobreviveria, mas o caderno "Lala", com um desenho infantil na capa e o Hino Nacional na contracapa, seria encontrado entre os destroços com as minhas últimas anotações, que eu destinaria com exclusividade aos leitores de *No Mínimo*, em troca de um bom obituário feito pelo Tutty Vasques.

Estava tudo preparado, mas o que houve foi um solene e decepcionante anticlímax: não aconteceu nada, absolutamente nada. O avião quase não balançou, Mary nem sequer segurou minha mão, quem estava lendo continuou lendo e descemos sem ter o que contar. Tive vontade de ir à cabine cobrar do piloto a promessa que ele fizera: "O sr. não ameaçou que haveria turbulência? Cadê?"

Preferi não perder tempo e vir para casa arranjar um outro tema. Como disse, fiz quatro vôos entre quinta e segunda-feira, dois para ir e dois para voltar. Primeiro, a Campo Grande, Mato Grosso do Sul, para a exibição de um documentário que Izabel Jaguaribe e eu fizemos juntos. O sábado e o domingo passei em Brasília, participando da 21ª Feira do Livro.

O encontro e reencontro de pessoas, as amizades que se fazem em 48 horas são o que há de bom nessas viagens, em geral monótonas e cansativas. Como se explica, por exemplo, que se leve, como levei, cinco horas e meia para chegar a Campo Grande, contando o tempo de vôo e espera nos aeroportos? Quase que daria para ir a Miami.

Bem, mas vamos aos fatos. Encontrei e reencontrei muita gente interessante nessas duas cidades e trouxe muitas impressões de viagem, das quais selecionei duas para dividir com vocês. Ambas têm a ver com a condição feminina, pela qual, não sei se já repararam, me interesso muito. A primeira é de Campo Grande. Eu estava no carro com três novas amigas, cujas idades variavam entre 30 e 40 anos. Digamos que uma tivesse menos que 30, a outra um pouco mais e a terceira em torno de 40. Descomprometidas, independentes, atraentes, inteligentes e interessantes, as três reclamavam da "falta de homem na cidade".

Elas me explicaram que, quando aparece um cara

legal, ou é gay ou é casado ou então tem medo de estabelecer relação com mulheres como elas, emancipadas e decididas. Essa terceira categoria é a que mais as intrigava. As duas primeiras, afinal, significam opções preferenciais. Contei que já ouvira queixas parecidas de amigas cariocas: no Rio era a mesma coisa. (Só depois soube que a Debora Secco se queixou do mesmo mal no programa do Serginho Groisman: está sozinha. Imagine, um mulheraço daquele! Mas por isso mesmo, porque não consegue uma companhia à altura.

A mais experiente das minhas novas amigas, executiva determinada e competente, citou como desastroso exemplo o caso ocorrido com ela, quando quis aplicar a transparência e objetividade que usa nas relações profissionais para um caso amoroso que prometia começar. Percebendo que ela e o provável parceiro estavam sem dúvida nenhuma a fim – ele, então, todo galante e sedutor – resolveu apressar um pouco os trabalhos. "Fulano", disse para o pretendente. "Não dá mais para disfarçar esse clima de interesse mútuo que está rolando entre nós. Vamos assumir logo". Pra quê? Talvez eu esteja sendo grosseiro. Ela foi mais fina e sutil. De qualquer maneira, não adiantou. Ele se mandou apavorado, nunca mais. E ela não pretendia nada sério, nenhum compromisso, apenas um namoro sem conseqüência. Mesmo assim, ele amarelou.

Tentamos várias respostas para o fenômeno, e eu cheguei a arriscar uma hipótese: disse que, para variar, a "culpa" era delas. Quem manda crescer tanto? A verdade é que a mulher moderna avançou demais pelas próprias pernas, deixando o homem pra trás. Inferiorizado, amedrontado, ele se sente ameaçado. "O pior", disse uma de minhas interlocutoras, "é que eles têm um discurso liberal, avançado, adoram mulher independente, auto-suficiente, senhora de si. Contanto que seja a distância. De perto, querem mesmo é a mulherzinha dominada e dependente". Não sei se o diagnóstico está certo e se a culpa é mesmo da emancipação feminina, mas que o mal existe, existe.

O que aconteceu em Brasília tem a ver com o tema, mas fica para outra ocasião.

15 de março de 2004.

ONDE TUDO COMEÇOU

Não conhecia o sul da Bahia, a Costa do Descobrimento, a sede do mito edênico, ali onde se deu a primeira visão do paraíso, onde tudo começou, onde Caminha se deslumbrou com a paisagem física e se excitou com a paisagem humana, isto é, com as moças nuas: "Nem fazem mais caso de encobrir ou de deixar de encobrir suas vergonhas do que de mostrar a cara (...) E suas vergonhas são tão altas e tão cerradinhas e tão limpas das cabeleiras que, de as nós muito bem olharmos, não se envergonhavam".
Por essas e outras é que Gilberto Freyre escreveu: "O europeu saltava em terra escorregando em índia nua. Os próprios padres da Companhia de Jesus precisavam descer com cuidado, senão atolavam o pé em carne". Vi esse olhar em muitos estrangeiros que encontrei no fim de semana no Club Med de Trancoso. Um deles, um coroa francês, se demorou olhando tão perdidamente por um corpo moreno que passava (seria de uma índia?) que, tenho certeza, deve ter mandado um e-mail para algum amigo repetindo a carta de Pero Vaz: "E era tão bem feita e tão redonda, e sua vergonha tão graciosa, que a muitas mulheres de nossa terra, vendo-lhe tais feições, envergonharia, por não terem as suas como ela".

Nesse momento em que o império do mal tenta impor pela força o *american way of life*, é revigorante voltar à Bahia, reencontrar sua gente, sua maneira de ser, seu ritmo em câmera lenta, desestressar-se, nada de pressa, mergulhar naquele tempo que não termina. Não há quem não volte com histórias ilustrando esse saudável choque de civilização. Um médico conhecido, que reencontrei por acaso na praia, fora na véspera a um restaurante de frutos do mar, olhou o menu e escolheu:
– Quero esse peixe aqui.
– Peça esse não, peça o de cima.
– É melhor?
– Não, mas o que você pediu dá muito trabalho.
Era um baiano tão simpático que o freguês acabou aceitando a troca. Outro forasteiro contou que pediu uma laranjada e recomendou que não pusessem açúcar, adoçante, nada. Quando o pedido foi atendido, meia hora depois, o copo veio com uma camada de dois dedos de açúcar no fundo.
– Mas eu não te disse que não queria açúcar? Eu recomendei tanto!
– Mexe não.
Para ele não havia nada mais simples: era só não agitar o líquido. Por que se estressar? Outra:
– Pedi uma salada de frutas há 40 minutos. Como é possível tanta demora? É só pegar as frutas!!
– Mas tem que cortar, meu rei.
Eu mesmo vivi uma situação igualmente engraçada. Cansados de andar pela praia, minha mulher e eu desistimos de voltar pela escada, muito íngreme, que leva até o alto de uma das falésias também descritas por Caminha ("...grandes barreiras, umas vermelhas e outras brancas"). Resolvemos andar um pouco mais e pegar a van que ficava estacionada, segundo informações, "ali, a 500 metros"; saía de meia em meia hora. Na verdade, nos arrastamos por

mais de um quilômetro para encontrar o estacionamento, e ainda por cima sem carro. Lá pelas tantas, travou-se o seguinte diálogo com o responsável pelo serviço:
– Estamos aqui há mais de uma hora e nada de van.
– Se avexe não, ela já foi há 15 minutos.
– E quanto tempo leva daí aqui?
– Cinco minutos.
Contive o riso e a irritação e perguntei:
– Será que houve algum enguiço?
– Não, é assim mesmo.
– Mas você não disse que levava cinco minutos?
– É, então deve levar mais.
Desistimos, relaxamos, sentamos no bar da praia e tomamos uma água de coco. A dona, prestativa, simpaticíssima, quando soube do acontecido, veio nos consolar: "se estressa não. Vocês estão na Bahia". Depois, pediu a uma amiga para o marido levar-nos de Bugre. Subimos, eu atrás, agarrado no santo-antônio, e partimos. No meio do caminho, quem aparece indo nos buscar? A van, a tal que "sai de meia em meia hora". Trocamos de carro e partimos. Sem estresse, claro. Bastava lembrar que naquela hora parte do mundo estava pegando fogo e nós ali redescobrindo o paraíso. É bem verdade que com uma certa lentidão.

24 de março de 2003.

BONITO POR NATUREZA

*E*stou exatamente a 1.444 km do Rio de Janeiro e a 1.200 de São Paulo, como se fosse uma ilha, cercado de água por todos os lados, numa das mais impressionantes áreas naturais de lazer aquático do mundo. É uma espécie de paraíso ecológico situado ao sul do Pantanal de Mato Grosso do Sul e chamado não por acaso Bonito. A cidade em si não tem nada de mais; mas o entorno, e aí se incluem também os municípios de Bodoquena e Jardim, é um deslumbramento só.

Como vim a trabalho, para participar de um seminário, não pude usufruir dos cerca de 30 roteiros que as agências de turismo oferecem. São passeios a cachoeiras, rios, lagos, grutas, cavalgadas, rapel, escaladas, *rafting* em nível leve, espeleoturismo... está cansado? Pare, descanse, porque tem muito mais. Eu é que não posso dar conta: precisaria de muitos dias e muito espírito de aventura para cumprir todos os programas à disposição.

Para quem gosta dessas coisas, eu recomendo enfaticamente uma vinda até aqui, porque é um dos poucos ecossistemas que, mesmo servindo ao lazer, consegue manter-se preservado. Parece permanecer intocado, virgem. Visitei umas três nascentes de rio cujas águas cristalinas, transparentes eram com certeza mais puras do que a que sai do meu filtro. Aquela água brotando misteriosamente ali do chão tinha cara de começo de mundo.

Além da natureza, há que apreciar também a organização, a ordem e o rigor com que são feitos os passeios e incursões. Já ia dizer "parece que a gente não está no Brasil", mas percebi que é uma frase cheia de complexo de inferioridade. Pelas trilhas, rios e caminhos por onde se passa não se vê um detrito, um resto de comida ou lata de refrigerante.

O controle dos passeios e visitas é rígido. Os grupos são limitados, obedecem a horários marcados antecipadamente e há lugares, como grutas, em que não se pode nem falar alto. Num dos programas mais recomendados – que não completei porque achei que a água devia estar muito fria, embora me dissessem que a roupa de neoprene me protegeria – não se pode bater com os pés nadando e nem pisar no fundo do rio para não levantar areia e espantar os peixes. Trata-se da "flutuação" no aquário natural da Baía Bonita, que é na verdade um rio de 900 metros que você desce boiando, vestido com roupa e máscara de mergulhador, acompanhado sempre de um guia. Para isso, você recebe antes treinamento e orientação numa piscina. Quem já "flutuou" garante que é como se estivesse voando sobre os peixes, que há em tanta quantidade que, se fosse permitido, a gente pegaria aos montes com a mão.

Se eu tivesse a saúde, a juventude e o gosto ecológico de Marcos Sá Corrêa, teria me arriscado no Abismo Anhumas, uma descida de 72 metros em rapel que leva a um lago do tamanho de um campo de futebol. É um prato para os praticantes de mergulho livre e autônomo, que descem em meio a esculturas naturais em forma de cone com até 16 metros de altura.

Por covardia perdi isso, mas em compensação desci aos 100 metros e 320 degraus irregulares da Gruta do Lago

Azul. Não só desci como subi de volta, o que é um feito. Muitos não completam a descida, ficando no meio do caminho à espera dos companheiros, e já houve o caso de idosos que tiveram que ser carregados. O passeio vale todos os sacrifícios, se é que se pode falar assim. Porque o espetáculo de descida é quase alucinógeno: é um milagre que aqueles estalactites da finura de agulha que descem do teto da gruta possam se sustentar como se fossem gotas interrompidas.

Com a ajuda do guia, a gente vai vendo coisas. A figura que se formou num canto da parede da caverna é uma mulher com cabelos grandes. Do lado, o perfil de um homem. Mais adiante surge um gigantesco falo. A escultura que parece um cactus é uma espécie de tótem que deve ter três mil anos. E por aí vai. Uma viagem!

A chegada ao lago é outro delírio. Não deixa de ser um mergulho ao centro da Terra. O azul daquela água eu nunca vi em lugar nenhum, nem na natureza nem na arte. É inacreditável. O mais incrível é que não é azul coisa nenhuma: é pura refração, ilusão de ótica. Se você pudesse pegar um pouco da água (só se pode chegar a uma determinada distância desse lago), veria que ela é como qualquer outra água.

Fim da viagem e volta à real. A subida é penosa: exige não só resistência, como calma, paciência para não se afobar. O segredo é respirar fundo, parar antes de ficar muito cansado, ir subindo aos poucos, assim. Pronto. A chegada lá em cima uma hora e meia depois da descida, ofegante mas inteiro, é também um pequeno milagre da natureza. Quem puder que faça como eu.

16 de julho de 2003.

DE VOLTA À SACRA PENSÃO DO CARDEAL

Quando o cardeal não estava perto, a gente chamava o lugar de "Hotel do Sumaré" ou "Pensão do Cardeal", e se comportava como adolescentes em internato no dia de folga do bedel. Fazia-se tudo a que não se tinha direito: uísque escondido, brincadeiras de mau gosto, papo até o sol raiar. Renato Archer já sabia que, de madrugada, era ele quem devia carregar o Castelinho de porre para o quarto. Os outros, em estado etílico semelhante, se viravam sozinhos.

Não era uma pensão, mas um *hotel* – enorme, com uma excelente comida caseira, sem luxo e com um conforto que se poderia chamar apropriadamente de ascético. Chegava-se às sextas-feiras no fim da tarde e só se saía no domingo. De noite, aquela farra que o cardeal fingia não perceber, mas já às 7 da manhã ele punha todo mundo de pé. Durante o dia, discutiam-se os problemas do país. Na época em que reunião de mais de duas pessoas era, para os militares, subversão, aquele espaço funcionava como um território livre.

Com a indulgência plena do cardeal, podia-se falar mal de tudo, às vezes até da Igreja. Depois, a platéia se dividia em pequenos grupos, ou "comissões", aprofundava a discussão e tirava conclusões. Tem um certo Brasil guardado nesses documentos. Passaram por ali, durante os últimos 20 anos, centenas de intelectuais e líderes políticos e comunitários de variadas tendências, crenças e ideologias.

Os *livros de ponto*, onde cada um assinava o nome ao entrar, formam um índice onomástico que, se caísse na mão da polícia, deixaria um vazio cultural na cidade.

Estive lá essa semana – no Centro de Estudos e Formação do Sumaré – para participar de um seminário, um pouco como antigamente. As caras são quase as mesmas, há muitos novatos, é verdade, mas os tempos mudaram. Dessa vez não se dormiu na Pensão do Sumaré e, a pretexto de se discutir "O Rio na virada do século", debateram-se temas predominantemente sociais: exclusão, integração, cidadania, violência urbana. Não mais arbítrio, autoritarismo, participação política, liberdade de expressão, redemocratização.

À parte, baixinho, D. Eugenio lembra os anos de chumbo: "Na verdade, para ser justo, eles nunca me molestaram", admite, rindo das heresias políticas que cometia. Na verdade mesmo, "eles", os militares, nunca desconfiaram que o cardeal – logo ele, tido como de direita – andava escondendo perseguidos políticos daqui e até tupamaros do Uruguai, além de promover encontros de intelectuais.

Será que daqui a 20 anos vai-se olhar para trás com essa mesma sensação de que se conseguiu atravessar o túnel apesar dos pesares? Ou se vai chegar à conclusão de que a agenda daquela época era pinto perto da de agora? Será que se vai dizer no futuro que conquistar liberdade é fácil, difícil é alcançar justiça social?

É bem legal ter agora um presidente otimista que diz ser fácil governar o Brasil, embora não se entenda como pode ser fácil administrar um país que não consegue matar a fome de 30 milhões de pessoas. Enfim, deixa pra lá. O que importa é que agora, e viu-se isso no Sumaré, ninguém está a fim de tirar o corpo fora do problema.

Naqueles tempos, reivindicar liberdade era coisa de subversivo. A oposição achava que havia democracia de menos, mas os militares achavam que havia de mais e, mesmo entre os civis, havia quem considerasse haver a dose suficiente. Hoje, ninguém é capaz de achar que há justiça social satisfatória.

Esquerda e direita, se é que ainda existem, devem ter aprendido muito ao longo desse caminho. Nessa altura já sabem que a liberdade individual supõe uma economia de mercado, mas sabem também que o mercado não pode ser um fetiche cuja lógica seja a exclusão. Em lugar nenhum do mundo se conhece exemplo de que a miséria tenha construído um mercado ou uma nação.

Como disse alguém no seminário do Sumaré, "no Brasil não se trata mais de ficar discutindo se se deve dobrar à direita ou à esquerda, quando as setas da sensatez indicam que o melhor caminho é mesmo o principal – aquele que leva à inclusão, ou seja, a um modelo econômico-social que não sacrifique a maioria para assegurar a propriedade da minoria. Até porque a concentração leva à desigualdade e a desigualdade social, quando iníqua, leva à exclusão e a exclusão leva ao apartheid – e apartheid, como se sabe, seja o racial ou seja o social não tem futuro, nem para a direita nem para a esquerda".

16 de setembro de 1995.

O HOMEM QUE
VIROU LIVROS

Não sei se vocês já viveram a experiência que vivi recentemente, tomara que sim, porque será mais fácil me compreender. Ao contá-la, corro o risco de passar por cabotino, mas não resisto. Ela mexeu demais comigo para que não a divida com mais gente. A verdade é que fui objeto de uma dessas homenagens que em geral se prestam aos mortos, e eu garanto que não estava nessa condição. Pelo contrário, estava vivinho da silva, com meus sinais vitais em pleno funcionamento.

Assim foi que num belo dia me transformei em biblioteca, ou melhor, dei nome a uma biblioteca: o "Salão de Leitura e Biblioteca Zuenir Ventura", da Escola Técnica Estadual Adolpho Bloch, aqui no Rio, ali em São Cristóvão, perto da Mangueira e do Maracanã.

Para quem ama os livros e tem com eles uma relação quase erótica, para quem vive de escrever, não há glória maior. Já estou me sentindo cheio de estantes por dentro, coberto de volumes, cercado de jovens abrindo minhas páginas, me devorando. A vontade é plagiar aquele livro do neurologista inglês Oliver Sacks, "O homem que confundiu sua mulher com um chapéu", e escrever a minha história: "O homem que virou uma porção de livros".

Tudo começou quando fui dar uma palestra naquela

escola de ensino médio que prepara técnicos para a área de comunicação – operadores de som, de áudio, câmeras etc. Achei que conversaríamos apenas sobre esses temas. Qual não foi minha surpresa ao ser bombardeado com perguntas sobre globalização, internet, neoliberalismo, política, Brasil, imprensa. Durante umas duas horas tive que me virar para atender à curiosidade daqueles quase 200 alunos com idades entre 16 e 19 anos, moradores pobres de lugares distantes e de difícil acesso. Os meninos eram umas feras. Quando manifestei minha surpresa em relação à seriedade da galera e ao seu alto nível, veio a inesperada pergunta: "Se você está gostando do nível da turma, por que não escreve uma crônica sobre isso?"

Disse que era chato fazer assim de encomenda e que, além do mais, não podia ficar falando de cada escola onde dava palestra. Alguém argumentou que era uma pena perder essa oportunidade, já que o ensino público era em geral tão criticado. Por que não falar bem quando algum exemplo merece? Ou a imprensa só se interessa mesmo pelo que não presta? Não cedi na hora, mas pedi que cada um botasse no papel as perguntas que me haviam feito. Em casa, me dei conta de que não podia deixar de tratar do tema.

Era um momento em que a geração pit-boy dominava as páginas da imprensa com seus atos de violência e crueldade: filhinhos-de-papai, lutadores de jiu-jítsu e mauricinhos que apareciam ora espancando os mais fracos e brincando de atirar em homossexuais, ora se matando em roleta-russa e queimando índios para se divertirem.

"Daí a surpresa quando se encontra o oposto", eu escrevi, "e onde menos se espera – entre jovens vivendo em condições sociais e econômicas desfavoráveis, em meio a dificuldades materiais que poderiam até justificar desvios de conduta. Não se costuma dizer que a pobreza e a miséria são responsáveis pela violência?"

Além de me pôr em contato com jovens do outro lado da cidade e da vida, minha ida à Adolpho Bloch confirmou o que eu já observara em outras escolas: à frente de uma turma dessas ou atrás de um jovem leitor há sempre uma professora ou professor fornecendo emocionantes exemplos de desprendimento e abnegação.

Pois foi um desses exemplos, o professor André Dias Lima (ele não vai gostar de ver seu nome citado, alegando com razão que é um trabalho coletivo que inclui alunos, outros professores e funcionários), que me ligou há tempos falando da idéia da biblioteca, que estava em processo de formação: tinha mandado cartas para as editoras solicitando doações de livros, mas nem todas atenderam (não é absurdo um editor se negar a contribuir num projeto que vai estimular a leitura?).

O fato é que ele insistiu, ralou, se virou e finalmente inaugurou a biblioteca com cerca de 1.200 volumes. E eu lá entre eles, todo prosa, feliz como pinto no lixo. Primeiro, as homenagens no auditório lotado, depois a inauguração, junto com o lançamento da revista literária *Ave Palavra*; em seguida, salgadinhos e refrigerantes, e o tempo todo manifestações de afeto. Haja coração!

A cerimônia toda valeu como um daqueles testes de esforço que a gente faz numa esteira rolante para avaliar o desempenho do nosso sistema cardíaco, sede das emoções. Se ainda estou aqui escrevendo, é porque acho que fui aprovado.

27 de fevereiro de 2004.

ETA SÉCULO!

*Os riscos de comparar o que ficou para trás
com o que ainda está aí.*

De todos esses finais a que estamos tendo o privilégio histórico de assistir – do ano, da década, do século e do milênio – o mais emocionante talvez ainda seja o do século (já sei que uma chuva de e-mails vai protestar explicando que nada termina agora, só no ano que vem, que não existe ano zero etc., etc., e todos esses argumentos cheios de razão, mas que não vão mudar as comemorações antecipadas).

O ano e a década estão muito próximos; os acontecimentos do milênio, ao contrário, parecem muito distantes. O século, sim, é a medida certa: nem presente, nem passado demais. Além do quê, não é todo dia que a gente tem a chance de poder comparar dois momentos crepusculares tão importantes: o que se está vivendo agora e o fim do século XIX – o nosso e o famoso *fin-de-siècle* europeu, uma referência sempre mítica, principalmente depois que o clássico *Viena Fin-de-siècle*, de Carl E. Schorske (Companhia das Letras), se transformou em surpreendente *best seller* também no Brasil dos anos 80.

Laboratório da modernidade, usina de inovação na música, na psicanálise, na arquitetura, na filosofia, na pintura, *point* cultural de alguns dos espíritos mais inquietos e criadores de então – Freud, Wittgenstein, Schoemberg, Gustav Klimt, Alma Mahler, a irresistível mulher de Gustav e musa de Gropius, Kokoschka, Werfel – a Viena *fin-de-siècle* resumiu os contrastes de um mundo que, em meio a uma luminosa efervescência artística e cultural, desenvolvia o seu lado de sombras, preparando um tempo de guerras. Enquanto isso, o Brasil também chocava o seu ovo de serpente. Como mostrou José Murilo de Carvalho em *Os bestializados – O Rio de Janeiro e a República que não foi*, nosso clássico sobre o *fin-de-siècle* brasileiro, o país viveu um dos tempos mais conturbados de sua história contemporânea. A primeira década da República e última do século foi de dramáticas dificuldades – de guerras, levantes e revoltas. As epidemias de varíola, febre amarela, malária e tuberculose apavoravam a cidade e manchavam sua imagem. O anúncio de uma companhia de viagem advertia: "Trânsito direto para Buenos Aires, sem passar pelo Brasil e pelos perigosos focos de febre amarela da cidade do Rio de Janeiro".

"Nos meses de maior calor", conta José Murilo, "o corpo diplomático fugia em bloco para Petrópolis (...). O governo inglês concedia a seus diplomatas um adicional de insalubridade pelo risco que corriam representando Sua Majestade."

Esses derradeiros anos do século XIX, ricos de mudanças, deitaram raízes que até hoje dão frutos (muitos, podres). O país decretou a Abolição, livrando-se do estigma de última cidadela escravocrata, mas lançou uma massa de deserdados nas ruas, de onde não saíram até hoje. Proclamou-se a República, mas o povo continua assistindo a tudo mais ou menos bestializado.

Em 1897, uma expedição vingadora do Exército arrasou Canudos, aniquilou os rebeldes de Antônio Conselheiro, torturou, degolou, eventrou, cometeu as maiores atrocidades, inaugurando em larga escala uma prática que 100 anos depois se banalizaria no varejo, tornando-se rotina nas cidades e no campo: a chacina.

Como se não bastasse, o governo pegou os retornados mais pobres dessa guerra, os de baixa patente, e os empurrou para o morro da Providência. Ali, um pouco depois, com a ajuda dos excluídos do plano de urbanização de Pereira Passos, seria criada a primeira das mais de 600 favelas que hoje cercam a cidade.

Alguns outros sinais davam conta do estado de espírito do país. Por ocasião da viagem do presidente Campos Salles à Argentina, em 1900, o poeta Olavo Bilac escreveu uma crônica sobre Sebastianópolis, nome que dava ao Rio de Janeiro, "uma cidade de pardieiros, habitada por analfabetos", com gente "em mangas de camisa e de pés no chão".

O cronista não se envergonhava de nossa miséria diante da Europa, porque aqueles países eram produtos de séculos de civilização e trabalho. "Mas reconhecer a gente que ali assim, a quatro dias de viagem, há uma cidade como Buenos Aires (...) isso é o que dói como afronta".

Mas era tudo assim? Um pouco mais de paciência e Bilac veria que nesse mesmo ano a cultura, senão o país, seria redimida pela pena de um colega seu, Machado de Assis, com a publicação de uma obra-prima, *D. Casmurro*.

É gostoso ficar comparando épocas, mas nada mais relativo do que comparar o passado, que a distância costuma ser melhor, com o presente, que parece sempre pior. Tudo depende do ponto de vista do observador. Corre-se sempre o risco de repetir o jornalista gaúcho que diariamente, depois do trabalho, contemplava o passar do tempo e suspirava: "Eta século de merda!". O pessimismo se explicava. Ele era redator de obituários.

1º de janeiro de 2000.

SOBRE UMA
CERTA INDESEJADA

Um fim de semana de chuva e de finados me leva a pensar num tema que está muito presente na literatura, mas é meio tabu no nosso dia-a-dia, pelo menos no de minha família, embora seja o mais óbvio e previsível de todos: a morte. Não sei se aconteceu com vocês, se é um dado da cultura nacional ou só familiar, mas desde pequeno ouvi que esse é um assunto que não se deve comentar. É como se falar dela fosse uma forma de atraí-la: "não pensa bobagem, menino", ouvi, quando no primeiro velório a que compareci, de um tio, manifestei curiosidade em saber se aquilo poderia acontecer comigo um dia.

Mesmo já burro velho, a interdição continuou e continua. Admite-se falar do sofrimento, que muitas vezes é pior do que a morte (temo mais ele do que ela), mas não da Indesejável, talvez porque ela seja o único acontecimento de fato irreversível da vida. Há algum tempo, compareci à cremação do pai de um amigo e achei o método muito prático e a cerimônia mais civilizada do que o enterro. Resolvi então pegar uma ficha de inscrição que estavam distribuindo.

Era uma folha impressa para eu assinar, autorizando que a minha carne virasse cinza – não naquele momento, bem entendido. Era uma maneira de não dar muito trabalho. Evitando a burocracia pós-morte, eu diminuiria a mão-de-obra dos que iriam ter a desagradável tarefa de cuidar de meu corpo. Já que não ia poder ajudar depois, ajudaria antes. Pra quê? Amigos presentes me chamaram de "mórbido". "Que idéia!" "Que mau gosto!". Guardei o papel e até hoje não preenchi.

Passei então a usar um expediente que tem dado certo, pelo menos em casa. Uma das melhores anedotas sobre a longevidade de Roberto Marinho atribuía a ele a suposta crença na própria imortalidade. Dizem que ele nunca falou "quando eu morrer", mas "se eu vier a morrer", ou melhor, "se eu vier a faltar". Assim, sempre que quero introduzir o tema numa conversa em família, começo fazendo a ressalva: "se eu vier a faltar". Minha mulher e meus filhos adquiriram a ilusão de que falando desse modo não vou faltar nunca.

Afirmei acima que o tema está "muito presente na literatura", mas aí desconfiei da afirmação e corri para conferir no *Dicionário Universal de Citações*, de Paulo Rónai. Encontrei então 148 citações falando de "morrer" e de "morte". Algumas me chamaram logo a atenção por serem de exaltação ou elogio. "A vida perderia toda beleza se não houvesse a morte" (Gogol) foi a primeira. Será? Como conferir isso? A gente morre sem tirar a prova dos nove.

Uma outra, de Leopardi, está na mesma linha e é até mais apologética: "A morte não é um mal: porque liberta o homem de todos os males, e juntamente com os bens tira-lhe os desejos. A velhice é o mal supremo: porque priva o homem de todos os prazeres, deixando-lhe os apetites, e traz consigo todas as dores".

Me lembro de ter estudado (mal) Leopardi no curso de Letras Neolatinas da antiga Faculdade de Filosofia e vou procurar socorro. Encontro no meu já encardido *Fundamentos de Literatura Italiana*, de Christian Bec, a explicação para essa história de que a velhice é o "mal supremo". Lá está: "os derradeiros anos são uma luta incessante contra a miséria". O próprio poeta, que morre em 1837, fala em "16 meses de noite horrível", sem admitir, porém, que suas opiniões filosóficas fossem "resultado dos meus sofrimentos particulares". Mas é evidente que o pensamento que aparece no dicionário de Rónai deve ter nascido da cabeça (ou do coração) de quem teve uma velhice muito infeliz.

Não estou entre os que acham que a Terceira Idade é a melhor fase da vida, mas também não é de jogar fora assim. Digamos que a meia idade seja merecedora de um meio elogio. Acho que Leopardi só tem razão nos casos em que a morte vem para libertar o homem de seus males, ou seja, quando é para livrá-lo de uma doença incurável, de um sofrimento sem fim. Claro que assim é melhor morrer. Mas isso em qualquer idade, não é uma questão etária.

Considero uma maldade negar a eutanásia a uma jovem, como vi outro dia na televisão, que prefere a morte a uma vida insuportável – que está implorando para ir embora, para deixar de vegetar. Isso é tão impiedoso quanto o que costumam fazer alguns médicos: manter uma pessoa já no fim da vida presa a uma cama, inconsciente, ligada por tubos e cujo único sinal de vida são os batimentos de um coração mantido artificialmente. É difícil encontrar motivo, além dos pecuniários (são expedientes caríssimos), para justificar uma prática tão inútil quanto rentável.

Termino com os versos que Paulo Rónai selecionou de Drummond: "Do lado esquerdo carrego meus mortos./Por isso caminho um pouco de banda".

3 de novembro de 2003.

DUAS MAL-AMADAS
SE ENCONTRAM

*A*s duas mantêm entre si relações de desconfiança – e, enquanto isso, a população desconfia de ambas. Justiça e imprensa, com queixas mútuas e em baixa junto à opinião pública, cujas pesquisas costumam lhes dedicar um profundo descrédito, resolveram se encontrar esta semana, cara a cara, para um cordial acerto de contas. Por iniciativa da Associação dos Magistrados e da Escola de Magistratura, vários juízes e jornalistas participaram de um seminário para discutir seus "encontros e desencontros".

Como era a primeira vez que isso acontecia, pelo menos dessa forma, as reuniões guardaram uma certa cerimônia e os participantes, cheios de dedos, pareciam pisar em ovos, não chegando a se dizer em *on* tudo aquilo que cada um pensa e fala em *off*. Jornalista adora se esconder atrás da *fonte;* e magistrado, atrás da liturgia e do latim.

Justiça e imprensa na verdade se temem – e o público suspeita das duas. Para ele, uma é lenta e usa dois pesos e duas medidas; a outra é apressada e leviana, Se uma às vezes parece não gostar de julgar, a outra gosta demais, a ponto de muita gente hoje preferir ser condenada pela Justiça do que pela mídia, sobretudo depois que esta descobriu que, a pretexto de investigar, podia também julgar.

Para início de conversa, o encontro foi bom. Se ele está longe de virar um "concubinato notório", como disse o jornal *Le Monde* sobre o que ocorreu na França entre as duas instituições para enfrentar a corrupção no executivo, serviu ao menos para estabelecer uma espécie de pauta para diminuir os "desencontros".

Por que Justiça e imprensa, que são complementares e absolutamente indispensáveis a uma sociedade democrática, se desencontram tanto se, afora os limites e métodos distintos, elas têm o objetivo comum de buscar a verdade? Há várias razões: algumas éticas, muitas técnicas e outras até idiossincráticas. "Juiz gosta de dormir na pontaria", disse um deles em sua palestra, mostrando, por exemplo, que uma decisão judicial não pode sofrer nenhuma pressão, nem mesmo do tempo, esse fator que escraviza o jornalista fazendo com que ele prefira errar o tiro a ter que cochilar, quanto mais dormir.

Do lado da Justiça, a ética exige rigorosa obediência "ao que está nos autos". Do lado do jornalismo, há uma ânsia incontrolável de ir "além dos autos", ou seja, atrás do inédito, do inexplicado, do ainda não formalizado. Juiz foi feito para pacificar conflitos; jornalista, para atiçá-los. Um insiste em manter uma linguagem que ninguém entende, e o outro procura se fazer entender nem que seja à custa da distorção e da infidelidade semântica.

Há tudo isso e muito mais. Essas duas senhoras são muito ciosas de sua independência e se sentem muito ameaçadas pelos outros poderes e entre si.

Tremem quando se fala em controle externo e ingerência, e facilmente transformam uma crítica em censura. Além disso, Justiça quer distância da opinião pública, enquanto a imprensa gosta de cortejar a vontade popular, manifestada através das pesquisas, esse substituto pós-moderno das urnas.

Os juízes, se não todos, mas certamente os mais conservadores, acreditam que o estado ideal para o exercício pleno da independência é um espaço distante e isolado, com proteção acústica contra os rumores da rua, uma espécie de UTI moral, asséptica, olímpica, sem possibilidade de contaminação, como se só se pudesse ser independente na solidão. Já os jornalistas se deliciam com a promiscuidade. Excesso de elitismo de um lado e de populismo de outro.

Por maiores que sejam os desencontros, Justiça e imprensa vão acabar delimitando seus espaços e papéis, sabendo que nem sempre o ideal é andar de mãos dadas. Desde Montesquieu, aprendeu-se que a melhor coisa para os poderes institucionais não é o casamento, mas a separação. O problema é o que essas duas mal-amadas farão para aumentar suas taxas de credibilidade junto à opinião pública, que apenas as tolera como males necessários.

Com um passado recente marcado mais pela resistência ao arbítrio do que pela adesão, o Judiciário e o jornalismo acabaram ironicamente sendo duas das maiores vítimas da abertura política, eles que foram tão perseguidos e desfigurados pela ditadura militar. É claro que os dois têm muitos álibis, mas também muitas culpas. Cada um mais corporativo do que enxame de abelhas, jornalismo e Judiciário não conseguiram se desvencilhar da suspeita de que ainda não se livraram de alguns entulhos autoritários – um dos quais introjetado do próprio autoritarismo: a arrogância.

6 de maio de 1995.

CORPO-A-CORPO COM AS PALAVRAS

O EXEMPLO DAS AMENDOEIRAS

Nada contra o nativismo patriótico ou ecológico. Nem a favor, muito pelo contrário. Mas se essa onda de nacionalização das árvores pegar, tenho uma reivindicação a fazer: poupem as amendoeiras de minha rua. Se vocês não leram o que apurou o repórter Túlio Brandão, eu resumo aqui. Entrevistando o paisagista Adilson Roque dos Santos, ele descobriu que das 600 mil árvores existentes no Rio, 84% são de origem exótica e apenas 16% são nativas. Daí que a Fundação Parques e Jardins, à medida que as estrangeiras forem morrendo, vai substituí-las por espécimes da Mata Atlântica.

Embora possa parecer que sim, a medida não tem nenhum ranço de xenofobia. É para poupar o ecossistema da cidade que, segundo os técnicos, se ressente com a invasão estrangeira. O exotismo no caso é nocivo. Não entendo de árvores e plantas em geral, mas gosto delas, sobretudo de seus frutos: da sombra, do perfume, do verde, do colorido. Tanto que o meu hobby é cuidar de meu modesto jardim. A atividade é uma higiene mental como nenhuma outra. Melhor do que caminhar no calçadão, um outro hábito gostoso, mas que acaba sendo trabalho. Antes de escrever no computador, "escrevo" andando. Se algum dia tive uma boa idéia, foi caminhando no calçadão de Ipanema.

Falei, falei e já estava esquecendo o principal, que são as amendoeiras, essas indianas que se adaptaram tanto ao nosso meio ambiente que ninguém ousa chamá-las de estrangeiras. Confesso que só soube disso, vejam a ironia, ontem, domingo, Dia da Árvore. Sabia, como vocês, que o flamboyant era francês, que a casuarina era africana e que a palmeira imperial era portuguesa, não é verdade? Isso todo mundo sabe. Pois bem, não é verdade, foi só uma pegadinha. A primeira é oriunda de Madagascar, a segunda da Austrália e a terceira do Caribe. Engraçado, né? (só falta chegar uma enxurrada de e-mails dizendo que não é nada disso).

Rubem Braga, que fez da amendoeira uma de suas musas inspiradoras, dizia que elas são "árvores desentoadas". Nunca estão de acordo entre si. Não se vestem nem se despem por igual. A da esquina ainda está frondosa, cheia de viço, mas a sua vizinha parece uma decoração de Copa do Mundo: há tantas folhas verdes quanto amarelas. De cima, posso jurar que alguém, ou ela mesma, as arrumou assim, pregando nos galhos folha por folha.

A de cá, que fica bem em frente ao meu prédio, essa está radiosa. Quando bate o sol, ela não absorve os raios, como é próprio dos vegetais, mas os devolve, como se toda a folhagem fosse feita de cobre. A do lado, porém, já cobriu o chão de suas folhas mortas.

Um dia liguei para o Velho Braga perguntando como isso acontecia. Ele não usava as plantas apenas para fazer crônicas poéticas. Era amante e também um grande conhecedor de sua alma e humores. Não é à toa que plantou um dos mais surpreendentes jardins suspensos da cidade (na verdade, um pomar), que o filho Roberto e a nora Maria do Carmo fazem questão de manter e cuidar. São dois coqueiros, duas mangueiras, não sei quantos cajueiros, pitangueiras, jabuticabeiras e romãs, cujas abundantes frutinhas eles costumam repartir com os amigos.

A resposta foi que as amendoeiras eram como a gente: cada uma envelhecia com a idade, conforme o dia de nascimento – com a vantagem, bem entendido, de que a cada ano fenecem, mas também renascem. A partir de então continuo olhando para as amendoeiras da rua com carinho, mas também com inveja. Fiquei imaginando como seria chegar todo ano a junho, mês em que nasci, um lixo: cabelo caindo, pele enrugada, gordura na cintura, tudo despencando. Como hoje. Aí me refugiaria em casa e hibernaria, aguardando a muda. Um ano depois, que fosse em agosto, ou setembro, faria minha *rentrée* triunfal, novinho em folha. Quando ouvisse os amigos afirmarem, como agora, "mas você está bem", querendo dizer "está melhor do que eu pensava", eu receberia com naturalidade o elogio.

Se pudesse inscrever um sonho no rascunho do Genoma, para constar do texto final, não seria o da imortalidade. Nada de estender a vida, como muitos desejam. Se eu pudesse escolher, eu preferiria esticar a juventude. Que a existência humana continuasse limitada aos 70/80 anos, tudo bem, mas que durante o tempo de duração eu pudesse compartilhar com as amendoeiras de minha rua, todo ano, o milagre da renovação.

HÁ CRENTE
PARA TUDO

Será possível alguém descobrir o que você é – ou pelo menos um pouco do que é – através de sua escrita? Eu achava que não, mas mesmo assim resolvi me submeter ao teste que a revista Seleções me propunha e que consistia no seguinte: eu escreveria algumas poucas linhas à mão, qualquer coisa. Sem revelar nada do autor, o texto seria então analisado por grafólogo, que tentaria chegar a algumas conclusões sobre a minha personalidade, temperamento, aptidões, atividade profissional.

Dias depois me chegou o resultado com o pedido de que eu o comentasse. Respondi dizendo que estava "realmente impressionado", não tanto por me ser "favorável, mas por ter acertado tanto em relação ao que faço profissionalmente". No final dava parabéns ao autor do feito, o grafólogo Alberto Swartzman.

Vocês talvez nem achem muita vantagem no que ele disse, mas eu, que não acredito "nessas coisas", sou incréu, fiquei surpreso. Por falsa modéstia, vou omitir os elogios, até porque eles iriam desvalorizar os acertos. "Se exagera nisso", diria alguém, "como pode acertar no resto?". Vou revelar apenas um – minha escrita seria a de quem "está à frente de seu tempo" – porque vou usá-lo como escudo contra quem um dia criticar as bobagens que eu disser.

Responderei que essa crítica é própria de quem está atrás de seu tempo.

Os pacientes que agüentaram até aqui já devem estar impacientes. O que ele disse, afinal? Primeiro, disse que aquelas três ou quatro linhas indicavam que "o autor talvez utilize a palavra (escrita ou verbal) como meio de divulgação de sua visão do mundo". Ele chegou a essa conclusão por causa de minhas "letras 'a' minúsculas abertas para o lado direito" (pena que não dê para mostrar a vocês). O outro acerto foi sobre minha atividade: ele me situou entre "poetas e cronistas", no meio dos que "possuem sentimento estético".

Considerando que todo mundo que escreve profissionalmente procura divulgar sua "visão de mundo", e que posso não possuir "sentimento estético" e não ser poeta, mas pertenço a algo próximo de cronista – e desconsiderando os "acertos" elogiosos – pode-se dizer que o grafólogo teve um respeitável desempenho. Vocês não acham não? Acham pouco?

Reparem bem. Ele trabalhou com uma quase infinita probabilidade de erros. Estatisticamente não sei quanto, mas sei que em vez de descobrir que bem ou mal eu escrevo e sou cronista, ou coisa parecida, ele poderia errar dizendo que eu era médico, dentista, engenheiro, arquiteto, pedreiro, pintor.

A mim, nunca me tinha passado pela cabeça ser possível conhecer um pouco (ou muito) de alguém a partir de sua letra – e a partir não do conteúdo do que você escreveu, mas da forma, independentemente do conteúdo. Não o quê, mas o como (o conteúdo do que o grafólogo teve para estudo não era nada revelador, não passava disso: "Renata: aí vão algumas frases para a análise grafológica").

Quando era adolescente, encontrei a palavra Maktub num livro do Malba Tahan e fui procurar saber o que significava. A muito custo descobri que era uma palavra árabe que queria dizer: "está escrito". Na cultura árabe, em que a caligrafia é uma arte, as letras e a escrita são manifestações divinas. Deus escreve certo por linhas tortas ou retas. O homem se aproxima Dele lendo aquilo que está escrito. Em suma: aquilo que é, é porque assim está escrito. Ou, como diria Paulinho da Viola, "as coisas estão no mundo, só que eu preciso aprender".

Fiquei preocupado. Será que eu estava aderindo à grafologia? O que, meu Deus, iria dizer o Tutty Vasques! Depois desse pequeno abalo na minha firme descrença, percebi que não, mas achei engraçada a vontade de acreditar que alguém poderia decifrar ou adivinhar minha vida. Entendi mais ainda o fenômeno ao ler a entrevista do físico Marcelo Gleiser à jornalista Alexandra Ozorio de Almeida, falando de seu novo livro, *O fim da terra e do céu*, a ser lançado esse mês de agosto. Descrente de Deus como criador do mundo e dos homens, ele acredita que nós, seres humanos, somos extremamente espirituais: precisamos "transcender um pouco o lado material da vida". Daí, essa "nossa capacidade (que para ele é religiosa) de nos maravilharmos com o desconhecido, com o misterioso". E, digo eu, nada mais misterioso do que nós mesmos.

Não é por acaso que nesses tempos de incerteza e descrença o homem esteja tão ávido de crença. Quanto mais descrente, mais crente. Já que a razão e a ciência falharam, não evitaram os flagelos e o mal – a violência, a corrupção, a aids, a destruição do meio ambiente, as drogas – o remédio é fugir para onde resta esperança de salvação e cura.

O perigo é que nessa ânsia de acreditar, aparece crente para tudo, até para o Garotinho. Não se diz que há 70% de crentes no que ele faz no governo?

30 de julho de 2001.

A MINHA
NOVA NÓIA

Vocês sabem qual é a mais nova nóia da praça? Nóia, vocês sabem o que é, não? Não sabem? É a mais nova gíria dos jovens que, dizem, veio dos morros para a cidade. Nóia é a apócope (apócope, vocês sabem o que é, não?). "Ai, que nóia", reclamarão os que conhecem o significado das duas palavras. Eu escrevi que nóia é a apócope de paranóia, mas aí parei, fui ao dicionário e verifiquei que estava errado: não é apócope, é aférese. Apócope é quando há a supressão do final de uma palavra – cine em lugar de cinema – o que não ocorre com nóia, que suprime a parte inicial.

Já tinha ouvido a palavra sendo usada como sinônimo de medo doentio – "nóia da polícia", "nóia da violência" –, mas foi no fim de semana que aprendi com uma amiga da Bahia uma nova acepção para a gíria. Me disse ela que seu filho adolescente ensinou-a a empregar o termo com o significado de impaciência, saturação, tédio. "Ai, que nóia, mãe!" quer dizer "ai, que saco!". Foi quando descobri também que nóia já é uma palavra conhecida pelo menos no Rio, em São Paulo e Bahia (os meus leitores jovens, que devem estar carecas de saber disso, certamente estão rindo da minha desatualização. Aliás, temo uma chuva de e-mails corrigindo tudo o que disse acima).

Mas ainda que tenha me dedicado e me divertido muito com a nova onda de comparar dicionários para saber qual é o melhor, se o *Aurélio* ou o *Houaiss*, não foi para ficar fingindo erudição etimológica que resolvi escrever esta crônica; não foi para saber o que significa nóia, mas para dizer qual é a minha mais nova nóia – a minha e de várias pessoas com quem conversei, moradores da orla carioca. Minha nóia é a tsunami. Tsunami, vocês sabem o que é, não? (como vêem, estou tão insuportável quanto aquelas pessoas horrorosas que chegam pra você com um termo que acabaram de descobrir e dizem "isso, você conhece não?", obrigando-o a mentir ou se sentir idiota).

Agora, sem brincadeira: tsunami é uma palavra japonesa para designar ondas gigantescas provocadas por erupções vulcânicas ou por violentos movimentos de terra submarinos. Só nos anos 90, nas oito ou nove vezes que se formaram, as chamadas vagas assassinas devastaram ilhas, costas e mataram 4 mil pessoas. O pior é que novas tsunamis de até 900 metros de altura e 700 km de velocidade podem ocorrer a qualquer momento e sem aviso. São capazes de engolir qualquer litoral do Planeta. Podem levar séculos, mas podem chegar amanhã ou depois de amanhã, enquanto eu estiver andando no calçadão de Ipanema.

Na semana passada, os jornais noticiaram que um consórcio internacional de pesquisa vai inaugurar no Oceano Pacífico (e depois no Atlântico) um sistema de bóias com censores para alertar as populações costeiras quando essas ondas estiverem passando em mar aberto.

Aparentemente, uma bendita providência, capaz de salvar muitas vidas. Mas o que adianta avisar que acaba de passar por lá uma montanha de água muito maior do que o Pão de Açúcar, na velocidade de um avião, e que é melhor sair da frente? (calcula-se que no caminho ela perca muito do tamanho e da velocidade, mas mesmo assim vai chegar na minha porta com "apenas" 50 metros de altura, mais de três vezes o meu prédio).

Diante desse quadro, minha nóia me remeteu a uma apocalíptica e célebre crônica de Rubem Braga, "Ai de ti, Copacabana", prevendo nos anos 50 a destruição bíblica do então mais formoso bairro carioca. Ele escreveu:

"Ai de ti, Copacabana, porque eu já fiz o sinal bem claro de que é chegada a véspera de teu dia, e tu não viste; porém minha voz te abalará até as entranhas".

"Foste iníqua perante o oceano, e o oceano mandará sobre ti a multidão de suas ondas".

"Já movi o mar de uma parte e de outra parte, e suas ondas tomaram o Leme e o Arpoador, e tu não viste este sinal; estás perdida e cega no meio de tuas iniqüidades e de tua malícia".

"Grandes são teus edifícios de cimento, e eles se postam diante do mal qual alta muralha desafiando o mar; mas eles se abaterão".

"Antes de te perder eu agravarei a tua demência – ai de ti, Copacabana! Os gentios de teus morros descerão uivando sobre ti".

Aos "sinais" do Braga, alguns dos quais são hoje lugares-comuns nas páginas dos jornais, além da nóia das balas perdidas e dos assaltos, dos seqüestros e acidentes de trânsito, de todas as agressões urbanas, surge agora essa maldição, as tsunamis, que já chegaram ao dicionário *Houaiss*. Parece que paranóia mesmo é você sentir sozinho o que acha que todo mundo está sentindo. Eu disse lá em cima que muitas pessoas estavam com a mesma nóia. Será mesmo ou será, que como toda boa nóia, ela é só minha? E-mails para *Zu@pinel.com.br.*

10 de setembro de 2001.

QUEM DISSE QUE O SENTIMENTO É KITSCH?

Todas as cartas de amor são ridículas, já advertiu poeticamente Fernando Pessoa na voz do seu heterônimo Álvaro de Campos. Não só as cartas de amor, ele acrescentou, mas também "os sentimentos esdrúxulos".

Na verdade, por pudor crítico, a gente tende a achar ridículos todos os sentimentos, ou todas as cartas e confissões sentimentais, esquecendo-se de que, como disse Pessoa no mesmo poema, "só as criaturas que nunca escreveram cartas de amor é que são ridículas".

Em matéria de emoções, o medo de ser ridículo nos faz mais ridículos. Impomos tantas restrições ao que vem do coração que somos capazes de exibir idéias pobres com o maior desplante, mas temos vergonha de demonstrar até os melhores sentimentos, ainda mais agora que os ventos pós-modernos propõem a razão cética e a lógica cínica como visão de mundo, confundindo tudo com pieguice, fraqueza ou capitulação sentimental.

Isso fica claro em certas situações críticas, na solidão noturna de um corredor de hospital, diante de riscos impensáveis, em face da doença de um filho. Nesses momentos, a alma cheia de cuidados e desassossegos se abre para o despudor sentimental, para a onda de solidariedade com a qual amigos, ah, os amigos, banham a nossa angústia.

Aí o que vale não é a linguagem convencional, incapaz de descrever a experiência, mas as formas emocionais de comunicação.

Não importam os significantes mas os significados, os gestos gratuitos, aparentemente sem utilidade, uma palavra apenas, às vezes nem isso, um toque, um bilhete, um aperto de mão, um abraço mudo, um olhar úmido, um símbolo – nada de novo, de original, mas quanto conforto!

Costuma-se exaltar a cabeça como fonte da razão e denunciar o coração como sede da insensatez, como músculo incapaz de ter autocrítica e de ser original. Que seja assim. E daí? Nada pior do que uma idéia feita, mas nada melhor do que um sentimento usado. A cabeça pode gostar de novidade, mas o coração adora repetir o já provado. Se as idéias vivem da originalidade, os sentimentos gostam da redundância. Não é por acaso que o prazer procura a repetição.

As teorias da comunicação ensinam que só há informação quando há originalidade, ou seja, quanto menor for a redundância de uma mensagem, maior será a sua taxa de informação. Se você comunica a uma pessoa o que ela já sabe, a quantidade de informação é zero.

Não há dúvida de que isso funciona para a informação semântica. Ninguém lê jornal de ontem, nem vai atrás do já visto. Quando se muda de campo, porém, e se entra no terreno da mensagem sentimental, lírica ou emocional, parece ocorrer o contrário: o amor, a amizade e o afeto são recorrentes, insistentes, precisam, pedem confirmação.

Talvez por isso a gente não se canse de revisitar a poesia, a mais lírica das expressões. A redundância não diminui a beleza nem o teor poético de um poema. Nada mais prazeroso do que repetir versos de cor. Houve uma época em que nós, adolescentes, declamávamos poemas como hoje se recitam letras de rap. Revidava-se Drummond com Bandeira; a um Lorca se respondia com um Pessoa; cultivava-se João Cabral de Melo Neto e havia sempre um Vinicius para acalentar uma cantada.

A poesia serve para disfarçar o pudor e serve também para exprimir o indizível – aqueles estados de intensidade emocional que exigem formas requintadas e duradouras de expressão. Em certas horas, o melhor remédio são versos esparsos de esquecidos poemas. Eles vêm ao acaso, trazidos pela memória involuntária. "O sol tão claro lá fora e em minhalma anoitecendo", de Bandeira, ou "Esta manhã tem a tristeza de um crepúsculo", também dele. "Há um amargo de boca na minha alma", de Pessoa. "Apagada e vil tristeza", de Camões, e assim por diante, como se fosse uma antologia do coração.

Em *A insustentável leveza do ser*, o *best seller* que todo mundo leu nos anos 80, Kundera escreveu várias páginas sobre o perigo da manipulação de sentimentos pelo poder que em geral leva ao kitsch político, ou seja, à contravenção, ao engodo na política. É preciso cuidado porque o fenômeno ronda todas as formas de expressão do homem e está sempre à espreita das realizações artísticas.

Tudo bem, todo cuidado é pouco, não se faz arte com bons sentimentos – o kitsch é o mau gosto estético. Mas quem disse que a vida é uma obra de arte? Quem disse que o sentimento é kitsch?

12 de agosto de 1995.

QUEM QUISER QUE SE FUME

O primeiro efeito dessa lei antifumo, radical e cheia de furos, não foi apagar os cigarros, mas acender uma grande polêmica. Discutiu-se tudo essa semana, enquanto se continuava fumando nos lugares proibidos. A medida teve pelo menos o mérito de ser pretexto para debates sobre democracia, direitos individuais e coletivos, respeito ao outro e até livre-arbítrio.

Um fumante furioso escreveu acusando o *JB* de "fúria antitabagista" e de estar querendo proibir, por exemplo, o suicídio por lei. "Onde fica a liberdade dos indivíduos?", perguntava, sem admitir no seu protesto a premissa democrática de que a liberdade de um termina quando sua fumaça começa a incomodar o outro.

A lei pegou todo mundo de surpresa. Quem sabe se, com uma preparação, não teria acontecido o que aconteceu com a obrigatoriedade do cinto de segurança – ninguém achava que ia colar e colou. É evidente que no caso do fumo é tudo mais radical: ou se é fumante ou não, ou melhor, ou se solta fumaça ou não. O problema não está tanto no vício, mas no que ele expele no ar. Por isso, a paz só virá quando se inventar um cigarro sem fumaça.

Eu mesmo não sei como aplicar a lei dentro de casa. Há um ano deixei de fumar, mas minha mulher continua – e gosta de fumar no quarto antes de dormir, aliás, como eu antes. Sei que qualquer guarda da esquina me daria razão no caso. Mas e se ela se sentir no direito de fumar no carro de portas abertas alegando estar num espaço público arejado? Na verdade, não sou um antitabagista militante. Primeiro, porque os ex-fumantes costumam ser muito chatos, tão chatos quanto os ex-comunistas. Gostam de fazer catequese e pregar a conversão, mas acabam provando que são tão intolerantes agora quanto eram antes. Segundo, porque parece que só há duas maneiras de deixar o vício: por vontade própria ou por medo – não da lei, mas do câncer.

Rubem Braga foi o melhor exemplo de como o fenômeno é complexo. Fumando dois maços e meio por dia, ele tinha chegado àquele ponto em que o cigarro não dá mais prazer, era pura compulsão. O enfizema já tinha tomado conta dele e a tosse, depois de impedi-lo de freqüentar cinema e teatro, provocou-lhe uma hérnia. Foi quando se descobriu "um ponto no pulmão", logo operado.

Entre as lendas que envolviam o nosso maior cronista, estava a de que ele andava com um pedaço do pulmão encardido e bichado pronto a ser exibido quando alguém acendia um cigarro perto dele. Nunca vi isso, mas a bronca que me deu uma vez, fez o mesmo efeito: nunca mais fumei na sua frente.

A versão do cronista era outra. O dr. Marcelo Garcia, que assistiu à operação, sim, é que teve um choque quando viu a cor do pulmão do amigo, um choque tão forte que deixou de fumar para sempre. O episódio serviu para o Velho Braga deixar uma genial crônica, uma das melhores obras, senão a melhor, da literatura antitabagista, que é pródiga em boas intenções e pobre em excelência.

Já a iconografia e a literatura de apologia do fumo são consagradas: os heróis de Hollywood com o cigarro no canto da boca ou riscando o fósforo no sapato para acender o cigarro da mocinha; Graciliano Ramos fumando Selma e escrevendo *Vidas secas*; os famosos versos de Augusto dos Anjos que toda a minha geração declamou – "Acende teu cigarro!/ O beijo, amigo,/ é a véspera do escarro." (reparem que o que vai provocar o escarro não é o cigarro, mas o beijo) –; Manuel Bandeira, tuberculoso, exaltando servilmente o mal – "O fumo faz mal aos meus pulmões comidos pelas algas/ O fumo é amargo e abjeto/ Fumo abençoado, que és amargo e abjeto". No Brasil, o fumo fez mais mal aos pulmões do que à literatura.

A crônica de Rubem Braga é a história do desencanto de um antigo combatente, de um militante do bem que resolve contar todas as humilhações passadas de um viciado que saía de madrugada para encontrar um botequim ou era capaz de "juntar baganas dos cinzeiros sujos, e até do chão". E depois, arrependido e cansado, consciente da inutilidade de sua pregação, porque "o sujeito ainda caçoa da gente, de cigarro no bico", lança esse desabafo que é uma obra-prima de ceticismo bem/mal humorado:
"Ah, quem quiser que se fume".

20 de julho de 1996.

CARISMA, UM MISTÉRIO

Na hora em que entrei na casa da senhora minha amiga, o padre Marcelo Rossi estava rezando uma daquelas suas missas para 100 mil pessoas. Diante da televisão, ela chorava, quase soluçava. Como primeiro a vi e só depois vi o que se passava no vídeo, achei que o motivo do choro era outro: uma notícia ruim, alguma contrariedade, um contratempo.

"Não, estou chorando de emoção", ela me tranqüilizou, convidando-me a sentar a seu lado. Sentei e acompanhei um pouco o espetáculo. Nunca o tinha visto celebrando ou mesmo cantando, a não ser em rápidos flashes na tevê. Confesso que fiquei impressionado. Na verdade, mais impressionado com o entusiasmo e a emoção das pessoas – algumas chorando como a senhora ao meu lado – do que com o padre.

Perguntei à minha amiga o que a fascinava naquela figura magra, alta, meio desconjuntada, sem nada demais, um rosto comum, uma voz como tantas, nem jovem nem velho, enfim um homem qualquer, que antes da fama talvez passasse despercebido na multidão. "Ele tem algo que não sei definir, mas que me comove, que me faz bem".

Tudo o que ela disse pode ser resumido pelas sete letras mais enigmáticas, indecifráveis e misteriosas da Língua Portuguesa: carisma. Sem ser necessariamente uma virtude, já que não é um valor em si – o mal também produz seus carismas – esse atributo realmente intriga. O que faz de uma pessoa um ser carismático? O que faz com que algumas pessoas sejam bem-amadas e outras, mal-amadas? Antes que alguém diga "por que não vai ao dicionário", eu fui. O Houaiss apresenta cinco acepções, inclusive uma obsoleta, significando epilepsia. Ajuda a entender a palavra, mas não o fenômeno. O que quero dizer é que, mesmo conhecendo os ingredientes, não se consegue preparar o cozido.

A primeira acepção é teológica: "dom extraordinário e divino concedido a um crente ou grupo de crentes, para o bem da comunidade". A segunda, sociológica: "autoridade, fascinação irresistível exercida sobre um grupo de pessoas, supostamente proveniente de poderes sobrenaturais".

Mas nenhum dicionário explica por que você pode ser lindo(a), simpático(a), atraente e não ser carismático(a), não é verdade? Como se chama mesmo aquele galã que anda meio sumido, mas que fez muito sucesso... isso, Thiago Lacerda. A rigor, pelos padrões oficiais, ele era fisicamente (e deve ser ainda) irretocável, perfeito. Mas será carismático? É possível que o Toni Ramos, mais baixo e muito menos bonito, segundo os mesmos padrões, seja muito mais do que ele.

Mas quem sou eu para dizer quem é mais carismático do que o outro? Pessoalmente, conheço alguns padres que têm mais carisma, por exemplo, do que o padre Marcelo, mas e daí? A única certeza em relação ao carisma talvez seja que ele, como o gosto, não é universal. Cada um tem o seu, que pode ou não coincidir com o do vizinho.

Com a palavra as mulheres (e os homens também). Faça o teste você mesmo. Quem tem mais carisma: Chico Buarque ou Caetano Veloso? Romário ou Ronaldinho? Fernanda Montenegro ou Miss Brasil (qualquer uma)? FHC ou Lula? Marta ou Benedita? Pelé ou Garrincha? Malan ou Palocci? Bush ou Bin Laden? Rio ou São Paulo? Apolo ou Dionísio? Razão ou emoção? Esquerda ou direita? Bandeira ou Drummond? Machado de Assis ou José de Alencar (não o vice)? Com sinceridade: você ou o seu ou sua rival?

10 de junho de 2003.

O PAI NOSSO

É melhor entrar na guerra dos dicionários do que discutir qual político é mais corrupto.

No meu tempo, a gente o chamava de "pai dos burros", sem se dar conta de que burro era esse tempo, pois o dicionário sempre foi uma indispensável e esclarecedora companhia para qualquer homem inteligente. Mesmo nas redações de jornais de antigamente, ele era objeto raro: era preferível perguntar discretamente ao vizinho "como se escreve perturbar?" do que passar a "vergonha" de ser apanhado em plena consulta a quem de fato sabe o que diz.

Se agora os dicionários viraram motivo de disputa comercial e sonho de consumo, o fenômeno pode ser considerado um bom indício, sinal de inteligência dos leitores brasileiros, não de burrice. Temos deles pelo menos três monumentais exemplos: o *Aurélio*, com 22 anos de existência, o *Michaelis*, que se atualizou depois de quinze anos, e o *Houaiss*, que acaba de ser lançado. Os dois primeiros já são *best sellers* (só o Aurélio já vendeu 13 milhões de exemplares) e o terceiro está provocando uma corrida às livrarias. É ou não é um bom indício cultural?

A lexicógrafa Marina Baird Ferreira, viúva de Aurélio Buarque de Holanda Ferreira, acha que se os dois amigos estivessem vivos, Houaiss e seu marido, não haveria essa "guerra forjada" entre os dicionários que levam os seus nomes. Ela tem razão, mas em compensação, em vez de se ficar discutindo para saber quem é pior, se Garotinho ou Cesar Maia, Barbalho ou Maluf, pode-se assistir a essa saudável briga para saber qual é o melhor entre os nossos excelentes dicionários. Convenhamos que é mais edificante.

O dicionário é um objeto lúdico. Como as palavras têm vida – nascem, envelhecem e, ao contrário da gente, podem renascer – uma boa diversão intelectual é observar como elas crescem, se desenvolvem, desaparecem, voltam. Quando em 1992 Dodô Brandão estava filmando *3 Antônios & 1 Jobim*, um documentário sobre Tom, Houaiss, Cândido e Callado, assisti a uma cena memorável.

Tanto quanto Houaiss, Tom adorava as palavras e freqüentava assiduamente os dicionários (orgulhava-se de sua coleção em português e inglês). Como se esperava, a conversa entre os quatro começou por etimologia, semântica, lexicografia, radicais de nomes etc. Foi quando o compositor resolveu contar a história de alguém que na churrascaria Plataforma (certamente ele mesmo) queria provar a origem da língua portuguesa. O relato foi um show hilário de erudição vocabular:

"E rodava mais um chope", Tom começou. "E cada um tinha que dizer uma palavra de origem árabe: álgebra, alfarrábio, alcachofra, alcaparra, alcova, almofada, alcaide, almoxarifado, armazém, algibeira, alface, alfafa... E o negócio ia correndo bem, o chope era muito, o cara não estava agüentando mais... E tome chope, tome chope, então ele disse: 'com licença, eu vou *al* banheiro'."

Houaiss ficou impressionado porque, segundo ele, Tom não errou uma só palavra, e elas saíram sem hesitação. Aliás, foi nessa entrevista que o nosso lexicógrafo se definiu, a si e à obra que já vinha desenvolvendo e que era

sua paixão: "Sou um operário da palavra, aquele que pega os tijolinhos e constrói o edifício, que se chama dicionário".
Além de edifício, o dicionário é também uma espécie de mapa vocabular do tempo. Pela posição de uma palavra num verbete, pelo espaço que ocupa, pelo destaque que recebe, pode-se deduzir como o mundo e as coisas mudaram. Possuo o último *Aurélio*, o *Houaiss* e uma edição do *Michaelis*, de 1987, bem antiguinha. Comparar como certos termos se comportam em um ou outro dicionário ajuda a entender a época.
Tome-se, por exemplo, uma das palavras que mais metem medo hoje, pois dá nome a um dos piores flagelos de nosso tempo: síndrome. No meu exemplar de 14 anos atrás, ela ocupava não mais que duas linhas: "Conjunto de sintomas que se apresentam numa doença e que a caracterizam". Era isso e não mais que isso.
Hoje, "Síndrome" ocupa 73 linhas no *Aurélio* e 97 no *Houaiss*. O mais sintomático não é nem a extensão, mas a variedade do conteúdo. Além da Síndrome de imunodeficiência adquirida (a Sida, como se diz em Portugal e na França, ou Aids, como é conhecida aqui e nos países anglo-saxões), aparece no *Houaiss* uma diversidade assustadora dessas patologias. Há mais de dez para atormentar o homem moderno: de Estocolmo, Down, angústia respiratória, Adams Stokes, pânico, adaptação.
Nessa categoria de palavras que metem medo, há ainda outras, como vírus, seqüela, overdose, tráfico, tsuname, maligno, vaca louca, que são também sinais do tempo. "Bala perdida", por exemplo, não aparece no *Aurélio*, mas já é uma acepção no *Houaiss*. Nas próximas edições, corre-se o risco de que a expressão seja incorporada como mais uma síndrome.

8 de setembro de 2001.

JOVENS E JOVENS

Que pelo menos não sejam parecidos com a pit-geração.

São tantas as más notícias sobre filhinhos-de-papai bem nascidos e bem alimentados praticando o esporte da violência e da crueldade, que a impressão às vezes é a de uma juventude toda feita do que há de pior na espécie: pit-boys que espancam os mais fracos para se divertir, gangues que só sentem prazer brigando, lutadores de jiu-jítsu e artes marciais que brincam de atirar em homossexuais, meninos se matando em roleta-russa ou agredindo colegas até a morte, mauricinhos assaltando ou queimando índio, um festival de covardia.

Daí a surpresa quando se encontra o oposto, e onde menos se espera – entre jovens vivendo em condições sociais e econômicas desfavoráveis, em meio a dificuldades materiais que poderiam até justificar desvios de conduta. Não se costuma dizer que a pobreza e a miséria são responsáveis pela violência?

Surpreso, portanto, eu estava admirando o interesse e a preocupação daqueles cento e tantos jovens de classe média baixa, com idades entre 16 e 19 anos, e que moram em lugares como Duque de Caxias, Pavuna, Bangu, Madureira, Méier. Apenas uns dois ou três eram da Zona Sul. Quando veio a pergunta inesperada, me atrapalhei e não soube o que responder logo.

– Se você está gostando do nível da turma, por que então não escreve uma crônica sobre isso?

O local era a Escola Técnica Estadual Adolfo Bloch, em São Cristóvão, onde eu dava uma palestra. De um lado o morro da Mangueira; em frente, o estádio do Maracanã. Trata-se de uma escola bem instalada, num prédio de seis andares e com um campus que parece de universidade. O problema é a manutenção, a verba curta, as despesas, a falta de dinheiro. Mas os professores suprem isso completando ou adiantando do próprio bolso – e não é difícil imaginar quanto ganha cada um deles. Bendita categoria essa do magistério tão mal paga e que ainda fornece belos exemplos de abnegação.

Como eu falava num curso de ensino médio que prepara técnicos para a área de comunicação – operadores de som, de áudio, de câmeras – não podia esperar encontrar o que encontrei: uma garotada querendo discutir assuntos variados e não apenas técnicos: neoliberalismo, internet, globalização, Cuba, juventude, velhice, política, Brasil.

Dei a primeira resposta que me ocorreu: era chato escrever crônica sob encomenda. Além do mais não podia ficar falando de cada escola onde dava palestra, inclusive porque, quando se fala de uma, a próxima também tem o direito de querer, e aí vira coluna de uma nota só.

Alguém argumentou que o ensino público é tão criticado, às vezes tão desmoralizado, que parece ser todo ele ruim ou deficiente, uma generalização que se aplica também ao jovem, principalmente se ele é da Zona Norte e do subúrbio. Assim, por que não falar bem quando algum exemplo merece? Ou a imprensa só se interessa pelo que não presta? Acho que foi o que a menina disse, ou pelo menos foi onde ela queria chegar: na opção preferencial da imprensa pela baixaria.

Apesar da argumentação, disse que preferia não escrever, e eles acabaram aceitando. Por via das dúvidas, porém, pedi que cada um botasse no papel as perguntas que me tinham feito, a pretexto de guardá-las. Na verdade, queria conferir em casa, para ver se o nível delas era realmente o que me pareceu ali. Acho que era, e por isso vão aqui alguns exemplos, mantida a redação original. É um daqueles casos em que as perguntas valem mais do que as respostas:

– O povo brasileiro geralmente não tem o hábito da leitura. Você acha que com a Internet e toda a tecnologia da globalização isso tende a melhorar ou a piorar?

– Segundo estatística do IBGE, num futuro bem próximo teremos uma população de idosos muito significativa. Você acha que o preconceito com a velhice que todos temos, até mesmo os próprios idosos, tende a mudar?

– Em um contexto mundial, como seria a América Latina e em especial o Brasil sem as ditaduras militares passadas?

– Vira e mexe, ouvimos dizer que só se alcança a fama pós-morte. Porém, no caso do Betinho, é o contrário, pois em vida era muito falado, seu projeto era muito divulgado. E agora?

– O que você acha do deslumbramento dos sem-terra apresentados nas matérias jornalísticas quando eles foram, como protesto, visitar um shopping?

– Qual a sua opinião sobre o caso do menino Elián e as conseqüências do anúncio de abertura do bloqueio dos EUA sobre Cuba?

– Quais são as conseqüências da ditadura militar no Brasil atual?

– O que você espera dos jovens de hoje e o que acredita que eles possam fazer?

Essa última pergunta, eu não respondi. Não sei o que os jovens podem fazer, eles é que têm de saber. Mas em relação ao que se espera deles, acho que a torcida de todo mundo é pelo menos para que, se não forem iguais a esses, que não sejam parecidos com os lá do começo, com a pit-geração.

19 de agosto de 2000.

A DEGENERAÇÃO DE 68

A batalha contra as drogas não deve usar as armas da Guerra Fria.

O que foi feito da herança de 68? Ela tem alguma culpa no que de ruim está acontecendo hoje? Essas perguntas, formuladas recentemente na mídia da França por meio de uma espécie de julgamento histórico, podem ser repetidas aqui no Brasil agora, depois dos últimos acontecimentos que trouxeram à tona a dolorosa realidade de que os alunos das escolas do Rio, em sua maioria, consomem maconha ou outra droga mais forte.

Promovido basicamente pela direita francesa, o processo condenou a insurreição juvenil como responsável distante pelos desregramentos e desmandos do mundo atual. Tudo teria começado ali: a permissividade, a decadência dos valores morais, o enfraquecimento das instituições, a tirania do prazer, a falência do ensino, o desrespeito à lei, o culto das drogas, a falta de limite dos adolescentes, a nossa incapacidade de lhes dizer não, a cultura da violência, a delinqüência.

De fato, alguns dos princípios que nortearam a apostólica geração de 68 são hoje idéias fora do tempo, tais como a utopia social, o sonho da imaginação no poder, o engajamento ideológico e a militância política, a possibilidade de transformação imediata da sociedade, a liberdade sem medo, o espontaneísmo, a pureza revolucionária, a "violência pedagógica", a desobediência civil e a droga como abertura da percepção, não como instrumento de morte.

Mas será realmente tudo culpa da geração de 68? Não se estará confundindo a herança com os herdeiros que a dilapidaram? A geração com a degeneração de seu legado? Parece aquela distorção clínica que situa no passado, e só lá, todas as causas para os desvios presentes: é violento porque sofreu violência na infância, é assassino porque teve um trauma, o problema como sendo exclusivamente de ontem, não de hoje.

Quando se olha para trás sem nostalgia mas também sem ressentimento, o que se vê não é exatamente isso. Na ânsia de acusar, esquece-se até de que algumas das melhores conquistas reais ou ideais germinaram naqueles tempos: o direito das minorias, a importância da causa feminina, a liberação dos costumes, a preocupação ecológica, o valor da ética na política, o devotamento cívico, o desprendimento, a necessidade de uma causa, um projeto, uma razão de vida.

De qualquer maneira há um processo degenerativo em curso, o mal prospera, os efeitos desestruturantes são visíveis, há uma leniência permissiva sem limite, uma criminalidade mortal, degradação dos costumes, corrupção, ameaça de ruptura da coesão social. Não importa o quanto de responsabilidade passada ou presente existe nisso. Sabe-se que os efeitos perversos podem ocorrer em qualquer projeto. O uso desvirtuado e corrompido de belos princípios e boas intenções às vezes se dá em causas nobres, como a política dos direitos humanos, a prática do politicamente correto, o anti-racismo, a filantropia.

A direita francesa tem gozado muito a conversão dos remanescentes da geração de 68 a uma ética por eles outrora repudiada: a prevalência da ordem, a importância da lei, da obediência civil e da autoridade, a necessidade de segurança pública, o valor da disciplina cívica, a exigência de referências e limites. Ela fez ironia quando o primeiro-ministro Lionel Jospin classificou a segurança "como um imperativo" e quando o ministro Jack Lang elogiou "a bela noção de autoridade". (quando Lula cobrou da esquerda uma política de segurança, foi patrulhado por seus próprios correligionários).

Mas não será essa a conversão que está faltando a toda a sociedade brasileira? O episódio da Escola Parque trouxe pelo menos a vantagem de se ver combativos representantes de 68, como Chico Alencar, Carlos Minc e Rubem César, com a coragem de enfrentar a contradição de rejeitar para seus filhos o que adotaram no passado – num outro contexto, numa época em que não se sabia que as drogas escravizavam, assim como ainda não se sabia que cigarro dá câncer e que a Terra é azul.

Na França, a questão se dá o luxo de ser ideologizada. Eles podem bater boca à vontade, sem risco de serem atingidos por uma bala perdida. Aqui não. Diante da violência e criminalidade que nos cerca, urge uma cruzada de salvação nacional sem cor política e sem ranço ideológico. Não é uma batalha para ser travada entre esquerda e direita usando as armas da Guerra Fria, até porque não é ideologia o que está fazendo a cabeça da garotada, mas o tráfico. O problema é que a esquerda ainda quer chamar o ladrão e a direita continua chamando o esquadrão da morte. Alguém precisa chamar a razão.

12 de maio de 2001.

SAUDADE
DO FUTURO

Uma campanha antidroga teria muito o que aprender com quem mora ao lado do perigo.

Tinha ouvido na véspera o presidente Fernando Henrique conclamar a sociedade a se mobilizar no combate às drogas, e agora estava eu ali naquela sala de aula onde tudo era meio inusitado, a começar pela platéia, composta em sua esmagadora maioria de jovens negros e mulatos, cerca de 150, variando entre 13 e 20 anos de idade, dispostos a discutir Leitura e Cidadania, o tema do encontro.

A cena tinha ao mesmo tempo a cara e a cor do Brasil, mas era como se se passasse em outro país. Pela primeira vez me via num espaço "nobre", a Casa da Leitura, em Laranjeiras, sendo talvez um dos únicos brancos ali, se é que se pode chamar assim alguém em cujo sangue corre uma mistura de português, índio e africano. "Onde estão os brancos desse país?", tive vontade de dizer, invertendo a pergunta "cadê os negros?" que normalmente se faz ao entrar em qualquer recinto dessa natureza.

Estavam presentes alunos de escolas públicas de várias favelas, ou melhor, de complexos ou comunidades, já que a antiga denominação é rejeitada como politicamente incorreta pelos moradores mais críticos e conscientes. Por uma questão de amor próprio e auto-estima, eles usam esse *upgrade* semântico para de alguma maneira fugirem da discriminação e do estigma. Corrigindo então: estavam ali alunos dos complexos do Turano, Juramento, Babilônia, Caramujo, Andaraí, Itaboraí, numa ousada tentativa de trazer o morro para dentro de uma casa de livros, através do projeto Vida Nova.

Evidentemente pobres, cheios de carências de todo tipo, esses meninos e meninas têm no entanto um interesse sobre o que se passa do lado de "cá" que é inversamente proporcional à desatenção com que historicamente tem-se olhado o lado de "lá". Eles tinham lido para trabalho trechos de meu livro "Cidade partida" e textos de Elizabeth Bishop e Clarice Lispector.

Vendo aquela galera com cara de funqueiro e cabeça e papo de leitor de livros, inteligentes, críticos, engraçados, pensei que uma das maiores injustiças que a nossa visão estereotipada e o nosso preconceito cometem é achar que todo jovem negro e pobre, morador de favela, é um traficante em potencial. Se a gente encontrasse na rua com um grupo como aquele, com certeza iria levar um susto.

Sei que não se pode julgar toda a juventude dos morros cariocas por essa especial amostragem. Mas também não se pode generalizar para todos os favelados o comportamento dos traficantes, já que estes não representam nem 1% da população das favelas. E o fato é que a todo momento estamos fazendo essas generalizações.

Depois do papo, que teria durado ainda mais de duas horas se eu tivesse tempo, trouxe comigo para ler o trabalho dado por essas abnegadas professoras. Pelas redações, cujo tema era "Atração e medo", fica-se conhecendo um pouco do impressionante cotidiano dessa garotada, em que é quase heróico o esforço de não se envolver com as drogas e as armas. Esse bionômio, aliás, está presente como tentação em todos os depoimentos.

De um jovem cujo nome e endereço vou omitir: "Como moro em uma comunidade em que existe muitos traficantes e bandidos, eu até conheço alguns deles, sentia uma atração quando eu estava duro, sem dinheiro, e meus amigos desciam o morro para assaltar eu tinha muita vontade de ir com eles mas também tenho medo de eu descer e não subir mais para minha comunidade, que eu adoro e que eu fui nascido e criado".

De uma quase menina: "Já sofri muito e por isso há algum tempo atrás comecei a me drogar. Fumei maconha pela primeira vez, não tive nenhuma reação. Fumei pela segunda vez e me deu *overdose*, quase que eu morri. Fui para a emergência e tomei uma injeção (...) Tornei a fumar maconha e fui me acostumando (...) Tive muito medo que minha mãe descobrisse, pois era justamente por causa dela que eu estava fazendo isto. Porque eu estava tão perto dela e ao mesmo tempo tão longe e precisando muito dela (...) Nesse tempo eu tinha doze para treze anos. Hoje estou com 16 anos, estou com os problemas resolvidos, não fumo mais e sou feliz".

Em algumas avaliações da professora, surge um pouco das dificuldades: "Turma dificílima. Antes, marginalizada demais. 90% masculina: situação atípica. Necessidade de muitos encontros. Desafio completo".

Nada é fácil nesse trabalho de resistência. No final, o professor de uma das turmas me abordou com um misto de sugestão, apelo, desafio e ultimato: "Ouçam os jovens, vocês têm que ouvir o jovem". Quase lhe pedi que se dirigisse ao presidente. Uma campanha antidrogas teria muito o que aprender com esses resistentes que moram ao lado do perigo, entre o terror e o êxtase.

Tive muita dificuldade de explicar porque ainda sou otimista em relação ao país. Respondo sempre com a mesma piada: "sou otimista como sou careca; é uma questão de genes". Mas nessa manhã eu tive uma razão de fato. Desencantados com o presente, vivemos sentindo saudades do passado. Pois eu saí de lá sentindo saudade do futuro.

23 de junho de 2001.

NOVA LÓGICA
DO CRIME

Depois de impor suas leis e ampliar seu domínio sobre a cidade através da violência, os bandidos, e agora também as bandidas, foram aos poucos desenvolvendo e aperfeiçoando seus disfarces e estratagemas, de tal maneira que a sensação geral é de que nenhum sistema de segurança ou esquema de vigilância, inclusive os eletrônicos, é capaz de garantir a invulnerabilidade de uma casa, um apartamento e até de um quartel. No máximo, inibe. Ninguém está mesmo a salvo.

Na tentativa de assalto a um prédio da Lagoa sábado à tarde, em que o empresário Concetto Mazzarella foi assassinado com dois tiros e o porteiro José Cabral foi também baleado e gravemente ferido, observou-se o uso de uma tática de despiste cada vez mais freqüente na hora da fuga: as duas ladras saíram chorando como vítimas e, ao encontrarem o vigia da rua, alegaram que fugiam porque o prédio estava sendo assaltado.

A primeira vez que presenciei uma cena parecida foi na minha rua, em frente à minha casa. Um bandido assaltou uma banca de jornais, deu um tiro no dono e saiu gritando "atiraram num homem ali". As pessoas correram na direção contrária à dele, tentando pegar o suposto atirador, e ele, o verdadeiro, pôde fugir tranqüilamente do local, embarcar numa van e ir embora. Trata-se de um expediente que faz parte da mesma perversa lógica de inversão em que bandido persegue a polícia e Sérgio Naya tem do seu lado a justiça.

Falsas blitze com delinqüentes vestidos de policiais, ataques a bancos com assaltantes fantasiados de seguranças, traficantes usando uniformes de enfermeiros para retirar comparsas feridos dos hospitais, tudo isso não é mais novidade. Também já viraram lugar-comum os assaltos às 6 ou 7 horas da manhã, quando os porteiros estão varrendo a calçada e os moradores saindo para o trabalho ou para as caminhadas. Um horário insuspeito, já que se costuma achar que a noite é mais perigosa. A operação é simples. Um falso entregador de remédio, de flores, de pizza, alguém se fingindo de carteiro ou farmacêutico consegue ludibriar o porteiro, entra, abre a porta para os cúmplices, que trancam os funcionários num banheiro e, com o prédio ocupado, agem à vontade.

É ilusão acreditar que a polícia vai pôr fim a essa escalada de manobras e ardis do crime, até porque algumas medidas de precaução podem ser tomadas pelos síndicos, moradores e porteiros. Mas a ela caberia pelo menos impedir que marginais agissem como as duas mulheres-bandidas, que há quatro anos vêm assaltando e matando livremente.

17 de fevereiro de 2004.

SE NÃO ME FALHA A...
OU RIR... NEM QUE
SEJA DE SI MESMO

O DIA EM QUE MORRI

Boato mata cronista, mas ele não espera o terceiro dia para ressuscitar.

O presidente da República tinha acabado de discursar quando recebi a notícia de minha morte. Eu estava na cerimônia de inauguração do Instituto Moreira Salles e vi Marcos Sá Corrêa vindo em minha direção com o cabelo molhado de quem saiu do banho às pressas e a cara de quem estava vendo fantasma. De fato, eram as duas coisas. Viera correndo de casa, ali perto, para me avisar que infelizmente eu tinha morrido. Acho que cheguei a esboçar um ar compungido ao ouvir o relato e devo ter dito que o falecido era um cara legal.

O boato fora divulgado na Internet, on-line, pela Agência Estado, que se baseara no telefonema que um repórter deu para um antigo número meu: 267-0415. Quem atendeu disse que eu morrera num desastre de carro na Lagoa. O próprio repórter me contou depois: "a mulher deve ser uma louca, porque me atendeu chorando, dando detalhes de sua morte e dizendo que trabalhava com a família há 14 anos; 'coitada da Mary, dos filhos', chegou a dizer".

O equívoco correu redações, chamou de volta quem já estava em casa, ameaçou desarrumar páginas prontas, congestionou linhas telefônicas e chocou amigos e parentes. Meu filho, por exemplo, que custou a ser localizado, conviveu com o boato como se ele fosse verdade por mais de uma hora. Por ser irresponsável, a tal maluca do telefone com certeza não consegue imaginar o que uma brincadeira dessas pode causar.

Lá pelas 9 horas da noite – eu tinha morrido às 16h – a imprensa descobriu que eu estava no IMS e não no IML. Do lado de fora, dezenas de repórteres e fotógrafos aguardavam atrás de um cordão de isolamento a saída do presidente. Veio então uma ordem das redações para que falassem comigo; não valia mais versão, eu tinha que ser ouvido ao vivo, se é que a expressão se aplicava ainda a mim.

Naquele momento, eu era mais importante do que o presidente, o governador, o prefeito e quem mais estivesse lá dentro. Afinal, não é todo dia que se vê alguém morrer e ressuscitar em cinco horas. O recorde era três dias, mas fora batido há muito tempo.

Lá fora os colegas apontavam suas armas para mim: microfones, gravadores, câmeras, canetas. Nunca tinha me sentido desse lado e aprendi o que é ficar na frente daquilo que a gente mesmo chama de "batalhão de jornalistas". Era uma entrevista coletiva inédita, de um ex-morto. Quando me perguntaram como é que eu estava me sentindo, quase respondi: "estava melhor no Além".

Já de madrugada abri o computador e vi a descrição de minha morte; era tão precisa que não tive dúvida, devia ser verdade. Uma agência séria não colocaria no ar um boato desses. Seria muita irresponsabilidade. Uma falsa notícia de morte pode ter conseqüências desastrosas. Além do mais, o morto era figurinha fácil na cidade, de apuração rápida. Se a Agência resolvesse esperar um pouco, os repórteres conseguiriam desfazer o boato, como aliás desfizeram

logo depois, só que aí eu já estava morto. Será que notícia em tempo real é isso, primeiro divulga e depois apura? Não pode ser. A hipótese mais provável era a de que eu estava mesmo morto. Se um vivo é capaz de se imaginar morto, um morto pode muito bem se imaginar vivo lendo a notícia da própria morte. Era o que eu fazia ali, agora. Com material parecido, um outro defunto, o machadiano Brás Cubas, esse, genial, escreveu uma obra-prima. Com a ajuda do vinho que havia tomado para comemorar, passei a acreditar no que estava lendo. Leiam o que li:
"Morre o escritor Zuenir Ventura – Rio de Janeiro – A empregada do jornalista Zuenir Ventura, Maria Antônia, afirmou agora à noite que ele morreu hoje, após sofrer um acidente na Lagoa, na zona sul do Rio de Janeiro, por volta do meio-dia. Segundo a empregada, que há 14 anos trabalha com a família, Zuenir, autor de *1968 – o ano que não terminou, Cidade Partida e Inveja* faleceu às 16 horas. Ele era colunista do jornal *O Globo*, e sua última coluna vai ser publicada amanhã."

Colegas dizem que nos Estados Unidos isso daria processo e indenização. No Brasil não deu nem pedido oficial de desculpas da Agência, muito menos flores para o enterro, sequer uns cravos de defunto.

UM IDOSO NA FILA DO DETRAN

"O senhor aqui é idoso", gritava a senhora para o guarda, no meio da confusão na porta do Detran da Avenida Presidente Vargas, apontando com o dedo o tal "senhor". Como ninguém protestasse, o policial abriu caminho para que o velhinho enfim passasse à frente de todo mundo para buscar a sua carteira.

Olhei em volta e procurei com os olhos o velhinho, mas nada. De repente, percebi que o "idoso" que a dama solidária queria proteger do empurra-empurra não era outro senão eu.

Até hoje não me refiz do choque, eu que já tinha me acostumado a vários e traumáticos ritos de passagem para a maturidade: dos 40, quando em crise se entra pela primeira vez nos "enta"; dos 50, quando, deprimido, se sente que jamais vai se fazer outros 50 (a gente acha que pode chegar aos 80, mas não aos 100?); e dos 60, quando um eufemismo diz que a gente entrou na "terceira idade". Nunca passou pela minha cabeça que houvesse uma outra passagem, um outro marco aos 65 anos. E, muito menos, nunca achei que viesse a ser chamado, tão cedo, de "idoso", ainda mais numa fila do Detran.

Na hora, tive vontade de pedir à tal senhora que falasse mais baixo. Na verdade, tive vontade mesmo foi de lhe dizer: "Idoso é o senhor seu pai". O que mais irritava era a ausência total de hesitação ou dúvida. Como é que ela tinha tanta certeza? Que ousadia! Quem lhe garantia que eu tinha 65 anos, se nem pediu pra ver minha identidade? E o guarda paspalhão, por que não criou um caso, exigindo prova e documentos? Será que era tão evidente assim? Como além de idoso eu era um recém-operado, acabei aceitando ser colocado pela porta a dentro. Mas confesso que furei a fila sonhando com a massa gritando, revoltada: "esse coroa tá furando a fila! Ele não é idoso! Manda ele lá pro fim!" Mas que nada, nem um pio. O silêncio de aprovação aumentava o sentimento de que eu era ao mesmo tempo privilegiado e vítima – do tempo. Me lembrei da manhã em que acordei fazendo 60 anos: "Isso é uma sacanagem comigo", me disse, "eu não mereço". Há poucos dias, ao revelar minha idade, uma jovem universitária reagira assim: "Mas ninguém lhe dá isso". Respondi que, em matéria de idade, o triste é que ninguém precisa dar para você ter. De qualquer maneira, era um gentil consolo da linda jovem. Ali na porta do Detran nem isso, nenhuma alma caridosa para me "dar" um pouco menos.

Subi e a mocinha da mesa de informações apontou para os balcões 15 e 16, onde havia um cartaz avisando: "Gestantes, deficientes físicos e pessoas idosas". Hesitei um pouco e ela, já impaciente, perguntou: "o senhor não tem mais de 65 anos, não é idoso?"

– Não, sou gestante – tive vontade de responder, mas percebi que não carregava nenhum sinal aparente de que tinha amamentado ou estava prestes a amamentar alguém. Saí resmungando: "não tenho *mais*, tenho *só* 65 anos".

O ridículo, a partir de uma certa idade, é como você fica avaro em matéria de tempo: briga por causa de um mês, de um dia. "Você nasceu no dia 14, eu sou do dia 15", já ouvi essa discussão.

Enquanto espero ser chamado, vou tentando me lembrar quem me faz companhia nesse triste transe. Aí, se não me falha a memória – e essa é uma segunda coisa que mais falha nessa idade – me lembro que Fernando Henrique, Maluf e Chico Anysio estariam sentados ali comigo. Por associação de idéias, ou de idades, vou recordando também que só no jornalismo, entre companheiros de geração, há um respeitável time dos que não entram mais em fila do Detran, ou estão quase entrando: Ziraldo, Dines, Gullar, Francis, Evandro Carlos, Milton Coelho, Janio de Freitas (Lemos, Barreto, Armando e Figueiro já andam de graça em ônibus há um bom tempo). Sei que devo estar cometendo injustiça com um ou outro – de ano, meses ou dias – e eles vão ficar bravos. Mas não perdem por esperar: é questão de tempo.

Ah, sim, onde é que eu estava mesmo? "No Detran", diz uma voz. Ah, sim. "E o atendimento?" ah, sim, está mais civilizado, há mais ordem e limpeza. Mas mesmo sem entrar em fila, passa-se um dia para renovar a carteira. Pelo menos alguma coisa se renova nessa idade.

7 de setembro de 1996.

ENVELHECER: QUE JEITO?

Na mesa com Fernanda Montenegro e João Ubaldo, falando de terceira idade.

Se você não confia em ninguém com mais de 30 anos, como diziam os jovens dos anos 60, que aliás já estão há muito na faixa que tanto desprezavam, desembarque desse artigo. O papo aqui é para quem tem não só mais de 30, como de 40, 50, 60 e até 70. O tema me foi inspirado pela experiência que vivi no sábado passado, quando participei de uma mesa-redonda com Fernanda Montenegro e João Ubaldo para debater o destino em direção ao qual todos nós caminhamos, quando não somos interrompidos no meio: a velhice. Mas, fiquem tranqüilos, não é uma coluna terminal.

"Participei" é maneira de dizer, pois ouvi mais do que falei, inclusive porque onde estão aqueles dois o melhor a fazer é ser todo ouvidos. O encontro fazia parte da "IV Jornada de Psicanálise e suas Interseções", promovida pela Escola Brasileira de Psicanálise Movimento Freudiano. Na platéia, profissionais que lidam com as pessoas, digamos, em adiantado processo de envelhecimento, ou seja, mais pra lá do que pra cá, como é o caso desse dinossauro que vos fala.

Minha amiga Berenice Ribeiro é quem coordena o departamento de psicanálise com idosos, uma iniciativa pioneira que surgiu há seis anos. O tema então não despertava muito interesse. Preferia-se discutir a infância e a adolescência, talvez porque tivessem mais futuro. A preocupação social com a chamada Terceira Idade é mais ou menos recente: apareceu provavelmente com a descoberta de que o país está envelhecendo. Se não me falha a memória, e nessa idade ela sempre falha, somos hoje cerca de 14 milhões de idosos; em 2050, seremos (na verdade serão) mais de 50 milhões.

Além disso, descobriu-se também que os velhos "inativos" não eram economicamente aquele peso morto que se dizia: de acordo com um levantamento do INSS, em 3.100 das mais de 5 mil cidades brasileiras são os idosos que movimentam a economia local com seus salários de aposentados. Nessas cidades, que representam 57,3% do total, o volume dos pagamentos de benefícios previdenciários supera o valor do Fundo de Participação dos Municípios.

Mas não foi para isso que estávamos ali num auditório da Academia Brasileira de Letras, que por sinal abrigou um dos mais confiáveis anciãos desse país, o dr. Barbosa Lima Sobrinho. Segundo Berenice, os resultados do trabalho, "as reflexões que promove e as ações que implementa são apresentadas nesse encontro anual que a psicanálise realiza para dialogar com outros campos de saber que se dedicam à pesquisa e à assistência à população que envelhece".

Na "mesa dos artistas", como é conhecida a participação dos não-especialistas, já se sentaram Tônia Carrero, Evandro Lins e Silva, Marília Kranz, Ivo Pitanguy, Marina Colasanti, entre outros, para relatar suas experiências com a idade e com a vida. No ano passado, por exemplo, Tônia deu um depoimento que pode ser lido nos anais dos encontros e que toca pela franqueza e sinceridade. A certa altura, ela diz, cheia de bem humorada resignação: "Eu acho que se deve lutar contra a idéia de que o envelhecimento é: 'pronto, agora é horrível, ninguém mais me canta'. Eu sinto sim. Mas um homem brasileiro não namora velha? Então paciência, não dá mais para namorar".

Depois de Tônia, falou Marina, que surpreendeu pelo que pleiteava: "Eu quero reivindicar para mim a palavra velha; velha e velho. Eu não sou da terceira idade, a minha vida não começou aos 60, eu quero de volta a palavra velho".

Antes que alguém perguntasse, ela respondeu: "porque, como pessoa que vive das palavras, é a minha profissão, é a minha paixão, eu sei muito claramente que as coisas *são* quando são nomeadas".

No sábado passado, o primeiro a falar foi João Ubaldo, que expôs sua visão pessimista – ou realista – dessa fase de vida, na qual ele mal entrou, pois tem "apenas" 61 anos, faltam-lhe ainda quatro para ser considerado idoso. É tão novo que eu atribuí suas queixas a uma crise de adolescência, que passaria quando ele chegasse à minha idade, daqui a dez anos. Mesmo quando tenta ser amargo, o autor de *Viva o povo brasileiro* não perde o humor e não deixa de ser divertido. Levou a platéia às gargalhadas, descrevendo alguns daqueles dissabores cotidianos da idade, como a memória que falha, a vista que enfraquece e os óculos que se perdem: "cadê meus óculos? Bereniiiiiice????" – fica chamando a mulher, cujo trabalho, pelo visto, começa em casa.

Fernanda, que se orgulha dos seus invejáveis 73 anos, fez um delicioso contraponto à fala anterior – pra variar, foi aquele show de graça e inteligência. Otimista, até porque é de uma família longeva, seu relato cheio de disposição e energia vital deve ter levado a platéia a pensar o que eu disse para mim depois de ouvi-la, com reverência de fã: "envelhecer assim até eu quero".

30 de novembro de 2002.

SETENTINHA

Já não se fazem velhos como antigamente.
Os de hoje são mais jovens.

Nunca pensei que no dia em que completasse 70 anos, isto é, ontem, eu fosse acender velas em vez de apagá-las. E que, fazendo minhas as últimas palavras de Goethe, fosse pedir "Mais luz!", iniciando essa nova idade das trevas – do país, não minha. Por falar em Goethe, o consolo é que o nosso homem fáustico, cujo fundamento básico é, como se sabe, a vontade do poder, passará igualmente pelas mesmas agruras. Fernando Henrique também faz setentinha esse mês. Só espero que seu inferno astral não tenha nada a ver com o signo.

Como sempre, não vou comemorar, meus amigos sabem disso. Uma pessoa querida insistiu em querer me homenagear com uma festa para 700 convidados, cem para cada década. Agradeci muito a gentileza, como recusar? mas acabei arranjando uma desculpa.

Adoro festa de aniversário, mas dos outros, não para mim. Além do mais, essa não seria uma festa e sim um teste de popularidade. E se em vez de 700 só comparecessem 70? E se nem isso, mas apenas 7? Peguei minha família e *fui*, com a garantia de que não teria "parabéns prá você, nessa data querida", muito menos "é big, é big, big, big ...".

"E como é fazer 70 anos?", alguns jovens têm me perguntado, sem esconder o espanto de que alguém pudesse chegar a esse ponto. "Não tenho a menor idéia", costumo dar o troco, "é a primeira vez que vou fazer". É e não é brincadeira. O choque maior foi quando, aos 65 anos, descobri por acaso que era, tecnicamente, um idoso. Já escrevi sobre isso, mas nessa idade a gente repete muita história. Estava no Detran e a mulher que organizava a fila gritou para o guarda pedindo prioridade para um "senhor": queria livrá-lo daquele empurra-empurra. Abrimos então caminho para que o tal velhinho passasse à frente de todo mundo e fosse buscar sua carteira. Foi quando descobri que o velhinho a quem ela se referia era eu. Sem me refazer do susto, ainda alimentei a esperança de que houvesse algum protesto. Não era possível que, sem pedir a identidade, tivessem tanta certeza. Alguém ia gritar: "ei, esse cara não é idoso, manda para o final da fila!". Mas que nada. Aquele silêncio de concordância e eu, o velhinho, passando à frente.

A partir desse incidente, nunca mais fui o mesmo, até porque a cada ano adquiri mais a cara de idoso. Vão longe os tempos em que os desconhecidos, julgando pelo que liam, se surpreendiam ao me conhecerem: "pensei que você fosse mais velho". Agora é o contrário. Outro dia uma jovem teve a petulância de não disfarçar sua decepção: "pensei que o senhor fosse mais novo!!!". É verdade que uma outra, bem mais bonita aliás, foi uma gracinha, me deu a maior força ao saber da minha idade: "mas ninguém lhe dá isso!" O problema é que nessa idade ninguém precisa lhe dar para você ter.

De todos os ritos de passagem, o mais traumático talvez tenha sido a virada dos 50 anos, quando descobri que era a última vez, que nunca mais faria outros 50. Ao fazer 30 ou 40, você acha que vai poder chegar aos 60 ou 80. Mas fora dr. Barbosa Lima Sobrinho, quem chegará aos 100?

Os 40 me deprimiram. Os 50 me deram esse choque. Nos 60, me senti injustiçado. Me lembro que acordei e me lembrei do dia: "mas é uma sacanagem. Eu não mereço isso!". Estava realmente convencido de que havia um descompasso entre o relógio cronológico e o biológico. O primeiro estava adiantado ou o segundo, atrasado.
 A verdade é que, graças aos avanços da gerontologia, não se fazem mais velhos como antigamente. Os de hoje são mais jovens – homens e mulheres. Recordo meu pai completando 50 anos (oito a menos que Caetano hoje) e eu achando-o um ancião. Indo bem mais longe, a 44 antes de Cristo: Cícero era um sessentinha e se sentia com experiência suficiente para escrever um clássico sobre o tema: "De senectute". Já Norberto Bobbio só se achou bastante maduro para fazer o seu "De senectute – O tempo da memória" na "quarta idade", com mais de 80 anos.
 Entre os dois, fico no meio. Entre a exaltação de Cícero e a depreciação de Bobbio ("quem louva a velhice não a viu de perto"), prefiro o meio elogio à meia idade. Não caio de paixão pela velhice, mas também não concordo com Oscar Niemeyer, que a acha "uma merda". Há coisas piores. A própria adolescência, tão idealizada a distância, é uma das fases mais atormentadas da existência. Não acredito nos mitos da senectude como fonte de experiência e sabedoria. Conheci idiotas aos 18 e aos 70 (vai ver até, vocês estão falando com um).
 Mas há uma virtude anciã: a tolerância. Não sei se tem a ver com ela, mas acho que em nenhuma etapa de minha vida fui mais feliz – uma felicidade particular inversamente proporcional à infelicidade do país. Talvez seja por causa dela também que, olhando o pôr-do-sol, eu acredite que exista no ocaso uma serena e crepuscular beleza – quando a vista não falha.

2 de junho de 2001.

O ASSUNTO
É VELHO

A gente descobre que está ficando velho mesmo, quando já ficou. Mas vamos ao jogo. A gente descobre que está ficando velho quando, por exemplo, sobe a serra de Teresópolis para a festa de aniversário de dois amigos gêmeos – Antônio e Francisco – e constata que eles, que você viu nascer ontem, já estão fazendo sete anos e que, daqui a pouco, na próxima festa talvez, já estarão com a idade do pai, que você conheceu, não digo que com sete, mas com 17, um pouco mais, por aí.

A gente descobre que está ficando velho quando sai dessa festa e vai para outra, também junina, perto dali, de alguém que você também viu nascer e que hoje já está com quase 40 anos, é um ator famoso e se chama Marcos Palmeira. Sentado junto com o outro velho da festa, o pai do dono da casa, Zelito Viana, você vai vendo passar todo o "arraiá". Não é fácil reconhecer porque estão fantasiados de caipiras. "Olha o filho da Helô", "olha a da Maria Clara", "o do Zé Rubem", "o do Paulo Alberto". Vimos nascer quase todos – Pedrinho, Ana Letícia, Zé Henrique, André – e agora estamos vendo nascer seus filhos (quando digo "vi nascer" é força de expressão, senão alguém pode me confundir com parteiro; sou jornalista).

Se as nossas caipiras de verdade fossem como as da festa do Marquinhos, não teria havido êxodo rural, as cidades não estariam inchadas de homens. São lindas, mesmo de rosto pintado, cabelo Maria-chiquinha e saias rodadas. De repente, baixa nos dois decrépitos fantasias inconvenientes e improváveis: "Olha aquela ali!". "Que coisa!". "Disfarça e vê essa que vem vindo".

Sei que vão reclamar porque repetirei pela enésima vez a seguinte história (mas se eu não repetir história vou repetir o que: sexo?) de um amigo que só namorava brotinho, quando eles ainda existiam, evidentemente. Um dia ele exagerou e eu o recriminei: "Ô, Duda, essa menina deve ter uns 13 anos". E ele, cínico, invertendo o sentido de minha crítica, disse: "Mas tá conservada, né".

A gente descobre que está caindo no ridículo quando se assanha porque as duas gatinhas em frente estão olhando com inocente simpatia para você; aí se aproximam e uma diz: "eu estou comentando com ela que o senhor é a cara do meu avô, só que um pouquinho mais velho" (poderia pelo menos ter me confundido com um outro avô, o Raí, por exemplo).

A gente descobre que está ficando velho e nunca vai ficar rico, chique e famoso, quando se dá conta de que seu novo patrão é outro jovem que você viu nascer, crescer, mas jamais percebeu que ele se transformaria logo num competente e poderoso executivo da nova economia.

Descendo a serra no domingo para o velório e enterro de Tim Lopes, a gente descobre que, além de estar ficando velho, está morrendo um pouco com cada colega ou amigo que morre. Meu pai, aos 97 anos, pouco antes de ir, dizia: "o problema não é a velhice, é a solidão; é não ter mais amigo com quem conversar". Por isso é que vivo renovando minhas amizades. Não jogo fora as antigas, mas não abro mão das novas. No futuro elas serão muito úteis (escrevo "no futuro" e só então noto a piada que fiz).

Mas a gente descobre que está ficando velho mesmo é quando começa a achar que velhice é assunto para crônica. Onde é que eu estava mesmo? Ah, sim, olhando as meninas da festa do Marquinhos. Depois eu conto. Já contei? Tem certeza? Quando?

8 de julho de 2002.

E O QUE É GOIABA?

Não é a primeira vez que mudo de emprego, deve ser a décima, mas espero que seja a última. Agora, no que depender de mim, só saio desta para uma melhor. Não mudo mais nem de assunto. Mudança dá sempre um friozinho no estômago, mexe com nossas inseguranças e mobiliza nossas velhas incertezas. Por melhor que seja, ela não existe sem dor. Ah, é horrível. Em compensação, o desafio tem a vantagem de despertar energias adormecidas, de nos revigorar e revitalizar. Enquanto a mudança é transformadora, a inércia, por natureza, não leva a lugar nenhum, ou leva ao desastre. O Brasil, por exemplo, acaba de ir para o beleléu por não saber ou não ter tido a coragem de mudar na hora certa – de política, de economia ou de presidente. Aliás, a história dos fracassos econômicos brasileiros se resume à falta de correção de rumo.

"Há tempo de abraçar e tempo de afastar", ouço o conselho do Eclesiastes. Se o mundo gira, se o câmbio flutua, se a Luzitana roda, se a tecnologia se transforma, se a metamorfose é geral e se até a Globo mudou, por que eu não haveria de mudar? – ainda mais num país de desempregados e pertencendo à faixa etária que FH transformou em faixa otária.

Dizem que a gente grita ao nascer por medo da mudança, por pânico do desconhecido. A perspectiva de trocar o confortável útero por uma situação nova seria responsável pelo tal grito primal, um grito que, sob outras formas, vai nos acompanhar metaforicamente por toda a vida. Estamos sempre gritando, senão literal pelo menos simbolicamente.

Só esqueci de perguntar ao psicanalista que me ensinou isso por que então não se grita também antes de morrer? Será que o medo da vida é maior do que o da morte? Será que algum misterioso pressentimento nos avisa que nada no além pode ser pior do que o que se vive aqui?

Acho que não perguntei por ter ficado muito impressionado com as histórias patológicas que ele me contou, de pessoas que gritam até para trocar de roupa ou de pasta de dente. Graças a Deus não cheguei a esse ponto: de pasta, nem tanto, mas de roupa troco todo dia numa boa, sem gritar.

Se *grito* agora ao trocar de jornal após um longo casamento profissional é por motivos bem razoáveis: medo de recomeçar, de nascer de novo. Medo sobretudo de não agradar, porque por trás de qualquer medo há sempre o temor disfarçado do fracasso.

Por isso, o pior da mudança é a expectativa – não só a que se tem, mas a que se cria: uma espécie de expectativa da expectativa alheia. O que estão esperando de mim? O que vão achar? Será que vai dar certo? Que assunto escolho para a primeira crônica? E vai interessar?

Sabia que o perigo da estréia era ficar falando da ansiedade de mudar, enquanto as coisas estavam mudando em volta. O país desestabilizado por uma turbulência e eu, autocentrado, tentando controlar minha crisezinha boba. Os dólares se esvaindo, os salários sendo confiscados, a inflação pressionando, FH mais desvalorizado que um real e eu (vai ver que por tudo isso mesmo) fugindo para dentro do espelho.

Teria que evitar essa alienação, me prometi, e bem que tentei, mas agora vejo que o espaço está acabando e continuo dando voltas em torno de mim. É evidente que deveria tocar no tema; afinal, mudança de emprego é uma das principais causas de trauma psicológico, ao lado da separação no casamento. Mas não desse jeito, só de passagem. O que vão dizer as pessoas que não dão bola para essas frescuras existenciais?

Tenho um amigo que é assim, não esquenta com mudança; ao contrário, adora esse clima de desafios e expectativas. Volúvel, vive trocando de namorada, de preferência para uma mais jovem. Reclama apenas de um inconveniente: ter que explicar a cada nova conquista o que já explicou às anteriores: quem são seus amigos, sua família e, sobretudo, "quem é Ferreira Gullar?".

Otto Lara Resende não tinha muita paciência para essas ignorâncias juvenis e se irritava particularmente quando a amnésia atingia não só as pessoas mas também as frutas. Um dia desabafou com Fernando Sabino: "chega, não quero mais conhecer ninguém que não saiba o que é goiaba".

Talvez por isso, O Globo tomou a sábia providência de mostrar antecipadamente quem era sua nova conquista, quer dizer, esta velha novidade. Pelo menos assim diminui o risco de jovens leitores saírem por aí perguntando: "Quem é Zuenir Ventura?". "É com ele que se faz goiabada?"

30 de janeiro de 1999.

PAGANDO MICO

*E*ssa semana vou virar celebridade, vou ter meu 15 minutos de fama. A pedido de meu amigo Gilberto Braga, devo gravar uma cena na sua novela que vai ao ar em breve. Resisti muito. Primeiro, porque não gosto de televisão nem para dar entrevista, quanto mais para "representar". Fico muito burro, mais do que o normal. E depois porque, não preciso dizer, não sou celebridade. Me lembrei de Tom Jobim fazendo uma de suas frases: "pobre do país em que sou celebridade". Se ele, o grande Tom, achava isso, imagine eu.

Só me convenci quando Liege Monteiro, que transmitiu o convite, garantiu que é uma figuraçãozinha de nada com Marquinhos Palmeira, meu sobrinho por adoção, e Malu Mader, uma amiga querida. Na novela, sou jurado de um prêmio literário (um papel que costumo desempenhar na vida real) que é concedido a João Ubaldo. Ação entre amigos. A grande vantagem para todos, principalmente para os telespectadores, é que entro mudo e saio calado da cena. Tenho apenas que posar junto com Malu, que pede para fazer uma foto comigo.

Aparecer na televisão para mim é sempre um mico. Durmo mal na véspera, quando fico imaginando as besteiras que posso dizer, e no dia seguinte as besteiras que disse. Agora então tem uma moda que está me fazendo deixar de ir a certos lugares: são os repórteres que vão para a porta de teatros e cinemas arrancar declarações de quem está entrando ou saindo. Dá pena vê-los ali tendo que cumprir a pauta. Na falta de um personagem importante, sobra sempre pra mim, que não consigo dizer não a um colega, imaginando a bronca que receberá do editor se chegar na redação sem nada. "Por favor, é uma declaração só, rapidinho. Por favor". E lá vou eu.

Na semana passada isso aconteceu mais uma vez. Mal havia entrado no *foyer* do Teatro Municipal, e a coleguinha insiste para eu dar minhas impressões sobre o espetáculo que ia ver: a apresentação da soprano Kiri Te Kanawa. Expliquei que era difícil opinar sobre o que ainda não vira, mas ela insistiu que era uma coisinha rápida, "fala da expectativa". Em seguida a gente conversaria sobre meu trabalho, meus livros, projetos etc. Olhei em volta para indicar alguém, mas a bela Vera Fisher, a única celebridade à vista, já tinha sido fisgada, claro. Acabei cedendo e falando que esperava maravilhas daquela noite, entre outras bobagens.

Mal saio da frente dessa câmera, e ainda sofrendo com o meu medíocre desempenho, sou abordado por dois jovens estagiários de um canal universitário. Adivinhem o que querem? Olho aquelas carinhas de pidões e vou para o sacrifício. O pior é que só consigo repetir as mesmas bobagens de antes. Para vocês terem uma idéia de como fico, nas duas vezes evitei pronunciar o nome da soprano de quem temos, minha mulher e eu, vários CDs. Temia errar ou esquecer. Mas, enfim, passados esses micos, entrei e gostei do espetáculo.

No domingo, lendo o Xexéo no Globo, vi que não era para gostar. Pouca coisa prestava e, pelo que dizia, não percebi muito do que aconteceu. Além de falar dos repórteres que me haviam entrevistado, ele informava que havia "celebridades aos montes", dizia que a Kiri não é mais aquela e arrasava com o que chamou de "recital enganatrouxa", um "fiasco".

Como o trouxa aqui não entende de música clássica, embora goste, achei o contrário do meu exigente amigo. Não me incomodou o cenário "inacreditavelmente feio", achei engraçadinha a orquestra só de mulheres que tanto irritou o colunista, e no lugar do "painel que repetia à exaustão o nome da empresa de cosméticos", não consegui ver mais do que um anúncio estático, quase inofensivo. Quanto ao tenor, considerei uma excelente revelação (opinião reforçada depois pelo maestro Sílvio Barbato). Só concordamos com o absurdo que foi botar microfones para os cantores. Não está evidentemente entre as melhores noites vividas por mim no Municipal, mas também esteve longe de me entediar. Ao contrário, curti com grande prazer um espetáculo que me soou leve, agradável, deliciosamente sem pretensões. Não sei se no Rio tem-se podido assistir a coisa melhor. Deve ser a tolerância da idade.

7 de novembro de 2003.

SE NÃO ME FALHA A...

Na semana passada, vivi uma experiência muito desagradável, ao descobrir que havia perdido a memória – memória virtual, bem entendido, mas hoje tão imprescindível quanto a real. Por causa de uma pane ou vírus, desapareceram de meu computador centenas de e-mails que estavam na Caixa de Entrada. Os arquivos não foram atacados, só o correio eletrônico.

Graças a Deus, a amnésia durou apenas 48 horas. Um bendito técnico recuperou, senão toda, pelo menos parte da correspondência. Mas esse lapso de tempo foi o bastante para me fazer sentir um desmemoriado. A sensação é a pior possível. De repente, a gente perde as referências e lembranças, fica-se sem os registros afetivos armazenados, sem estímulos e afagos, sem tudo aquilo que é o melhor para quem escreve: o retorno.

Em um segundo, cadê aquelas mensagens carinhosas que o enterneceram? Onde aquele leitor com o qual você trocou alguns e-mails e já se sentiam amigos de infância? O que fazer com as respostas que você deixou para dar depois porque requeriam uma certa reflexão, não podiam ser dadas de estalo? E as outras tantas não respondidas por falta de tempo? Como vai se sentir a jovem deprimida que pediu um *help* meio desesperado e vai receber o silêncio?

Luís Buñuel escreveu que "vida sem memória não é vida" e que a gente só descobre isso quando a perde. "Nossa memória é nossa coerência, nossa razão, nosso sentimento, até mesmo nossa ação". Sei que ele estava falando de memória real, não virtual, mas nesses dois dias pude imaginar o que deve ser o branco total, a ausência de qualquer vestígio de passado no hipocampo, que é a região do cérebro responsável pela guarda de nossas recordações, se não me falha a... memória.

A propósito, como sou muito esquecido, adoro piadas sobre o tema. O problema é que vivo repetindo as mesmas, sem me lembrar que já as contei. Mas há duas muito engraçadinhas, vou contar (ou recontar). A primeira é sobre as três piores coisas da velhice. Vocês sabem quais são? Não sabem? Então vou dizer: as três piores coisas da velhice são a esclerose e... e... me esqueci das outras duas.

Embora essa piada fizesse muito sucesso, parei de contar no dia em que, sem mais nem menos, não consegui me lembrar da palavra "esclerose". As pessoas riram muito, achando que fazia parte do número, mas a verdade é que na hora me deu um branco e a palavra não veio. Aí passei a contar outra, mais fácil de memorizar. Um velhinho está conversando com outro e lá pelas tantas empaca: "Se não me falha a... se não me falha a...". E cadê que a palavra saía? Concentrou-se, estalou os dedos, deu tratos à bola, puxou pela... pela... e nada.

Mas o pior é quando a sua amnésia se torna piada. Um dia me recomendaram um santo remédio para corrigir aquelas falhas que tanto irritam a gente: o esquecimento do título de um filme, do nome de uma música, do rosto que você sabe que conhece, mas como é que se chama mesmo? Daquela palavra que você diz estar na ponta da língua e que não sai nunca. Sem falar daqueles chatos que chegam perguntando "você está se lembrando de mim?" e se você mente – "claro, imagina" – ele desafia: "então diz de onde, como é meu nome?" (Isso já me aconteceu muitas vezes e eu não sei o que mais senti, se vergonha ou raiva da pessoa).

Mas, enfim, o tal remédio estava na moda, era uma espécie de viagra para a cabeça, todo mundo andava tomando e contando maravilhas de seus efeitos regeneradores. Já era lenda. Você tomava um comprimido, e toda aquela névoa que envolvia o seu hipocampo se desfazia como por milagre. O manto que encobria todo o arquivo morto em que se transformara o seu acervo de experiência árdua e longamente acumulada, era finalmente removido. Quanto saber escondido era afinal revelado? O medicamento chamava-se... chamava-se, será que vou me lembrar? Ginca Biroba, acho; não, Ginko Biloba, é isso (ou será Quincas Borba? Não, esse é um livro. Daqui a pouco eu me lembro.) Comprei logo um vidro e passei a recomendá-lo como um santo remédio contra a falta de memória. Só parei de tomar no dia em que numa roda em que se reclamava do mal, interrompi a conversa, feliz por poder dar a nova receita. Não era uma roda de amigos, alguns eu nem conhecia bem. Para me mostrar, anunciei a salvação mnemônica. Vocês podem imaginar a expectativa. Pois foi nesse momento que a névoa voltou, foi voltando, como se eu estivesse subindo a serra de Friburgo: veio vindo, veio vindo e encobriu tudo.

"Espera um momentinho, daqui a pouco eu me lembro, hoje mesmo, antes de vir para cá, eu recomendei a um colega, como é que isso foi acontecer?". Eu já estava suando quando ouvi a primeira gargalhada. A situação foi tão constrangedora que não me lembro como terminou.

Às vezes é até bom a gente sofrer de falta de..., de falta de... Daqui a pouco eu me lembro.

PAPO DE VARÕES ACIMA DE UMA CERTA IDADE

– Cálculo renal, não. Meu problema é colesterol; está a 295!
– O meu tá mais baixo, mas em compensação o triglicerídio subiu para 353.
– E a glicose? Sabe quanto está a minha? A quase 200.
– Humm! Glicose é fogo, não dá prá brincar.
– Você fala como se com as outras mazelas a gente pudesse brincar. O problema é a idade, cara, é fogo. O Aparecido tem razão. Ele diz que todas as doenças da velhice se chamam velhice.
– O Rodolfo também tem uma ótima: "se você tem mais de 50 anos e acorda não sentindo nada, é porque tá morto".
– Sabe quais são as três piores coisas da velhice? A primeira é esclerose e as outras duas, bem, as outras duas eu me esqueci. Outro dia fui repetir essa piada e dei um vexame. "Sabe quais são as três piores coisas da velhice? A primeira é, é..." e não houve meio de lembrar da palavra esclerose.
– Agora sem piada: sabe que me apareceu uma hérnia?
– Escrotal?
– Não, também não, pô, inguinal.
– Ah, uma operação boba.
– É, mas a convalescência demora 40 dias.

— O problema é a próstata. Aí é que mora o perigo. Como é que tá a sua?
— Vou examinar na semana que vem. Fico adiando porque morro de medo do toque. Ai! Só de pensar, já dói.
— Bobagem, se acostuma. Tem gente que gosta.
— Falando sério: é verdade que o seu triglicerídeo subiu com a dieta?
— Verdade.
— Então muda de laboratório.
— (risos) essa é boa.
— Não é brincadeira não. Tenho um amigo que tava com 600 e tanto de triglicerídeo, sei lá, uma taxa altíssima. Mas continuou comendo de tudo até que a mulher, assustada, levou-o para um novo exame de sangue em outro laboratório. Sabe qual foi o resultado? A taxa caiu pela metade. O exame anterior estava errado.
— Quem é seu médico?
— Tou bem servido, tenho um time de craques: Bálli, Higa, Félix. O chato é a dieta.
— Como é que tá o seu ácido úrico? O meu tá baixo, sem problemas.
— O meu tá a 9.9! Quer dizer: gota à vista. Você já teve gota?
— Não, isso não.
— Você não pode imaginar aqueles cristais duros e finos como agulhas se incrustando nas articulações. É quando se aprende o verdadeiro sentido da palavra lancinante. É uma dor que dói até soprando. Dizem que é a segunda pior no *ranking* das dores. Só perde para o parto.
— Eu gostaria de ver essa medição. Como é que sabe que uma dor é pior do que a outra?
— Sei lá, pergunta pro Ezio. Ele diz que é a pior, mas não pára de tomar vinho. Nas crises, enche a cara de Colchicina.
— É uma bebida asiática?
— Não, um remédio. Segundo o Moaça, que também

faz parte do clube dos gotosos, é o único que funciona nas crises.

— Ai, que horror, chega de falar de doença. Você conhece a história daqueles dois personagens famosos (infelizmente não posso dar o nome)? Eles viajavam na Ponte Aérea, conversando e rindo muito. Na poltrona de trás, uma gatinha extasiada tentava inutilmente recolher pedaços daquela conversa que ela imaginava inteligentíssima. Eles pareciam especialmente espirituosos aquele dia.

Na chegada, a moça tomou coragem e se aproximou de um deles: "você me desculpe, mas fiquei morrendo de inveja a viagem toda. Dava tudo para estar ao lado ouvindo a conversa de vocês. Fico imaginando o que perdi".

Ele riu de uma maneira que ela não entendeu; não podia confessar que o papo "inteligente" era mais ou menos esse:

— Pensar naquilo nem pensar, né?
— Há, há, há.
— E levanta?
— O quê? Que pergunta mais inconveniente!
— Tou perguntando se você levanta durante a noite para urinar.
— Ah, sim, duas vezes, no máximo.
— Então a próstata tá boa?
— A próstata tá, mas, em compensação, a coluna! A coluna, o colesterol, o... E falaram de doença o vôo inteiro.
— Você reparou que antigamente a gente se telefonava pra falar de mulher?
— É, depois passamos a falar de comida.
— E agora a gente só fala de doença. E com um certo prazer — doentio, claro.
— Mas, fora a doença, você está bem, não?
— Igualzinho ao Brasil: colesterol, triglicerídeos, glicose, tudo sob controle. Como a inflação. O perigo é morrer da dieta.

6 de abril de 1996.

O SAMBA DO
DIÁLOGO DOIDO

Nessa época do ano somos muito procurados por alunos de comunicação em busca de dados para complementar seus trabalhos finais. Eles estão sempre com pressa, correndo, "tenho que entregar amanhã, o sr. me desculpe, mas sabe como é, é a pressa". Alguns se preparam, surpreendem até pelo que sabem, mas muitos não sabem nem o que perguntar. Esses são os mais engraçados. Juntando algumas pérolas numa só entrevista, daria esse colar de *non-sense*:

– É da casa do sr. Zoemir?

Errar meu nome é humano. Há os que me chamam de Joenir, dona Suelir, Juvenil, sra. Sulenir e assim por diante. Já estou acostumado e procuro trocar a irritação por brincadeira.

– Mais ou menos.

– Como mais ou menos, não é da casa dele?

– Prá ser completamente você precisa trocar o *o* pelo *u* e o *m* pelo *n*. Assim você acerta o nome, que é Zuenir.

– Ah, sim, claro, desculpa, é a pressa. Zeunuir, né?

– Não, mas deixa prá lá. Me dá o número do fax que mando por escrito.

– Então vamos começar: como é que é isso de ser jornalista e escritor?

Sabia que em algum momento ia pintar essa pergunta. Ela é tão freqüente e inútil quanto aquelas do tipo "como vai o jornalismo?". "E a situação política?" (lembra aquela pergunta que ainda se faz na televisão a uma senhora diante da tragédia em que perdeu a casa e os filhos: "E como é que a Senhora se sente?"). Tenho vontade de gozar o meu futuro colega: "só respondo se você me disser como é que é isso de ser aluno e ignorante". Mas o rapaz é simpático e resolvo responder qualquer bobagem igualmente genérica, enquanto espero a pergunta seguinte:

– Não tive tempo de ler seus livros. Nessa época do ano, você sabe, a gente mal tem tempo pra dormir, só deu para dar uma olhada no "Ano que não aconteceu". Você podia dar uma resumidinha?

Parecia Bussunda pedindo pra dar uma raspadinha, mas aí eu já comecei a não achar graça. Errar o nome, vá lá; um nome desses é prá errar mesmo. Mas errar o título de um livro seu é demais! Nessa altura, o humor já não é o mesmo:

– Olha, meu filho, já sei que você vai dizer que é a pressa, as provas, o fim do ano, essas coisas. Mas poderia pelo menos ter lido a capa. Aí você veria que é "não terminou".

– Ah, sim, claro, o ano que não terminou, como é que fui fazer essa confusão?, só mesmo a pressa. Já prometi que a primeira coisa que vou fazer quando acabar esse trabalho é ler seu livro. Aliás, estou muito curioso porque meu pai sempre fala de 64.

– O livro não é sobre 1964 – rosno entre dentes (me contendo para não completar: "paspalhão").

– Ih, claro, hoje só dou fora, mas é essa correria de fim de ano.

De repórter o jovem tem pelo menos a cara-de-pau: não se encabula com as seguidas gafes e mente como um político. Por isso, resolvo desafiar meu leitor insincero:

– Mas o último livro, você leu, não?

– O "Cidade repartida"? Claro.
Já não quero corrigir mais nada e digo que tá bem, é isso mesmo: "repartida", e não partida. Ele se anima e garante que "é muito bom". Digo que esses são os melhores, os que a gente não leu, mas ele não dá o braço a torcer nem quando lhe pergunto onde se passa a história que ele não leu, não vai ler, mas jura que leu. Responde com aquela esperteza de aluno preguiçoso no exame oral:
– Deixa eu ver, peraí, eu sei, vou me lembrar: é na favela do Vidigal, não é não?
O silêncio do lado de cá parece perturbá-lo um pouco, um pouco só, porque logo se apruma e engata:
– Vamos mudar de assunto agora e falar um pouco de você, de sua vida. Como é que você começou?
Já estou irritado, mas tento fazer graça com o meu mau humor:
– Cara, eu já estou quase acabando e você vem me perguntar como comecei?
Ele não perde a pose e resolve me agradar:
– Realmente estou em falta com você porque não tive tempo de ler os livros, mas vou ler. Em compensação, te leio diariamente no jornal, não perco uma coluna.
Eu podia tentar desarmá-lo dizendo que só escrevo uma vez por semana, mas não ia adiantar nada, ele emendaria: "ah, sim claro, mas é como se escrevesse todo dia". Desisto, ele é imbatível. Agradeço a preferência e a fidelidade desse leitor ideal, capaz de ler até quando a gente não escreve. Resignado, só quero me livrar da entrevista, desligar o telefone e ficar à espera do próximo:
– É da casa do Sr. Zoemir?

26 de outubro de 1996.

CONVERSA
DE CEGO

*O humor incomplacente e politicamente incorreto
de quem vê além do preconceito.*

Leniro Alves é cego. Sei que deveria chamá-lo de deficiente visual, que é a expressão politicamente correta. Mas nem ele mesmo faz questão desse tratamento que os bons modos recomendam dispensar aos portadores de um defeito... está bem, de uma deficiência física. Assim como um medicamento às vezes produz efeito paradoxal, contrário ao pretendido, o uso desses eufemismos pode disfarçar uma piedade preconceituosa. Quando Leniro por acaso ouve a observação "tão bonitinho e cego", ele não deixa passar: "você quer dizer que, além de cego, eu tinha que ser feio, ter pé grande e morar longe?"

Ele me relata por e-mail uma série de casos e situações, a maioria fazendo parte do show "Ceguinho é a mãe", de seu colega de deficiência, o humorista mineiro Geraldo Magela, que criou um espetáculo, como ele mesmo diz, "diferente, irreverente e conscientizador, testado e aprovado pelo público brasileiro em várias oportunidades".

"Muitas pessoas acham que, por eu ser cego, todo mundo na minha casa tem que ser também: a mulher, os

filhos, o cachorro, o papagaio". Às vezes ocorrem diálogos assim:
– Sua mulher é normal?
– Não, ela tem antena, rodinha e entrada para CD!".
– Você é cego total?
– Não, só até as 18 horas, depois eu dirijo um táxi.

Nós outros, o colunista careca, os gordos, os baixinhos e os muito altos somos sempre pontos de referência. Eu, por exemplo, já cansei de ouvir em salas de espetáculo: "ainda tem um lugar ali perto do careca". Que ainda é menos ridículo do que "o senhor calvo" ou "com pouco cabelo". Mas segundo o meu leitor cego, a pior referência é a do tipo: "quero ficar ceguinho se estiver mentindo". Ele comenta: "Fica parecendo que todo cego é mentiroso".

Leniro acha que num certo sentido "ser cego é como ser brasileiro: viver aqui é uma fonte inesgotável para os bem humorados e/ou humoristas exercerem seu talento". Segundo ele, "como os cegos são vistos em geral como cegos em todos o sentidos e não apenas no físico, isso lhes dá o ensejo de viver situações muito engraçadas".

O mais curioso, além do humor incomplacente e autogozador presente nessas histórias, é a revelação da atitude piegas dos que se aproximam dos deficientes com a melhor das intenções e a pior das práticas estigmatizantes. Sem querer, acabam fazendo a cara de como se estivessem dizendo: "pobrezinho coitado" ou "coitado do ceguinho". Cheios de pena, às vezes mal disfarçam o sentimento de superioridade que os move involuntariamente.

Uma das maiores dificuldades dos cegos é atravessar uma rua, principalmente numa cidade como o Rio, onde os motoristas, se pudessem, retirariam das pistas tudo o que não se move sobre quatro rodas, ou então passariam por cima, como às vezes passam. Leniro, por intermédio de Geraldo, me orienta:
"A maneira mais correta de atravessar um cego na rua

é você deixar que o cego segure o seu braço, pois assim ele sente todos os seus movimentos. Você pode correr, descer escada, subir escada, pular buraco que não tem problema. A maioria das pessoas pega o cego pelo braço, suspende e aperta, mas aperta com tanta força que dá a impressão de que o cego quer fugir. E o cego não quer fugir, ele só quer atravessar a rua".

O cotidiano de um cego é cheio de imprevistos. "Outro dia mesmo, eu estava com uma pressa danada e queria atravessar a rua, mas ninguém me dava o braço. Olhei para um lado, olhei para o outro e não vi ninguém, até porque sou cego. E decidi: 'o primeiro que me roçar o braço, eu agarro e atravesso'. Dito e feito: o primeiro que me esbarrou o braço eu agarrei nele e nós atravessamos em meio às buzinas. Ao chegar do outro lado, fui agradecer:

– Muito obrigado.
– Não, eu é que agradeço, eu sou cego.
– Uai, você também!.

O que esses cegos nos ensinam, com esse comportamento irreverente e inesperado, politicamente incorreto na aparência, é que o preconceito e a discriminação não se corrigem só pelo uso bem comportado da linguagem, por mais importante que ela seja como portadora de clichês e estereótipos. Não adianta evitar palavras e expressões como "denegrir", "judiar", "cego de raiva", sem mudar a cabeça. Assim, como retórica, o politicamente correto serve apenas para disfarçar o preconceito e tornar o nosso racismo mais cordial.

3 de fevereiro de 2001.

AS ÚLTIMAS
DO JUDEU

01.Abr.2003 O perigo das generalizações. Como tenho amigos baianos cuja marca é o humor e a autogozação, sempre prontos a se ironizar, achei que todo baiano era assim. Daí a brincadeira que fiz na última coluna, contando não piadas, mas algumas histórias engraçadas da terra de todos os santos e alegrias. Conclusão: recebi uma meia dúzia de e-mails revoltados, indignados ou simplesmente desaforados me acusando de preconceituoso e ingrato. "Bestas somos nós, os baianos," lamenta-se Vera, "habituados a brindar quem vem de fora com nossa hospitalidade e o retorno é isso aí: o reforço dos nocivos e pedantes preconceitos".
"Se você acha a Bahia muito lenta é simples", recomenda outro leitor: "não venha. Fique no eixo Rio-São Paulo. Ora sendo assaltado, ora sendo seqüestrado. Coisa de gente moderna, ágil e inteligente como você". Outros igualmente enfurecidos disseram que preguiçoso era eu que contava piadas velhas e escrevia uma crônica sem qualquer originalidade. Eles têm razão, só que não precisavam dizer isso com tanta raiva.
Tive que responder explicando que adoro a Bahia, que curto o "baiano way of life", que no artigo eu dizia ser "revigorante voltar à Bahia, reencontrar sua gente, sua ma-

neira de ser, seu ritmo em câmera lenta" etc. Argumentava que nem toda brincadeira é preconceituosa (há muitas que são racistas e devem ser repudiadas) e que muitas histórias do gênero me foram contadas por baianos bem-humorados. Vale lembrar que o politicamente correto é uma prática saudável, mas que se desmoralizou quando perdeu o humor.

Mas vamos reconhecer que houve também muita incompetência de minha parte. Se eu não soube passar a evidência do meu caso de amor com a Bahia, a ponto de acharem o contrário, é porque a crônica foi mal escrita. Em caso de incompreensão, a culpa em geral é de quem escreve, não de quem lê. Se bem que no caso, foi uma minoria que não entendeu bem. Digamos que as duas partes foram culpadas: meio a meio.

Estava às voltas com essa questão quando recebi o livro *As melhores piadas do humor judaico*, de Abram Zylberstajn (pai de David, que aliás tem casa em Salvador e é um apaixonado pela Bahia). Além de hilário, funciona como lição para quem não me entendeu e também para mim, que não me fiz entender. Acho que ninguém pode acusar o autor de preconceituoso, ainda que fazendo, como Woody Allen, humor sobre si mesmo.

Dizem que Abram, que infelizmente não conheço, é a alegria das festas e reuniões, onde costuma contar suas anedotas. Elas faziam tanto sucesso que seus amigos o convenceram a publicá-las em livro (sua técnica é irresistível: o tempo, os cortes, o ritmo são perfeitos). Um dos amigos, ninguém menos que o casseta Marcelo Madureira, o Agamenon, do *Globo*, apresenta a obra, advertindo para a diferença entre as piadas sobre judeus, às vezes preconceituosas, e o humor iídiche do autor: "é papa finíssima, pois além de ser muito engraçado, contém ensinamento de vida. É um humor profundamente sábio e filosófico, ousaria dizer que chega a ser educativo".

O livro não é novo, mas como eu não conhecia as histórias, acredito que muita gente também não. Por isso quero dar uma pequena pala, reproduzindo algumas, as menores, por problema de espaço:

Raquel vai ao médico e faz a seguinte queixa:
– Doutor, estou perdendo a memória.
– Desde quando?
– Desde quando o quê?

Jacó aborda uma moça em plena Av. Atlântica.
– O senhor pensa que eu sou uma prostituta? – pergunta ela, indignada.
– Quem é que falou em pagar?

Jacó sai da boate com uma tremenda gata. Sente-se tão contente que, antes de entrar no carro, dirige-se ao porteiro, coloca algo no bolso de seu paletó e murmura:
– É para o uísque.
Depois que o carro some de vista, o porteiro, ansioso, mete a mão no bolso do paletó.
Encontra duas pedras de gelo.

Isaac perdeu a carteira num cinema. Quando se deu conta, anunciou aos berros:
– Senhoras e senhores, perdi uma carteira com R$ 1.000. Ofereço trezentos à pessoa que a encontrar.
Do fundo do salão ouve-se uma voz:
– Eu ofereço quatrocentos!

Uma mãe judia passeia com os dois filhos. Alguém pergunta a idade das crianças:
– O médico tem quatro, o engenheiro dois e meio.

A professora dita o seguinte problema aos seus alunos:
– Quanto renderiam cinco mil reais em dois anos, em um banco que pagasse juros de um por cento ao ano?

A garotada começa a fazer as contas. No fundo da classe, um garotinho fica parado. A professora estranha:
– Jacozinho, por que você não tenta resolver o problema? Esqueceu como se calcula?
– Não, professora; é que um por cento ao ano não compensa.

Sara vai ao ginecologista:
– Sra. Sara – pergunta o médico, após o exame –, quando faz amor com seu marido, ambos ainda têm orgasmo?
– Isaac! – berra Sara ao marido, que está lendo uma revista na recepção – o doutor quer saber se a gente ainda tem orgasmo.
– Diz pra ele que não, que só tem Golden Cross!

Há muito mais, são 147 páginas de boas gargalhadas.

PS. Para evitar mal-entendidos, uma advertência: o autor do livro é judeu. O do artigo também – converteu-se para se casar com uma judia. E não é piada de judeu.

AS ÚLTIMAS
DO MINEIRO

Talvez porque numa das vezes em que alguém bateu com a língua nos dentes um pescoço foi parar na forca, Minas trabalha em silêncio, como se diz. Pode não ser verdade, mas é a versão, que acaba prejudicando mais do que favorecendo a imagem de um estado que, além das riquezas naturais e de uma poderosa tradição política, tem o maior patrimônio histórico-cultural do país. Numa época de predomínio do marketing, em que o importante é mostrar mais do que fazer, ficar calado no seu canto pode não ser um bom negócio. Por isso, o novo governo não esconde que quer romper com esse estereótipo e "reinserir Minas no eixo das decisões nacionais".

Ao se visitar Belo Horizonte, mesmo que rapidamente como fiz na semana passada, descobre-se que é carioca uma das pessoas mais empenhadas nessa tarefa. Trata-se do secretário de cultura Luiz Roberto Nascimento Silva, ex-ministro de Itamar e que há dois anos mora na capital mineira. "Temos os melhores grupos de dança do país, cantores e compositores excelentes, artistas plásticos e grupos teatrais de alta qualidade, mas não divulgamos, temos pudor de nos exibir, de mostrar ao país o que somos".

Ele acha que de fora se tem uma visão regionalista limitada à memória e à questão do patrimônio histórico, "à longa tradição de pedra e cal da cultura mineira". Sem descuidar desse acervo (só de barroco estão ali 65% do patrimônio nacional), o seu desafio será mostrar sem reserva "o que Minas tem de mais moderno, cosmopolita e contemporâneo".

Luiz Roberto está muito animado com a idéia, mas acho que não será tão fácil assim. A não ser meu amigo Ziraldo, que adora se mostrar, tendo aliás razão para isso, que outro mineiro vocês imaginam chamando a atenção para o que está fazendo? Num artigo republicado agora pelo *Suplemento Literário Minas Gerais*, Guimarães Rosa listou 66 adjetivos com os quais são caracterizados seus conterrâneos. Eles vão de "acanhado, afável, desconfiado", até "sonso, sóbrio, taciturno, tímido", passando por "precavido, pão-duro, perspicaz, quieto, irônico, meditativo".

Fernando Sabino, que conhece a alma mineira como a dele próprio, tem várias histórias para ilustrar como seus conterrâneos ficam sempre na moita. Mineiro não gosta de revelar nem a identidade.

– *Qual é o seu nome todo? pergunta o carioca.*
– *Diz a parte que você sabe, desconversa o mineiro.*

Nessa aqui o escritor conta o diálogo com um motorista mineiro em Nova Iorque, presenciado por Paulo Francis:

– *Ah, você também é de Minas?*
– *Sou sim sinhô.*
– *De onde?*
– *De Minas mesmo.*

Se consegue esconder até de onde é, imagina quando lhe pedem uma opinião política.

– *Que tal é o prefeito daqui?*
– *O prefeito? É tal qual eles falam dele.*

– *Que é que falam dele?*
– *Dele? Uai, esse trem todo que falam de tudo que é prefeito.*

Será que não estou me arriscando em contar essas piadas, já que saio de férias hoje e vou fazer palestras em seis cidades de Minas? Só me falta agora arranjar encrenca com meu povo. Imaginem se os mineiros resolverem reagir como alguns – repito, alguns – baianos reagiram? (não digam nada a ninguém, mas há tempos comecei uma crônica assim, depois de participar de uma excursão de escritores a Salvador: "Se o Brasil fosse feito só de baianos e mineiros, o país talvez não fosse melhor, mas seria mais divertido, ainda que bem mais devagar"). Ziraldo e Sabino, que têm livros com algumas das melhores piadas da terra, me tranqüilizam. Dizem que mineiro é como judeu: adora piada sobre si mesmo.

Mas há quem alegue que isso que se diz em forma de anedota está longe de ser a verdade sobre Minas, são apenas versões. Então me lembro, para terminar, do dia em que alguém chamou José Maria Alkmin e reclamou: "criei a frase 'o que importa é a versão, não o fato' e todo mundo atribui ela a você". Ao que este respondeu: "isso só confirma a frase".

Portanto, imprima-se a versão.

8 de abril de 2003.

UM JOELHO A MAIS OU A MENOS

Não é o de Ronaldinho, nem o de Rivaldo, mas o meu.

Ando tão motivado pela Copa do Mundo que devo ter somatizado a ansiedade. Às vésperas do jogo do Brasil, eis que me aparece uma lesão no joelho. Primeiro Ronaldinho, depois Rivaldo, agora eu. É verdade: estou com o joelho direito bichado. Nada que me impeça de andar, mas que dificulta movimentos como o de subir ou descer escadas. Jogar futebol, nem pensar. O médico, um especialista nessa parte do corpo, examinou, radiografou e, não satisfeito, mandou fazer o que eu nunca havia feito antes, uma ressonância magnética. O resultado talvez não saia antes do dia 3, o que certamente será uma preocupação a mais para o Felipão.

Enquanto isso e já que o país não se recupera, vou ficar recuperando meu joelho e pensando na seleção brasileira. Vou fingir que nem sei da escalada da guerrilha urbana no Rio. Adianta? Ainda se fosse guerra, teríamos as zonas desmilitarizadas, mas aqui a conflagração é geral, não há lugar seguro, não há abrigo, não há trincheira. E a tendência é piorar, se isso fosse possível. Também não vou prestar atenção na política, já que a confusão é total. De um lado, há o presidente fazendo terrorismo. Administrou uma casa durante quase oito anos, disse tê-la consertado e agora anuncia que, conforme o novo morador, ela pode cair e, se cair, ele não terá nada a ver com isso. De outro lado, há o candidato do PT mudando tanto que vai acabar virando o contrário dele mesmo: Alul, Lalu ou simplesmente Dula. Vou fazer de conta que não li o que ele disse sobre o seu até ontem adversário político e ético. Não é possível que o companheiro tenha se tornado o principal defensor da lisura administrativa de Orestes Quércia. É no ex-governador mesmo que ele pensou ao pronunciar a frase "precisaremos de todas as pessoas de bem"? Será que estava falando sério? E o que vocês me dizem do novo nome que está sendo cogitado para vice? Juram que esse Pedro Simon é o mesmo que quase foi vice do Serra? E isso não faz a menor diferença?

Ah, não, prefiro continuar falando do meu joelho bichado. O doutor Guilherme acredita que o que eu tenho talvez seja contusão no menisco ou nos ligamentos. No primeiro caso, haverá a possibilidade de uma cirurgia; no segundo, bastará fisioterapia. Com a ajuda de um modelo feito de plástico, ele vai mostrando como funciona essa articulação, que é responsável por alguns dos movimentos fundamentais que fazemos todo dia, às vezes sem lhe dar a importância que merece: levantar, abaixar, sentar, andar, correr. Ela garante o nosso equilíbrio e pode nos manter eretos e altivos ou prostrados em súplica e devoção. Sei que a coluna vertebral é mais nobre, mas dessa se fala muito. Já dos joelhos, coitados, ficam lá embaixo, são mais rasteiros. Até nas metáforas eles aparecem de forma quase sempre depreciativa: "um país de joelhos" em geral não é um país em genuflexão, rezando, mas humilhado.

É impressionante observar como esse mecanismo de peças e encaixes tão precisos é uma construção delicada, frágil, quase precária, sujeita a enguiços e acidentes. O menisco, por exemplo, se eu vi direito, tem a forma de uma meia-lua e funciona como um amortecedor, como uma espécie de arruela de cartilagem para impedir o atrito entre duas superfícies. Qualquer mau jeito, e ele se rompe. Lesão no joelho tem um certo charme, está na moda, é coisa de jovem atleta. O problema é que o meu médico diagnosticou também um começo de artrose. Isso mesmo: artrose. Minha cara de espanto e decepção deve tê-lo impressionado tanto que ele se apressou em me reanimar: não se preocupe, isso acontece nos melhores joelhos depois de uma certa idade.

Chegou a me garantir que, se visse a radiografia sem saber de quem era, diria que se tratava de um joelho de 50 anos e não (por delicadeza, deixou de acrescentar) de um idoso. Com certeza, achou que eu ficaria feliz com a notícia de que possuo uma articulação, digamos, jovem, numa carcaça de velho. É o equivalente ao gentil "não parece", que lhe dizem quando você revela a sua quarta ou quinta idade. Dessa série de eufemismos de consolo e conforto, há também aquele generoso "ninguém lhe dá", como se você precisasse ganhar o que já tem de sobra. Existem várias maneiras de descobrir que se está ficando velho, e essa semana eu aprendi mais essa: receber como elogio o fato de que seu joelho está bichado, mas tem a cara de "apenas" meio século. Que que eu quero mais?

Esqueci de perguntar ao médico se o que vale para um joelho vale também para o outro ou se, nesses casos, o que prevalece é a soma dos dois.

1º de junho de 2002.

TESTEMUNHA
DE PALAVRÃO

Confesso que nesses longos anos de vida, poucas vezes vivi uma situação tão ridiculamente constrangedora como a da semana passada na 14ª Vara Cível de São Paulo. Tudo por causa de uma expressão que todo mundo conhece e que é a mais ouvida em estádios de futebol. Para a história não perder a graça, é preciso contá-la sem meias palavras. Portanto, os ouvidos mais delicados e pudicos que me perdoem a falta de cerimônia. Tenho que ser literalmente fiel aos fatos. Juro dizer a verdade aqui, como jurei dizer lá, numa sala do oitavo andar do Fórum, onde fui parar como testemunha de defesa no processo que uma senhora move contra o humorista Ziraldo por ele tê-la chamado numa entrevista de "filha da puta".

Meu testemunho poderia ajudar a esclarecer uma questão crucial: "filha da puta" é uma expressão injuriosa capaz de provocar danos morais que justifiquem uma reparação de R$ 50 mil, como quer a acusação, ou é apenas um xingamento, um desabafo, sem juízo de valor, como alega a defesa? Em suma: chamar alguém de "filho da puta" é um mero xingamento, uma espécie de interjeição, ou se trata de uma declaração substantiva de fato, uma injúria?

Já na primeira pergunta, percebi que ali não podia haver subentendido; as coisas tinham que ser claras. Admito que não estava à vontade. O cenário da Justiça, solene e litúrgico, sempre amedronta: o juiz lá em cima, altivo, distante, soberano; os advogados, cumprindo o seu papel, tentam evidentemente pegá-lo pelo pé, querem que você dê uma escorregada, que caia em contradição, que seja traído pela memória. A tensão é inevitável.

Assim, meio nervoso, dei minha primeira resposta, com o pudor e a cautela de quem está chegando a um ambiente de cerimônia onde havia inclusive senhoras. A não ser que você seja um cafajeste, ninguém chega a um lugar desses dizendo "Oi, onde está o filho da puta?".

Por isso, ao responder a pergunta inicial do Juiz, fugi da expressão chula e recorri a um eufemismo: preferi referir-me ao "episódio do palavrão", como um senhor deve fazer numa sala onde há pessoas que ele não conhece. O máximo que você se permite nessas circunstâncias é um "f... da... p".. Num interrogatório na Justiça, porém, você tem que ser preciso, não pode usar subentendidos e ambigüidades.

"O Sr. está se referindo ao filha da puta?", me corrigiu o juiz. Levei um susto. Nunca ouvira de egrégia boca tal chulice. Refeito, tive vontade de dizer "Ah, é? Liberou geral? Se é assim, deixa comigo!". Já estava a ponto de soltar um "puta que pariu, Meritíssimo, que saco essa coisa toda!", quando olhei o juiz e vi que ele tinha um rosto ao mesmo tempo jovem, sereno e severo. Não inspirava nenhuma gracinha. Era daquelas pessoas que não precisam amarrar a cara para se fazerem respeitar. Sabe aqueles sujeitos que, por mais intimidade que se tenha, jamais se ousará dar-lhe um tapinha na barriga? Pois é. Me contive então e respondi com o maior respeito: "Exatamente, Meritíssimo, me refiro ao filha da puta".

Isso foi, como disse, no começo da audiência. Com o passar do tempo, no entanto, o próprio juiz teve que se esforçar para não rir, nem sempre conseguindo deixar de esboçar leves sorrisos. A situação era por si só engraçada. Num judiciário com tantas dificuldades, tantos problemas para resolver, como levar a sério aquilo tudo?

A comédia ficou impagável quando se procurou mostrar os vários usos do tal palavrão, inclusive como elogio. Lembrou-se que Ziraldo, na mesma entrevista à revista *Imprensa*, empregara parte da expressão para falar de um ex-presidente: "Itamar é puta velha; é um craque". Temi que começassem a entrar no recinto outros palavrões não autorizados. Era um tal de puta pra lá, puta prá cá na sala que eu fui me descontraindo e de repente já estava dando também meus exemplos. "Quando eu digo que fulano tem um puta texto, Meritíssimo, isso é um elogio. Um puta cara, uma puta mulher".

Por pouco, vejam vocês, não repetia para o juiz aquele exemplo machista bem grosseiro: "quando digo aquele filho da puta tá comendo fulana, Meritíssimo, isso é um elogio". Felizmente, o que me restava de pudor aquele dia me impediu de cometer a cafajestada.

Eu saíra de casa às 8h30, pegara o avião das 10 e estava voltando no vôo das 6 da tarde, quando me lembrei do bordão do Ancelmo que me disse: como deve ser bom viver num país em que a Justiça tem tão pouco a fazer que é capaz de passar um dia discutindo a expressão filho da puta. Ainda no espírito da 14ª Vara Cível, tive vontade de plagiar também Jânio Quadros dizendo para Fernando Sabino: "Puta que pariu, Fernando, que língua a nossa!".

13 de agosto de 2001.

BIOGRAFIA
DO AUTOR

Bacharel e licenciado em Letras Neolatinas, Zuenir Ventura é jornalista, ex-professor da Universidade Federal do Rio de Janeiro e da Escola Superior de Desenho Industrial, da Universidade do Estado do Rio de Janeiro. É colunista da revista *Época*, do jornal *O Globo* e do site *No Mínimo*.

Em 1956, ingressou no jornalismo como arquivista e em 1960/61 conquistou bolsa de estudos para o Centro de Formação dos Jornalistas de Paris. De 1963 a 1969, exerceu vários cargos em diversos veículos: foi editor internacional do *Correio da Manhã*, diretor de Redação da revista *Fatos & Fotos*, chefe de Reportagem da revista *O Cruzeiro*, editor-chefe da sucursal-Rio da revista *Visão-Rio*.

No final de 69, realizou para a Editora Abril uma série de 12 reportagens sobre *Os anos 60 – a década que mudou tudo*, posteriormente publicada em livro. Em 1971, voltou para a revista *Visão*, permanecendo como chefe de Redação da sucursal-Rio até 77, quando se transferiu para a revista *Veja*, exercendo o mesmo cargo. Em 81, transferiu-se para a revista *IstoÉ*, como diretor da sucursal. Em 85, foi convidado a reformular a revista *Domingo*, do *Jornal do Brasil*, onde ocupou depois outras funções de chefia.

Em 1988, Zuenir lançou o livro *1968 – o ano que não terminou*, cujas 39 edições já venderam mais de 200 mil exemplares. O livro serviu também de inspiração para a minisérie *Os anos rebeldes*, produzida pela TV-Globo. O capítulo *Um herói solitário* inspirou o filme *O homem que disse não*, que o cineasta Olivier Horn realizou para a televisão francesa.

Em 1989, publicou no *Jornal do Brasil* a série de reportagens *O Acre de Chico Mendes*, que lhe valeu o Prêmio Esso de Jornalismo, o maior do Brasil, e o Prêmio Vladimir Herzog.

Em 1994, lançou *Cidade partida*, um livro-reportagem sobre a violência no Rio, traduzido na Itália. Em fins de 1998, publicou "O Rio de J. Carlos" e *Inveja – mal secreto*, que já vendeu cerca de 100 mil exemplares. São do ano seguinte as *Crônicas de um fim de século*, e de 2000 *Cultura em trânsito – 70/80 – da repressão à abertura*, com Heloísa Buarque de Hollanda e Elio Gaspari. Seus últimos dois livros são *Chico Mendes – Crime e Castigo* e *Um Voluntário da Pátria*, sobre o golpe de 64. Também participou, como roteirista, de dois documentários: *Um dia qualquer* e *Paulinho da Viola: meu tempo é hoje*, lançado recentemente.

Ao comentar sua série de reportagens sobre Chico Mendes e a Amazônia, *The New York Review of Books* classificou o autor como "um dos maiores jornalistas do Brasil". A revista inglesa *The Economist* definiu-o como "um dos jornalistas que melhor observam o Brasil".

Outras opiniões sobre o jornalista: "Ele nunca foi visto do lado errado. Foi sempre um tremendo batalhador. E só se torna amigo de um político depois que ele deixa o poder" (Elio Gaspari). "Ele tem uma tendência inata a renovar, a reformular o que não está bom" (Amílcar de Castro). "Um dos renovadores da linguagem e da feição gráfica do jornalismo brasileiro" (Luis Carlos Barreto). Sobre *1968, o ano que não terminou*: "É muito bom o livro de Zuenir Ventura. O texto é cuidadíssimo, quem escreve sabe que aquilo que lá está foi reescrito 'n' vezes. É a melhor coisa que Zuenir já escreveu" (Paulo Francis). Sobre *Inveja – mal secreto:* "Zuenir criou uma obra original, emocionante e invejável" (Maurício Stycer). "Nesse corajoso livro de Ventura, o eu também dá lugar aos outros (...) Resultou numa obra surpreendente" (Marcelo Pen). "...O jornalista Zuenir Ventura prova que domina a arte de prender o leitor, da primeira à última linha, o que já se sabia desde seus trabalhos anteriores" (Luiz Zanin Oricchio).

Zuenir Ventura tem 73 anos e há 40 é casado com Mary Ventura, com quem tem dois filhos: Elisa e Mauro.

José Carlos de Azeredo é ex-professor de Língua Portuguesa da UFRJ, onde obteve o título de Doutor em Letras. Desde 1997 integra o corpo docente do Instituto de Letras da UERJ. É autor de *Iniciação à sintaxe do português* e de *Fundamentos de gramática do português*, editados por Jorge Zahar. Organizou os volumes *Língua Portuguesa em debate: conhecimento e ensino* e *Letras e comunicação: uma parceria no ensino de língua portuguesa*, editados pela Vozes.

BIBLIOGRAFIA

1. ARRIGUCI, D. Jr. *Enigma e comentário: ensaios sobre literatura e experiência.* São Paulo: Companhia das Letras, 1987.
2. CANDIDO, Antonio et al. *A crônica: o gênero, sua fixação e suas transformações no Brasil.* Campinas, SP; Editora da Unicamp; Rio de Janeiro: Fundação Casa de Rui Barbosa, 1992.
3. Castro, Gustavo de; GALENO, Ale (Orgs.). *Jornalismo e literatura: a sedução da palavra.* São Paulo: Escrituras, 2002.
4. LEÃO, Ângela Vaz. Introdução. In: ANDRADE, Carlos Drummond de. *Cadeira de balanço.* 14 ed. Rio de Janeiro: Livraria José Olympio, 1982.
5. VENTURA, Zuenir. *Crônicas de um fim de século.* Rio de Janeiro: Objetiva, 1999.
6. VENTURA, Zuenir. <*http://portalliteral.terra.com.br*>.

ÍNDICE

Um cronista de corpo inteiro 7

A GRANDE ALDEIA QUE HABITAMOS

E agora o dies irae 19
Na idade das trevas 22
Nem terror nem faroeste 25
Sorria, você está no Rio 28
O que pode sobrar para nós 31
Após o pós-tudo 35
Barba, cabelo e bigode 38
Um ano insano 41
Anunciaram que o mundo ia se acabar 44
Correndo atrás da fama 47
A revolução do celular e o fim da intimidade 50

BRASIL, BRASIS

O Brasil o que é?	55
O país que deu no jornal	58
Vivendo e desaprendendo	62
Memórias do cárcere	65
As previsões sem erro	69
E agora? A festa acabou, o povo sumiu	72
Memórias do sufoco cultural	75
E por falar em passado	78
E o maior corrupto?	81
Contra o medo, Fernando Henrique	84
Por que eles querem o poder?	87
Sem terra à vista	90
Brasil para viajantes	93
É hoje o dia	96
Um gosto de Minas na Bahia	99
Fora do eixo	102
Amazônia now	106

RIO DE JANEIRO DE TODOS NÓS

Sebastian, Sebastião	111
Não se espanta pombo com estalinhos	114
Ai já era tarde	117

E Ipanema virou Rio 119
A lei do cão 122
Ai de ti, Ipanema 125
No melhor e no pior dos mundos 128
Banal e cruel como uma cena carioca 131
O rio de minha aldeia 134
Recado de primavera 138
O dia da ira na cidade maravilhosa 141
A limpeza cidadã 144
Você já foi a Ramos? 147
O bonde do bem e do mal 150
Há esperança na terra nostra 153
Fechando o verão. E que verão! 156
A primeira vez sempre se idealiza 159
Incompetência e morte 162
O som que vem do andar lá de baixo 166
Crônica do medo geral 169
Nada ali era notícia 172
O consolo é que o outro foi igual, ou não 175
Viva a explicação! 178

PESSOAS, PERFIS, PERSONAGENS

Uma ponte cultural 183
Em quem Glauber votaria? 186

Viagem ao universo de um gênio 189
Nele abunda a irreverência 192
Sábado com poesia é outra coisa 195
Razão de orgulho 198
Visita a um senhor gênio 201
Não se deve amar sem ler Amado 203
Nossas irmãs, as moscas 206
A consagração de Gil 209
Na terra do Cabeça Branca 212
Lula no coração do Brasil 215
Ao lado, um poeta 218
Perto de Marisa, longe da guerra 221
Pranto por Tim Lopes 224
Crônica de um enguiço 227
Do lado certo 231
Com o coração apertado 234
Lembranças de Betinho 237
Amélie, mulher de verdade 240
O Comandante Fonseca 243

PERCURSOS E PERCALÇOS

Quero uma casa no campo 249
Da Nova Holanda ao NY Center 253
As más notícias 257

Um ataque de vírus 259
Por falar em corpo 262
Duas viagens ao passado 265
Uma experiência e tanto 269
Por que tanto medo delas? 272
Onde tudo começou 276
Bonito por natureza 279
De volta à sacra pensão do cardeal 282
O homem que virou livros 285
Eta século! 288
Sobre uma certa indesejada 291
Duas mal-amadas se encontram 294

CORPO-A-CORPO COM AS PALAVRAS

O exemplo das amendoeiras 299
Há crente para tudo 302
A minha nova nóia 305
Quem disse que o sentimento é kitsch? 308
Quem quiser que se fume 311
Carisma, um mistério 314
O pai nosso 317
Jovens e jovens 320
A degeneração de 68 323
Saudade do futuro 326

Nova lógica do crime 330

SE NÃO ME FALHA A... OU RIR...
NEM QUE SEJA DE SI MESMO

O dia em que morri 335
Um idoso na fila do Detran 338
Envelhecer: que jeito? 341
Setentinha 344
O assunto é velho 347
E o que é goiaba? 350
Pagando mico 353
Se não me falha a... 356
Papo de varões acima de uma certa idade 359
O samba do diálogo doido 362
Conversa de cego 365
As últimas do judeu 368
As últimas do mineiro 372
Um joelho a mais ou a menos 375
Testemunha de palavrão 378

Biografia de Zuenir Ventura 381

Bibliografia 385

COLEÇÃO MELHORES CRÔNICAS

MACHADO DE ASSIS
Seleção e prefácio de Salete de Almeida Cara

JOSÉ DE ALENCAR
Seleção e prefácio de João Roberto Faria

MANUEL BANDEIRA
Seleção e prefácio de Eduardo Coelho

AFFONSO ROMANO DE SANT'ANNA
Seleção e prefácio de Letícia Malard

JOSÉ CASTELLO
Seleção e prefácio de Leyla Perrone-Moisés

MARQUES REBELO
Seleção e prefácio de Renato Cordeiro Gomes

CECÍLIA MEIRELES
Seleção e prefácio de Leodegário Azevedo Filho

LÊDO IVO
Seleção e prefácio de Gilberto Mendonça Teles

IGNÁCIO DE LOYOLA BRANDÃO
Seleção e prefácio de Cecilia Almeida Salles

MOACYR SCLIAR
Seleção e prefácio de Luís Augusto Fischer

ZUENIR VENTURA
Seleção e prefácio de José Carlos de Azeredo

RACHEL DE QUEIROZ
Seleção e prefácio de Heloisa Buarque de Hollanda

FERREIRA GULLAR
Seleção e prefácio de Augusto Sérgio Bastos

LIMA BARRETO
Seleção e prefácio de Beatriz Resende

OLAVO BILAC
Seleção e prefácio de Ubiratan Machado

ROBERTO DRUMMOND
Seleção e prefácio de Carlos Herculano Lopes

SÉRGIO MILLIET
Seleção e prefácio de Regina Campos

IVAN ANGELO
Seleção e prefácio de Humberto Werneck

AUSTREGÉSILO DE ATHAYDE
Seleção e prefácio de Murilo Melo Filho

ODYLO COSTA FILHO*
Seleção e prefácio de Cecília Costa

JOÃO DO RIO*
Seleção e prefácio de Fred Góes e Luís Edmundo Bouças Coutinho

FRANÇA JÚNIOR*
Seleção e prefácio de Fernando Resende

MARCOS REY*
Seleção e prefácio de Sílvia Borelli

ARTUR AZEVEDO*
Seleção e prefácio de Antonio Martins Araújo

COELHO NETO*
Seleção e prefácio de Ubiratan Machado

GUSTAVO CORÇÃO*
Seleção e prefácio de Luiz Paulo Horta

RODOLDO KONDER*

PRELO*

COLEÇÃO MELHORES CONTOS

ANÍBAL MACHADO
Seleção e prefácio de Antonio Dimas

LYGIA FAGUNDES TELLES
Seleção e prefácio de Eduardo Portella

BRENO ACCIOLY
Seleção e prefácio de Ricardo Ramos

MARQUES REBELO
Seleção e prefácio de Ary Quintella

MOACYR SCLIAR
Seleção e prefácio de Regina Zilbermann

MACHADO DE ASSIS
Seleção e prefácio de Domício Proença Filho

HERBERTO SALES
Seleção e prefácio de Judith Grossmann

RUBEM BRAGA
Seleção e prefácio de Davi Arrigucci Jr.

LIMA BARRETO
Seleção e prefácio de Francisco de Assis Barbosa

JOÃO ANTÔNIO
Seleção e prefácio de Antônio Hohlfeldt

EÇA DE QUEIRÓS
Seleção e prefácio de Herberto Sales

MÁRIO DE ANDRADE
Seleção e prefácio de Telê Ancona Lopez

LUIZ VILELA
Seleção e prefácio de Wilson Martins

J. J. VEIGA
Seleção e prefácio de J. Aderaldo Castello

JOÃO DO RIO
Seleção e prefácio de Helena Parente Cunha

IGNÁCIO DE LOYOLA BRANDÃO
Seleção e prefácio de Deonísio da Silva

LÊDO IVO
Seleção e prefácio de Afrânio Coutinho

RICARDO RAMOS
Seleção e prefácio de Bella Jozef

MARCOS REY
Seleção e prefácio de Fábio Lucas

SIMÕES LOPES NETO
Seleção e prefácio de Dionísio Toledo

HERMILO BORBA FILHO
Seleção e prefácio de Silvio Roberto de Oliveira

BERNARDO ÉLIS
Seleção e prefácio de Gilberto Mendonça Teles

AUTRAN DOURADO
Seleção e prefácio de João Luiz Lafetá

JOEL SILVEIRA
Seleção e prefácio de Lêdo Ivo

JOÃO ALPHONSUS
Seleção e prefácio de Afonso Henriques Neto

ARTUR AZEVEDO
Seleção e prefácio de Antonio Martins de Araújo

RIBEIRO COUTO
Seleção e prefácio de Alberto Venancio Filho

OSMAN LINS
Seleção e prefácio de Sandra Nitrini

ORÍGENES LESSA
Seleção e prefácio de Glória Pondé

DOMINGOS PELLEGRINI
Seleção e prefácio de Miguel Sanches Neto

CAIO FERNANDO ABREU
Seleção e prefácio de Marcelo Secron Bessa

EDLA VAN STEEN
Seleção e prefácio de Antonio Carlos Secchin

FAUSTO WOLFF
Seleção e prefácio de André Seffrin

AURÉLIO BUARQUE DE HOLANDA
Seleção e prefácio de Luciano Rosa

ALUÍSIO AZEVEDO
Seleção e prefácio de Ubiratan Machado

ARY QUINTELLA*
Seleção e prefácio de Mônica Rector

PRELO*

COLEÇÃO MELHORES POEMAS

CASTRO ALVES
Seleção e prefácio de Lêdo Ivo

LÊDO IVO
Seleção e prefácio de Sergio Alves Peixoto

FERREIRA GULLAR
Seleção e prefácio de Alfredo Bosi

MARIO QUINTANA
Seleção e prefácio de Fausto Cunha

CARLOS PENA FILHO
Seleção e prefácio de Edilberto Coutinho

TOMÁS ANTÔNIO GONZAGA
Seleção e prefácio de Alexandre Eulalio

MANUEL BANDEIRA
Seleção e prefácio de Francisco de Assis Barbosa

CECÍLIA MEIRELES
Seleção e prefácio de Maria Fernanda

CARLOS NEJAR
Seleção e prefácio de Léo Gilson Ribeiro

LUÍS DE CAMÕES
Seleção e prefácio de Leodegário A. de Azevedo Filho

GREGÓRIO DE MATOS
Seleção e prefácio de Darcy Damasceno

ÁLVARES DE AZEVEDO
Seleção e prefácio de Antonio Candido

MÁRIO FAUSTINO
Seleção e prefácio de Benedito Nunes

ALPHONSUS DE GUIMARAENS
Seleção e prefácio de Alphonsus de Guimaraens Filho

OLAVO BILAC
Seleção e prefácio de Marisa Lajolo

JOÃO CABRAL DE MELO NETO
Seleção e prefácio de Antonio Carlos Secchin

FERNANDO PESSOA
Seleção e prefácio de Teresa Rita Lopes

AUGUSTO DOS ANJOS
Seleção e prefácio de José Paulo Paes

BOCAGE
Seleção e prefácio de Cleonice Berardinelli

MÁRIO DE ANDRADE
Seleção e prefácio de Gilda de Mello e Souza

PAULO MENDES CAMPOS
Seleção e prefácio de Guilhermino César

LUÍS DELFINO
Seleção e prefácio de Lauro Junkes

GONÇALVES DIAS
Seleção e prefácio de José Carlos Garbuglio

AFFONSO ROMANO DE SANT'ANNA
Seleção e prefácio de Donaldo Schüler

HAROLDO DE CAMPOS
Seleção e prefácio de Inês Oseki-Dépré

GILBERTO MENDONÇA TELES
Seleção e prefácio de Luiz Busatto

GUILHERME DE ALMEIDA
Seleção e prefácio de Carlos Vogt

JORGE DE LIMA
Seleção e prefácio de Gilberto Mendonça Teles

CASIMIRO DE ABREU
Seleção e prefácio de Rubem Braga

MURILO MENDES
Seleção e prefácio de Luciana Stegagno Picchio

PAULO LEMINSKI
Seleção e prefácio de Fred Góes e Álvaro Marins

RAIMUNDO CORREIA
Seleção e prefácio de Telenia Hill

CRUZ E SOUSA
Seleção e prefácio de Flávio Aguiar

DANTE MILANO
Seleção e prefácio de Ivan Junqueira

JOSÉ PAULO PAES
Seleção e prefácio de Davi Arrigucci Jr.

CLÁUDIO MANUEL DA COSTA
Seleção e prefácio de Francisco Iglésias

MACHADO DE ASSIS
Seleção e prefácio de Alexei Bueno

HENRIQUETA LISBOA
Seleção e prefácio de Fábio Lucas

AUGUSTO MEYER
Seleção e prefácio de Tania Franco Carvalhal

RIBEIRO COUTO
Seleção e prefácio de José Almino

RAUL DE LEONI
Seleção e prefácio de Pedro Lyra

ALVARENGA PEIXOTO
Seleção e prefácio de Antonio Arnoni Prado

CASSIANO RICARDO
Seleção e prefácio de Luiza Franco Moreira

BUENO DE RIVERA
Seleção e prefácio de Affonso Romano de Sant'Anna

IVAN JUNQUEIRA
Seleção e prefácio de Ricardo Thomé

CORA CORALINA
Seleção e prefácio de Darcy França Denófrio

ANTERO DE QUENTAL
Seleção e prefácio de Benjamin Abdalla Junior

NAURO MACHADO
Seleção e prefácio de Hildeberto Barbosa Filho

FAGUNDES VARELA
Seleção e prefácio de Antonio Carlos Secchin

CESÁRIO VERDE
Seleção e prefácio de Leyla Perrone-Moisés

FLORBELA ESPANCA
Seleção e prefácio de Zina Bellodi

VICENTE DE CARVALHO
Seleção e prefácio de Cláudio Murilo Leal

PATATIVA DO ASSARÉ
Seleção e prefácio de Cláudio Portella

ALBERTO DA COSTA E SILVA
Seleção e prefácio de André Seffrin

ALBERTO DE OLIVEIRA
Seleção e prefácio de Sânzio de Azevedo

WALMIR AYALA
Seleção e prefácio de Marco Lucchesi

ALPHONSUS DE GUIMARAENS FILHO
Seleção e prefácio de Afonso Henriques Neto

ARMANDO FREITAS FILHO*
Seleção e prefácio de Heloísa Buarque de Hollanda

ÁLVARO ALVES DE FARIA*
Seleção e prefácio de Carlos Felipe Moisés

MÁRIO DE SÁ-CARNEIRO*
Seleção e prefácio de Lucila Nogueira

SOUSÂNDRADE*
Seleção e prefácio de Adriano Espínola

LUIZ DE MIRANDA*
Seleção e prefácio de Regina Zilbermann

PRELO*

Impresso nas oficinas da
Gráfica Palas Athena